Parodia del
género histórico

Circensición
Circenciso

ESCRITORES
ARGENTINOS
Novelas, cuentos y relatos

ABEL POSSE

Los perros del paraíso

DEL MISMO AUTOR
por nuestro sello editorial

LOS BOGAVANTES

LA BOCA DEL TIGRE

MOMENTO DE MORIR

LOS DEMONIOS OCULTOS

LA REINA DEL PLATA

DAIMÓN

EL VIAJERO DE AGARTHA

BIBLIOTECA ESENCIAL

EL LARGO ATARDECER DEL CAMINANTE

LA PASIÓN SEGÚN EVA

ABEL POSSE

Los perros del paraíso

EMECÉ EDITORES

En recuerdo y agradecimiento
a mi hijo Iván, que entre su
alegría y su adiós me regaló el
título de esta obra.

"Más allá del trópico de Capricornio hay una tierra habitable que es la parte más alta y noble del mundo, es el Paraíso Terrenal." (Abate d'Ailly en *Imago Mundi*.)

"Aquí es el Paraíso Terrenal, adonde no puede llegar nadie, salvo por voluntad divina." (Carta del Almirante a los Reyes Católicos.)

"Éste es el Paraíso. Realmente. Estas gentes aman al prójimo como a sí mismos. Creo lo que creyeron y creen los sabios y santos teólogos, que estos parajes son los del Paraíso Terrenal." (Carta de Colón al Papa Alejandro VI.)

"¡Se le envió a que fuera por oro y demonios, y él que nos viene con plumas de ángeles!" (Fernando de Aragón.)

"Se puede tener por cierto que el Almirante alcanzó el centro del Paraíso Terrenal el 4 de agosto de 1498." (J. W. Kilkenny.)

Uno

EL AIRE

Cronología

1461   Orígenes del Occidente moderno: el 12 de junio Isabel de Castilla pone a luz la impotencia del Rey Enrique IV, su medio-hermano. La Beltraneja.

1462   Cristoforo Colombo roba el alfabeto de la parroquia, en Génova. Dice que será poeta. Golpiza, amenazas. "Nada te salvará de tu destino de cardador o de sastre."

1468   Tardía, ambigua e intencionada circuncisión de Cristóbal Colón.

2-Casa   Fracaso de las reuniones incaico-aztecas en Tlatelolco. Abstención de crear una flota para invadir "las tierras frías del Oriente". Globos aerostáticos de los incas. Pampa de Nazca-Düsseldorf.

1469   El lansquenete Ulrico Nietz, acusado de bestialismo por besar un caballo, llega de Turín a Génova. La tierra Wo die Zitronen blühen. El dolor óntico y la estafa judeo-cristiana. "Dios ha muerto."

1469   En un clima de deliciosa lujuria adolescente Isabel y Fernando de Aragón se amanceban por Iglesia el 18 de noviembre. Los fidelísimos SS. Nace el Imperio donde nunca se pondrá el sol.

10

Entonces jadeaba el mundo, sin aire de vida. Abuso de agonía, hartura de muerte. Todos los péndulos recordaban el ser-para-la-muerte. En Rottenburg, en Tubinga, en Ávila, Urbino, Burdeos, París o Segovia.

Jadeaba la vida sin espacio. El dios hebreo, indigestado de Culpa, había terminado por aplastar a su legión de fervorosos bípedos.

Los flagelantes se azotaban. Agregaban salmuera a las llagas de los latigazos. Hasta los atletas sólo soñaban clavarse en una cruz y dejarse desangrar para morir en santidad.

El Valle de Lágrimas en su apogeo. *Totentanz*: la frenética hilera de jóvenes tomados de la mano iba enhebrando tumbas. Mallas negras con la osamenta pintada. Albayalde para la palidez de las calaveras. Y sin embargo un aire de nostalgia de vida recorría la fila danzante. Un asomo de deseo. Sonrisas bajo los tules negros, guiños. Un meneo pélvico desnaturalizaba el ritmo de los tambores enlutados de la *Danse Macabre*.

Como un aire, un aura, un eros. Como una brisa tibia que ya pudiese haber llegado desde el Caribe.

No era raro ver a los culpistas, exhaustos de la danza abrazados entre los arbotantes de la iglesia, o echados entre las tumbas del cementerio. Como perros rabiosos, impenitentes, los cuerpos huían de las sayas de los nazarenos y de las calaveras de tiza.

Era un aire. Un céfiro que inquietaba a los jóvenes seminaristas al atardecer. Aroma agridulzón, como de mar lejano, como de hembra dormida entre las nubes de verano.

11

Pero en Italia aparecían los signos más visibles de aquel aire alarmante. Al Pollaiuolo, que pintaba una Virgen por encargo de los frailes de San Gerónimo, se le fue yendo el pincel como en una alucinación de color, deseo y formas hasta que sobre la tela apareció —espléndida— Simonetta Vespucci, la Bella, con sus senos al aire. El pincel buscó, con culpa, definir el áspid del mal, pero la culebra se le enroscó juguetonamente en torno al cuello hasta morderse la cola y quedar transformada en gracioso collar.

No era un caso único. En la segunda quincena de abril de 1478 al joven pintor Sandro Botticelli se le llenó el espacio del cuadro con deliciosas adolescentes semidesnudas que bailaban en homenaje a la nueva floración. *"Non c'é più religione"*, murmuraban persignándose las bigotudas monjitas de la Sagrada Frustración.

Un gato montés saltaba del copón de la vieja catedral gótica. Era evidente.

El jadeo de Occidente se transformaba en estertor. Los poderes, alarmados, se consultaban. Se requerían prontas decisiones.

Aquella caldera de moribundia y encadenados deseos no podía descomprimirse hacia el Sur: los musulmanes, hombres de dios fuerte y ancho como cimitarra, ocupaban todo el Magreb y el Al-Andalus de los reinos felices.

Tampoco era posible extenderse más allá del extremo de primitiva cristiandad de la Moscovia.

La Iglesia había fracasado en sus intentos. Decenas de misioneros volvían del Islam y de la Tartaria con una bolsita colgada al cuello con los testículos y la lengua, resecos como orejones. Otros, humillados, alzaban sus viajadas sotanas ante el Papa y mostraban sus nalgas atrozmente repujadas con versículos del Corán o con advertencias de este tenor: "Alá es grande. Nosotros también cultivamos la Culpa."

La caída de Constantinopla en poder del Turco había sido un golpe decisivo. El pontífice Sixto IV lo anunció sombríamente a todos los príncipes de Occidente: "El mundo cristiano y occidental queda amenazado por una espesa cortina de cimitarras que se extiende desde el Cáucaso hasta el sur de nuestra querida España…"

Las multinacionales se asfixiaban reducidas a un comercio entre burgos. Reclamaban con airada impaciencia.

Los Berardi, los Ibarra, Van der Dine el dinámico ejecutivo de Amberes, los Negri, Cattáneo, Spinola, los Buddenbrok de Lübeck, los armadores de las ciudades hanseáticas, los tejedores catalanes encabezados por Puig; se rebelaban ante la inmovilidad. Se sentían capacitados para mucho más. Acusaban a los marinos de cobardes, a los astrónomos de ineptos, a los reyes de sórdidos y ociosos entreguistas. La nobleza feudal era vituperada. "¡Queremos espacios! ¡Maderas preciosas! ¡Mercados! ¡Especias y marfiles de Oriente! Basta de turquescos en el Mare Nostrum!"

Occidente, jadeaba, ansiaba su sol muerto, su perdido nervio de vida, la fiesta soterrada. Tanteaba en la oscuridad del sótano conventual la estatua de la diosa griega (que en realidad alguien había arrojado al mar). Los hombres vacíos, casi sin sombra, buscaban su estatura.

Occidente, vieja Ave Fénix, juntaba leña de cinamomo para la hoguera de su último renacimiento.

Necesitaba ángeles y superhombres. Nacía, con fuerza irresistible, la secta de los buscadores del Paraíso.

Siesta de junio. Un aire de invisibles llamas disolviendo los montes de Castilla. Estampido de rocas partidas por el solazo. El pastor duerme entre las breñas con los ojos entreabiertos, como un saurio. Los gorriones no se mueven del ramaje, saben que caerían fritos si osasen la alberca.

E Isabel Trastamara:

—Vamos, vamos, que es buena hora.

Ratoneo infantil en el dormido Alcázar de Madrid. Los guardias, distraídos y descalzos, juegan al mus al pie de las torres. Arrojan baldazos para aplastar el polvo ardido. Dormitan colgados de las alabardas.

La Beltraneja, que a los cinco años ya tenía espías por todas partes, comprende que se trama algo importante y hostil. Su tía-niña, su enemiga, Isabel Trastamara. La pequeña Juana se resiste a ser postergada y no se despega del grupo. Se aguanta el calorón con sus atributos reales: una pesada estola verde que encontró en un arcón, un sombrero cónico, como de hada, con un tul que la envuelve hasta los zapatones de corcho, los altos alcoraques que hurtó en el *boudoir* de su frívola madre, siempre buscando la moda. Le grita a Isabel:

—¡Iré! No te hagas ilusiones. No te perderé de vista. —Una rabia que le hace morder las erres.

Isabel convocó a ocho condes e hidalgos (el mayor tiene diez años). Pero no pudo guardar el secreto. Está vestida con una camisola cortona que no oculta —horror para damas de compañía y monjas de servicio— sus calzoncitos apretados con puntillas bordadas por las trinitarias de San José de la Eterna Ansia. Un *baby-doll*, en realidad su famoso *jitoniscos*. El pelo recogido en cola de caballo. Pecosa, rubia, provocadora.

Isabel se suele parar a veces con las piernas entreabiertas y se acaricia el pelo, con la cabeza echada hacia atrás. Le gusta que su grupa perfecta luzca levantada. El libertino poeta cortesano Álvarez Gato pudo anotar en su libro secreto:

"Tiene un culito
que es un quesito.
Dos tetitas
como naranjitas."

Las monjas protestaban:

—¡Niña! ¡Niña! ¡Mire si la princesa debe andar así!

Ahora Isabel va delante. Lleva una caña larga y pelada, de esas que crecen junto al estanque de los sapos.

Enhebran corredores de piedras. Todo en penumbra. Sábese en Castilla que toda luz engendra calor.

Atraviesan el comedor del Palacio que todavía huele al ajo del lechazo de la noche. Algunos aprovechan el piso de mosaicos para tenderse y sorber frío. Otros dan tres o cuatro vueltas carnero.

—¡Sssh! —ordena Isabel. Y la Beltraneja:

—¡Quién te crees tú para hacerme sssh! ¡Yo soy la Princesa!

Pasan frente a la modesta panoplia real. Más herencia que actualidad: espada del rey-abuelo, ballestas de cuerda roída, intentos de mosquetones. Apolilladas cabezotas de jabalíes cazados más para reforzar la olla que para imitar finuras borgoñonas o británicas.

El trono: un sillón de madera y cuero repujado, reforzado o moderado con una piel de tigre etíope. El rey Juan lo había usado hasta su muerte para comandar las sobremesas. Allí soñó extender Castilla, cruzar mares, anegar de fe los felices reinos moros del sur.

Eran los últimos restos de aquella España pobre, con su Corte donde se pelaban los huesos que quedaban del banquete para el salpicón del mediodía siguiente, y el vino sobrante de las copas se recogía para la jarra de la segunda mesa. Aquella Corte que se regocijaba cuando tocaba pollo. Entonces los reyes sabían el arte de calcular el producto del año a simple ojeada de olivar o majada.

Ahora Enrique IV, el Impotente, lanzó el Reino al lujo de la inflación. Las Casas de Moneda, de cinco pasaron a ciento cincuenta. Riquezas de joyas y trajes, más que de patrimonio.

Beltrán de la Cueva, el favorito, lleva sandalias bordadas con piedras preciosas y lentejuelas de torero de moda.

El Rey a su lado es un zaparrastroso. No oculta la admiración por el amante de la Reina. Cornudo atento hasta la exageración, hace construir un convento para memorar el lugar donde Beltrán derrotó a otros descarados pretendientes.

Triste búsqueda de placer en aquella corte de fantasmas, desde siempre amenazada por la locura. Con sus príncipes que luchaban contra satánicos monstruos que salían de los espejos; aparecidos que dejaban quemaduras en las tapas de las Biblias anunciando el camino del Infierno; monjas que se desangraban dulcemente durante los festines atravesadas con los espinos de la corona de Cristo; damas místicas que levitaban al amanecer hasta que sus doncellas las tomaban de los tobillos y las devolvían a la gravedad y el peso de la realidad.

Más de una vez la pequeña Isabel espió al Rey, su medio hermano, impotente relativo, que se abismaba —con todo el Reino— en un marasmo de melancolía morbosa. Isabel se trepó a la claraboya: Enrique (que le llevaba 26 años) echado en su sillón con su hopalanda —una chilabía morisca— manchada de sopa, con su infaltable fuente de plata y rubíes llena de chicharrones de cerdo mayor que acompañaba con grandes sorbos de agua fresca (detestaba el vino). Las putillas cortesanas con sus voces y risas inconsistentes, aire sobre aire, chacoteando como enfermeras borrachas en torno a un baldado sordo y rico. Dos o tres de ellas —como gatas— trepándose al gran esqueleto abandonado del Rey, jugueteando con su sexo desapasionado. En una punta del salón el Cardenal y el Notario leyendo los informes de embajada. Se detenían de vez en cuando para toser, invadidos por el humo maloliente de los peludos cascos de percherones con que Enrique alimentaba el fuego (en verano sustituía ese penetrante olor de cutícula y pezuña quemada con grandes fuentones de excrementos de la jauría y de los corrales). El hedor que place al Rey es tal que el Marqués de Villena, por indicación de su enemigo, el sofisticado Beltrán de la Cueva, lleva siempre en el bolsillo un ramo de albahaca fresca que macera y respira profundamente para aliviarse.

Cada vez que Isabel se descuelga del montante siente rabia. Asco por ese hermano en el que intuye que agoniza toda una época. No sabe por qué, pero corre hasta salir sin aliento al patio del Alcázar. Escucha la voz de su pobre madre: "Nunca

16

cedas a la locura. Ese es el peor abismo, el único. Acuérdate de tu padre, de tus abuelos... No dialogues con el Demonio, no lo escuches. Mira a Enrique: vive amenazado por bestias infernales, un jabalí envuelto en niebla que se aparece debajo de la cama; etéreos contrahechos que llegan ardidos del Infierno para predecirle su triste fin... Tú mantente atenta a lo real. No oigas a los teólogos. Adora tu cuerpo. Rodéate de animales y soldados. Resiste a la tentación de hablar sola. ¡Odia la paz! Mira lo que es la paz: un vacío que sólo llenan los demonios. Sí, hay que morir, morir de vida."

Los niños alcanzaron la sala de audiencias detrás de la mandona Isabel. Se cruzan con la pajamulta y las zalamecas de las prostitutillas de Corte que se alejan irreverentes. Piernas blanqueadas con polvo de yeso, según la moda. Caras en negro o violeta, párpados dorados. Grandes sombreros de espadachín flamenco con plumas amarillas, azules, verdes. Salen hacia el patio de mulas: les gusta galopar alocadamente por los sembrados espantando gallinas y labriegos pobres.

Penumbra. Un amanuense triste frente al libro de audiencias. Aparentemente nadie. Pero en el rincón del eterno retorno de lo mismo, casi invisibles, el general Queipo de Llano con altas botas muy lustradas y planchadísimos *breeches* preside la comitiva de académicos y magistrados (¿Díaz Plaja? ¿El doctor Derisi? ¿Battistesa? ¿D'Ors?). Le pedirán al Rey patrocinio y fondos para el Congreso de Cultura Hispánica de 1940.

Penumbrosa España medieval que huele a misa terminada, a último cirio apagado con la tos del sacristán tísico.

17

Por fin, Isabel, los condecillos y la atribulada Beltraneja embocan el corredor del dormitorio de Enrique IV. Encuentran allí, según lo convenido, al venal valet de Cámara, don Gregorio, que logró distraer la guardia de alcoba.

Pero una contrariedad (el viejo balbucea): el león, nieto del que tuvo el rey Juan, está echado a todo lo largo del umbral. Con ojos entrecerrados controla los rítmicos ronquidos reales. Ojos de tedio, no de sueño. Sin hambre, incapaz de la demagogia, ¿cómo hacerse con él? ¿Cómo negociar? Hay un olor profundo de fiera que aceptó la paz pero no la sumisión (hace sólo tres años que devoró a un obispo converso).

La Beltraneja mira burlona. El viejo intenta un gesto de autoridad, un leve empujón en el anca que la fiera desconoce. Bosteza inmóvil.

Entonces Isabel se adelanta y grita:

—¡Fuera!

Pero es inútil. Le aplica un decidido soplamocos. Enfurecida se le prende de las crines y le muerde una oreja. Después de un breve silencio amenazado, el león cede a la decisión, no a la escasa fuerza de la niña. Muestra los colmillos, sacude la cabezota y, cuando va a rugir, recibe un enérgico trompazo en el hocico. Opta por levantarse y echarse bajo la ventana.

Cuando abrieron la puerta, don Gregorio, sin suficiencia de sangre como para ver desnudo a un monarca, recibió orden de retirarse, la Beltraneja se filtró primero.

Isabel enganchó con la caña la orla del camisón del dormido Rey y fue descubriendo el cuerpo hasta el pecho. Los ronquidos retomaron el ritmo del durmiente.

Vieron unas piernas débiles, pálidas, velludas. Más allá la zona informe y oscura. Esforzaron la vista para entrever lo indefinido. Pensaron en estructuras de quebradizo pergamino. Orejones de esos que el viajero puso a secar para la travesía; o el inmemorial cuero reseco de la sandalia del legionario romano vencido ante las puertas de Samarcanda. (Y otra vez corresponde citar al resentido Álvarez Gato:

"...y tu sin mar marisco desosado

en marina penumbra apellejado...")

La pequeña Beltraneja empalidece. Isabel mantiene la caña con autoridad. Los condesillos observan y juzgan.

Era verdad: no había allí turgencia alguna de vida. Más bien carencia de todo humano aceite. Beatriz de Bobadilla dice que no sabe por qué, pero que recuerda el pedregal de Soria. Juan de Vivero dice que no: que hay que hablar de las caracolas que el Cantábrico devuelve como casas vacías en el balanceo de su oleaje. Isabel, provocadora, obliga a ver a la pobre Beltraneja que tiembla y estalla:

—¡Yo seré la Reina, yo, yo! ¡Te odio! —y se echa a correr dando peligrosos tumbos sobre sus desmesurados alcoraques.

E Isabel, con suficiencia, ya cuando regresan:

—Lo habéis comprobado. Ella no puede ser hija de él. ¡Yo seré la Reina!

La batalla entre la ilegal legitimidad y la ambición quedaba declarada.

E s rubio y fuerte como un ángel, solía decir Susana Fontanarrosa, su madre. El joven se negaba al sombrío ejercicio de la sastrería. Tampoco quería ser cardador, ni quesero, ni tabernero. Esas posibilidades sensatas que le proponía la realidad.

Dioses salvajes del mar. Los intuía vivos. Pensó, sin modestia, que alguna vez le habían hablado con la voz áspera del invierno o con ese susurro, que sólo el iniciado comprende, en las calmas tardes de verano.

Ahora el joven corría por la playa, a lo largo de la rompiente. Respira la brisa suave de la noche de luna. Va casi desnudo, los pies cubiertos —como siempre, para proteger su secreto— con las medias tejidas por la *mamma*. Mantiene la velocidad constante del sublimado: diríase un lama corredor de los que sólo se ven en las altiplanicies tibetanas. No tiene otro objetivo que el de calmar su ansiedad, desactivarse, amansar su sangre fuerte.

Pasó bajo la Torre del Mar. Sabía que su tío Gianni, el guardián, comunicaría su posición a sus primos, aquella envidiosa manada de queseros y sastres que ya sospechaban en él la subversiva presencia del mutante, del poeta.

Recorrió las dos leguas del arco playero con los pies irritados de pisar conchillas y arena gruesa. Mantenía el automatismo tontón del aerobista. Subió por la restinga cubierta de colonias de mejillones y desde allí se zambulló en la rompiente con la serena decisión del alumbrado. Nadó hacia afuera. Se quedó quieto demostrándose una vez más su anormal flotabilidad y se dejó llevar de espaldas por la corriente, hasta que se sintió varar sobre la arena. Quedó tendido. Fascinado por el espacio cósmico. Con los ojos abiertos e inmóviles como los de la merluza que había visto esa mañana en el mercado de Génova.

Entonces, como otra vez, escuchó el graznido del oleaje menudo que el arenal y las conchillas absorben. La última onda que se dobla y cae en esa espuma que la tierra bebe.

La voz del mar susurraba en verso. Lo llamaba. Clarísimamente escandía:

—Coo - lón

Cooo - lón

El mar no decía Coo-lom-bó. No. Decía claro (en español): "Cooó - lón". El "lón", de una forma seca y rápida, diríase autoritaria. O como quien pronuncia la última palabra amenazado de estornudo.

Sintió que el alba —la de los dedos de rosa— entreabría la noche con la discreción que podría tener Ariadna al entrar en el recinto del Minotauro.

El agua estaba más fría. A lo lejos vio las camisas fosforescentes aún de la patota de primos que accedían a la playa por la restinga sur.

Debía huir de su necesaria y torpe crueldad. Corrió olvidando el ardor de sus pies fatigados. Trepó. Alcanzó el bastión de Génova por las callejas adoquinadas donde nacía un rumor de lecheros y pescadores.

Comprendió que lo tenían encerrado: un grupo comandado por Santiago Bavarello, casado con su hermana Blanquita, cerraba el estrecho *cul-de-sac* del Vico de l'Olivella.

Fue inútil que golpease en los portones cerrados. Sólo le respondió el potro blanco, con un relincho, desde la oscuridad del establo.

Miró hacia las balconadas de madera con macetas de geranios y encontró la mirada inmóvil de Susana Fontanarrosa que ya hilaba, con el primer rosicler.

Ella comprendía que el rito que sucedería era la imprescindible prueba que nace del odio y del resentimiento de los mediocres y que sirve para medir, fortalecer y templar la virtud de los grandes.

Se escucharon los golpazos densos de las trompadas. Gemidos de forzada exhalación. Quedó arrojado contra el portón sangrando por la nariz. Le trabajaron los flancos y el plexo hasta que perdió el aliento. El joven ya sabía que tanto el miedo como el acumulado resentimiento suelen potenciar el brazo del humano. Pegaban en silencio. Buscaban sus centros de dolor casi con fría profesionalidad de torturadores.

Su cuñado Bavarello, ofuscado por el rencor, salió del fondo de un depósito de arneses calzado con una sola bota claveteada, del par que antaño usaba la familia para trepar a los montes de Quinto en rescate de cabras perdidas por el celo.

Le sostuvieron las piernas abiertas. Dos buenas coces de Bavarello en la entrepierna. Un grito profundo. El alivio del desmayo, bendición del torturado.

Lo dejaron tendido y partieron hacia el desayuno que humeaba en los fogones del hogar.

Se habían vengado, como otras veces, porque les había

arruinado la raviolada última al anunciarles su intención de dejar de ser cardador.

—Seré navegante —había dicho sin arrogancia. Y fue como si hubiese derramado una bolsa de arañas sobre el apacible, impoluto mantel dominical.

Las mujeres lo lloraban en las balconadas. Su hermana, las primas, una tía joven. Todas mujeres cómplices platónicas que el Deseante poseía metafísicamente, juntas, por separado o despedazándolas en su imaginación para recomponerlas excluyendo defectos y armonizando dones, en su laborioso amor solipsista.

Las gimientes miraron a Susana Fontanarrosa, pero ésta, mujer de gran casta, no levantó la mirada del tejido. Sólo murmuró apretando los dientes:

—Inútil lo que le hagan. Es de la raza de gigantes. Nada ni nadie podrá detenerlo.

E l lansquenete Ulrico Nietz llegó al Vico de l'Olivella buscando una fuente para renovar el agua de su cantimplora. Desertor de guerras perdidas por entusiastas conductores. Fatigado de las desdichas del pensamiento abstracto y de sus peligrosos abismos. Amenazado por las razones teológicas y las tiranías del monoteísmo judeocristiano con sus bandas de predicadores armados. Vagabundeando siempre hacia el Sur había alcanzado, por fin, las tierras soleadas donde florece el limonero.

Ansiaba echarse entre las viñas, poder robar peras, dormirse en las ruinas de una antigüedad donde su sombra habríase vivificado en danza. Siestas de faunos pero en cuerpos de apolos.

Llegó con su figura de militar que sobrevivió a una batalla con incendios y vandálica persecución. Causó escándalo entre las banquinas de pescadores. Los sastres campanillearon con sus tijeras para anunciar al gremio una presencia peligrosa.

Tenía bigotazos de crin dura, inflexible; crin de jabalí al que mataron la hembra en una infame cacería. Mirada de tigre enjaulado: reflejos amarillos y estrías marrones. Olía a sudor de caminante sin posada y a cueros militares y armas herrumbradas en derrotas bajo la lluvia.

Subía hacia el Vico con un ruido de botas enchapadas y de vainas destartaladas. Nadie podría imaginar que llegaba desde el ducado de Turín, perseguido por la temible guardia saboyana, acusado de bestialismo por haber sido encontrado *"in fraganti"* abrazado a un caballo, besándole los belfos, sollozando, en medio de la *Piazza San Carlo*.

Huía de una tumba de niebla. Buscaba una posibilidad de vida que no lo transformase en sombra de sí mismo.

En la odiosa Berna de los relojeros había osado decir que "el hombre es una cosa que debe ser superada". Amaneció brutalmente golpeado.

(Desde entonces ocultaba celosamente un terrible secreto que sólo podía develar a los fundadores de un Imperio.)

Algunos equivocados, como Giorgio Thibon, pensaron que había llegado al Sur en busca de un puesto en la guardia vaticana. Su ambición era otra, alta. Por el momento sólo pretendía ser ocioso y brutal como aquellos antepasados suyos que cabalgaban desnudos por los bosques helados de la Germania, huyendo del orden público y la educación colectiva.

"El aire marino quemará mis pulmones, los climas ardientes me broncearán." Esta era su más grave deserción, la que no le podría perdonar ningún tribunal militar de la época.

Lo cierto es que no encontró la fuente. Encontró al adolescente rubio echado, inconsciente, en el *cortile*.

23

Le mojó las sienes y los labios. Le dijo, para consolarlo, con su atroz pronunciación germana:

—Coraje, muchacho. Todo lo que no te mata te hará más fuerte...

Después de esta salvaje pedagogía tuvo que escapar a paso vivo porque ya tenía encima a los chicos que lo perseguían desde el puerto. Ya gritaban. Ya le arrojaban las primeras piedras. (En ese tiempo los germanos seguían siendo los bárbaros, los roñosos y los holgazanes. Tan bárbaros como búlgaros o gitanos.)

El joven Cristoforo se acordaría de aquellos bigotazos teutones. Su agua con vinagre le pareció dulce.

¿Y el mástil de la Santa María?: era entonces el tronco de un gran cedro pirenaico nacido en la abrupta costa santanderina.

Un rayo del temporal de enero había quemado su extremo, justo donde iría la cofa, al final del galope (el lugar que abrazaría Rodrigo de Triana, gritando ¡Tierra! ¡Tierra! y creyendo que cobraría los cien mil maravedíes que Colón, el astuto, se tragaría diciendo que la estaba viendo ya desde la noche anterior).

Era un cedro que había tenido vida brava, enfrentado al viento salvaje del Cantábrico. Había crecido en aquel faldeo de lobos, con más piedra que humus, aferrándose, desde joven, con raíces como garras de tigre.

Su alegría era la brisa de abril. Cuando el viento deja de

24

silbar y dobla. Sopla entonces desde tierra y trae un apacible aroma de bosta de caballo, mugidos de establo y voces de campesinos llamándose al atardecer.

Lo descubrieron desde el mar los pescadores gallegos (ningún humano lo había aproximado). Comprendieron que ese tronco era un evidente palo mayor. Tardaron una mañana en alcanzarlo y una hora en derribarlo.

Por la tarde desbastaron el ramaje. Al anochecer era el mástil sin fallas ni nudos peligrosos que estibaron en la cubierta.

Lo vendieron en las atarazanas de La Coruña. Allí lo elegiría el patrón y constructor de esa *Gallega*, esa *María Galante* que Colón revirginizaría con el nombre de *Santa María*.

La infancia del elegido había sido armoniosa en aquella Génova. Génova de los tenderos. Sólidamente protegida de la cultura y de los ducados guerreros por su collar de montes ásperos. Sólo atenta al rumor de los telares, las discretas astucias de las letras de cambio, las alegrías seguras del comercio.

Libre de michelángelos y dantes, una ignorancia sin fisuras propiciaba aquel orden comunitario y el progreso municipal. Un catolicismo de mano liviana, con tolerancias hacia lo marrano y lo morisco, distanciaba a los jóvenes de místicas y teologías dañosas para la eficacia y lo concreto. Mantenían a raya la presión vaticana con el envío semestral de grandes partidas de sarga para sotanas al precio sin competencia de dos cequíes.

Génova: sus montes en tres hileras, como dientes de tiburón, la protegían del siglo, de aquel tiempo de mutaciones profundas.

Del lado del mar no se podían evitar incursiones de naves turcas o venecianas. Pero si algún bote lograba acercarse a los acantilados abruptos, los tripulantes deberían enfrentar la ferocidad de los horteras en armas. (No hay defensa más cruel y exagerada que la de quien se imagina débil o justo, o ambas cosas.) Los perros vagabundos bajaban a la playa para terminar con los cuerpos despedazados de los incautos piratas.

Los años de la infancia de Cristoforo fueron la clave de su fuerza. Sin peste, sin *duces* victoriosos o imperiales. El niño creció en brazos de la torpe tradición familiar y las noticias —no convendría hablar de educación— de parroquia.

Tiernamente ingresaba en el esquema de errores y terrores de su época. Dulcemente lo preparaba para el oscuro y útil sometimiento.

El cura, el padre Frison, después de la *bagna cauda* o del pesado pesto del mediodía invernal y lluvioso, se lanzaba a describir los ígneos dragones de la Puerta del Infierno, las interminables torturas eternas, sin fin; o intentaba una confianzuda descripción del bondadoso carácter de Cristo, como quien se jacta de un tío segundo, poderoso y lejano.

Enseñaba la dura piedad del siglo: matar al moro, despedazarlo, pero no olvidarlo en la oración dominical (y hasta gestionarle un lugar sin llamas en el limbo de los infieles).

Pero hay que reconocer que fue el cura Frisón el que contagió a Cristoforo la pasión, pena y nostalgia del Paraíso. Un viernes lluvioso (pleno invierno) después de un almuerzo con una botella entera de *Lacrima Christi*, el cura, ante los asombrados niños, comenzó a describir playas de arena blanquísima, palmeras que rumoreaban con la suave brisa, sol de mediodía en cielo azul de porcelana, leche de cocos y frutas de desconocido dulzor, cuerpos desnudos en agua clara y salina, músicas suaves. Pajaritos de colores. Trinos. Fieras tranquilas. El colibrí libando en la rosa. El mundo de los ángeles, seres perfectos, sin tiempo. "¡Eso es el Paraíso! ¡Y de allí hemos sido expulsados por Adán y por los judíos! ¡Ahora mejor morir, mejor ser abandonados por esta sucia y triste carne y

26

estos días! ¡Lo mejor, muchachos, el Paraíso! ¡Es lo único que vale la pena!"

El cura emocionado, lagrimeando. Un profundo dolor y desamparo. Seguramente había construido aquella visión del Paraíso desde las láminas de esos libros perversos —fingidas crónicas de viaje— que ya se editaban en Venecia con el aparato nuevo, la imprenta.

Los chicos quedaron asombrados. Cristoforo se durmió llorando. Comprendió que habíamos padecido una grave desgracia. Teniéndolo todo, habíamos perdido todo. ¡Nos habían despojado de la verdadera vida!

Una casa dominada por el blanco: vellones, cueros de lanares en todas las sillas, manta de lana, ollas de leche para el queso, nubecillas de harina que levantaban los tíos panaderos. Susana Fontanarrosa, su madre, siempre tejiendo hilos blancos.

Los vellones salían de la máquina de cardar, tibios, aéreos, más azúcar que nieve. Cristoforo los perseguía con soplidos y los hacía elevar, flotar.

Los sábados su padre, Domenico, desde las siete empezaba a cantar y a tomar vino de *le cinque terre*. Comía alegrísimo (carne) a las ocho. A las nueve vociferaba con campesina jocundia:

"¡No hay peste! ¡No hay peste!
¡Viva la vida!
¡Que no hay muerte!
¡No hay muerte!"

Después empezaban canciones pesadamente eróticas, como *Il Pellegrino*, y ya Susana Fontanarrosa metía al niño en su lecho de blanco vellón y entornaba los postigos que daban a la calle.

Derribaban algún vaso. Risas. Luego un espeso silencio. Después más vino. Domenico cantaba solo. Loaba a Dios. Por tercera vez contaba la ganancia de la quincena.

A veces el niño espiaba desde las mantas y veía: ella sudaba, con vellones pegados al cuerpo. Domenico, en cuero rosado, como el gigantesco pavo que la abuela pelaba para Navidad.

Se entreperneaban con clara y simple decisión campesina. Estaban sostenidos en un orden católico-feudal. Se dormían encantados, con ronquido seguro.

Eran liberales, orgullosos de su mediocridad, sin pasiones que los asomaran a extremos de desgarramiento o de grandeza. Sólo temían lo peor: un hijo mejor. Poeta, místico o *condottiero*. La gloria de los guerreros les parecía efímera, la cultura amenazante. Ni hablar de héroes, descubridores o cosa parecida.

Los Colombo eran discretamente católicos. Iban a misa los domingos, con la obediencia, ostentación y ese cierto constructivo escepticismo de la pequeña burguesía ante Lo Grande.

También gozaban de hebrea fama. En la rama de los sastres, se podían jactar de alguna nariz ganchuda, de alguna oreja en punta.

A veces comían aves que desangraban ostensiblemente en el patio del Vico, cosa de enterar a los Berardi, el gerente de la casa Spinola, la gran multinacional.

Más que genoveses se sentían itálicos. Más que católicos, gente del gran Dios (sabían que de los dioses en pugna suelen descender las más enconadas matanzas).

Eran escépticos, eclécticos, sincréticos, astutos. Navegaban en un politeísmo oportunista.

A los nueve años el chico les dio el primer gran disgusto. Mostró la casta. Fue después de la comunión; teofagia que cumplió con los ojos entrecerrados de devoción, como todos.

En un descuido del sacristán, Cristoforo robó el alfabeto y el cartón con el modelo de las letras. El alfabeto obraba en dos tablillas que el cura administraba y guardaba, consciente de los peligros. (Sólo uno o dos niños de cada familia patricia podían profundizar en las cuatro operaciones y en los riesgos de la lectura.)

Cristoforo, a luz de cirio, en tres noches se atragantó con aquellos insectillos oscuros, ubicuos, bailarines. Prohibidas uvas del Árbol de la Ciencia. Fue en la cuarta —memorable— noche cuando compuso su primera palabra: ROMA. Le pareció cosa de hechizo ir a parar en su anagrama: AMOR. Quedó fascinado.

A la semana logró descifrar el canon del cura: "Cuchillo al enemigo de la tolerancia y de la fe en Cristo nuestro Señor."

Fue descubierto. Le pusieron un bonete amarillo y fue escupido por compañeros adulones. Le dieron treinta reglazos en las plantas de los pies. La sacó barata porque nadie pudo creer que ya había aprendido a leer y que había sacado copia justa de las dos prohibidísimas tablillas.

Ocultó cuidadosamente el secreto de su iniciación.

A veces llegaban al callejón de la Olica extraños hombres con botas y delantales encerados, con pegaduras de algas y conchillas.

Olían a sal, a puerto, a marisco pisoteado. Parecían siempre mojados aunque no lloviese.

Eran los hombres del Mar. Traían cestas de juguetes mecánicos: erizos, centollas, cangrejos, langostas que empujaban hasta que movían lentamente sus antenas de cobre.

El niño miraba de lejos esos monstruos, temibles pero no repulsivos como las arañas, ciempiés y otras sabandijas de la tierra.

Los hombres del mar hablaban a gritos. Risotadas. Los sastres, desconfiados, se asomaban a las barandas. Observaban con rencor que las mujeres toleraban con cierta complicidad y torpe sobreentendido un diálogo con intencionadas alusiones a for-

29

mas y medidas, mientras sopesaban la brótola o controlaban la rojez de la agalla de la merluza.

A veces hasta resonaba una sólida nalgada. Entonces se oía un sobreactuado campanilleo de tijeras empuñadas: los sastres fingían que pasarían a la acción.

Había que ofrecerles vino. No les importaba que fuese del peor, se veía que tenían las gargantas estragadas por la sal.

Contaban historias con temporales, constelaciones desconocidas, barcos a la deriva deshabitados pero aún con las hornallas encendidas.

Contaban obscenamente. Regalaban kilos de cornalitos y chanquetes a las viudas pobres y a los contrahechos que los seguían como gaviotas al galerón.

Tenían otros códigos. Estaba claro. Mentían con magnitud: referían un asado comido en el lomo de la ballena de San Brandán; o historias de brazos perdidos en combates contra el Octopus gigante y la Orca asesina.

Uno contó ante el azorado Cristoforo, que el *Maelström* lo había arrastrado al abismo final pero que, perdida la conciencia, apareció varado en la playa de Bristol y que se salvó amamantado por una aldeana pecosa.

Lo miró asombrado. El hombre del mar tendió la mano y acarició la mejilla al rubito. Sintió como un raspón. Su dedo era un cuero curtido, agrietado, con vetas de sal. Labios secos. Unos pocos dientes amarillos, color de cuerno de narval.

Los chicos los seguían cuando volvían al puerto, ahora con las monedas de los sastres y cardadores. Cantaban y empezaban a beber a chorros. Ebrios, se tendían sobre enormes prostitutas sirias: gordas, ociosas, policromas. Derramadas sobre un lujo de terciopelo barato. Pero ya había que descolgarse del ventanuco porque llegaba el rengo Staffolani blandiendo el garrote de la moral municipal.

Desde entonces supo el chico que el mar era otro universo. Sintió que era un dios atrabiliario, iracundo, amoral, que a veces se ponía como Rizzo, el Jefe de la Guardia de Palazzo, cuando su hija, Ninfetta, se escapó a los montes con el sacristán: se oía desde lejos el rugido del mar y Susana Fontana-rrosa ajustaba las persianas. A la tarde los hijos de los queseros y tejedores eran arropados y bajaban para ver la furia grande.

Desde lo alto se veían sus zarpazos. Un fragor denso y re-novado. La espuma salina rota por el viento como la baba de un justo que enloquece en sus cadenas. Tiraba a la playa peces, aguavivas, restos de barcas. Hasta un tentáculo de calamar gi-gante.

Para calmar al dios enfurecido —cuando la furia duraba más de tres días— se compraba un deforme a alguna aldea vecina y se le arrojaba del acantilado con un collar de higos secos y una capa de plumas de gallina para facilitar al sacrificado su vuelo al limbo de los idiotas.

Al segundo o tercer día el gigante se iba calmando y se podía volver a pescar al seguro. De su rabieta quedaban rayas despe-dazadas contra las rocas, tablones, caracolas. Una vez hasta una ballena que se repartieron los tiburones y los pordioseros.

La solución final del problema solar, eso es realmente lo que querían los aztecas. Se dejaban aplastar por su excesiva fe: estaban demasiado convencidos de la sed de sus dioses que sólo beben sangre. Pensaban que era indispensable una gran transfu-sión final. Una hecatombe que fortificara al sol anémico hasta el fin del ciclo de los tiempos.

Huamán Collo, enviado del Inca Túpac Yupanqui, se ponía sus insignias para afrontar las últimas negociaciones. Las lunas de México Tenochtitlán se habían escurrido como el maíz que desgrana una tamalera joven. Sentía muy lejanos los días en las balsas que habían remontado lentamente la corriente del Pirú hacia la costa de la confederación azteca.

Difícil de negociar con hombres ya devorados por la insensatez de sus dioses.

Creían exageradamente en los signos nefastos. No comprendían la diferencia entre símbolo y realidad. Se movilizaban convencidos de la profecía de Quetzalcoatl al ser expulsado: "Retornaré en el año 1-caña" (1519). ¿De dónde sacarían la convicción que el sol se les moría? También en la plaza ceremonial del Cuzco, en la Huacaypata, había caído un águila fulminada a los pies del Inca; pero no se debe confundir un águila infartada con el fin de un Imperio.

Creían que la Tierra es un saurio dormitando plácidamente en el fango. ¡Ingenuos!: no sabían que es un puma en el instante en que salta desde una sombra hacia una niebla. La vida...

No es fácil negociar cuando la magia y la imaginación superan el sensato cauce de la ciencia y el número.

Se ajustó la *mascaypacha* y se asomó a la balconada que, desde el lateral del Palacio Imperial, daba hacia la Plaza del Mercado y la Gran Pirámide. Fiesta móvil de México. Tenochtitlán. ¡Tenochtitlán! Sonido rico y metálico de los gones que los chicos golpean con cuchillos de obsidiana, cuando ya descendieron los monjes ensangrentados por el sacrificio.

Alegría de la tarde anochecida. Juegos, gritos. Calles excedidas de gente. Un hormiguero donde se hubiesen desbordado canales de miel.

Voceríos de trueque y propaganda. Retruques de compra y venta. Huamán lo reconocía: era la peligrosa alegría que sólo los comerciantes pueden infundir. Hasta tenían su dios, *Yacatecutli*. ¿Por qué un lugar en la jerarquía sagrada? Era demasiado. Su socialismo ortodoxo y oficialista, de funcionario, se resentía. Era una organización diferente de la vida (¡cómo negar la ciencia de los *quipus*!). Estos aztecas estaban lejos de la posibilidad de sancionar una ley como la reciente de Túpac

32

Yupanqui referida a los mineros: seis horas por día y cuatro meses de trabajo por año. ¡Las seis horas! Movimiento de vida frenética. Cantos ahogados por los guerreros que se entrenan en el juego de pelota. Desde lo alto del templo de *Tlaloc* un sombrío ritmo de tambores y el aullido solo, profundo, inútil, del sacrificado a quien los sacerdotes, siniestros trabajadores divinos, arrancan el corazón que depositan en el pecho del *chac-mool*.

Regateos de vendedores de flores. Aleteos de tucanes cautivos. Piruetas de monos en las ramas secas donde los ofrecen sus amos. Un olor profundo de salsas picantes, de tortillas con relleno de corazón de perro. Tenochtitlán, la fiesta móvil. La vida fácil y alegre de las grandes ciudades.

Estos aztecas tenían aperturas a la gracia, a la inexactitud. Toleraban el comercio libre y la lírica. El Incario, en cambio, era geométrico, estadístico, racional, bidimensional, simétrico. Socialista, en suma.

Como todas las tardes al sonar las caracolas y trompetas que anuncian el crepúsculo, entró una deliciosa niña tlazcalteca con un vaso de cacao espumante y un copón de plumas. Huamán no la desilusionó: sopló un puñado hacia el espacio del ventanal. Flotaron en el tornasol. Sintióse aliviado de su solemnidad de funcionario. Repitió la experiencia hasta vaciar el copón. Las plumitas de colores quedaban suspendidas en el aire, algunas hasta se elevaban y tonteaban en el espacio como las jóvenes mariposas de las tierras calientes, tambaleantes papelitos, confetti de los dioses. Un instante de alegría y belleza antes de desaparecer.

—¿Vale la pena invadir las tierras de los pálidos? —preguntó Huamán, escéptico, al *tecuhtli* de Tlatelolco.

—Se pueden conquistar esas tierras, dominarlas —dijo el *tecuhtli* como si no lo hubiese escuchado.

Huamán ya sabía que querían veinte o treinta mil de aquellos brutos pálidos para inaugurar, en el año azteca 219, el templo de *Huitzilipochtli* y conjurar el drama de la anemia solar. "Una sola es la sangre del mundo, de la fiera, del hombre o del dios."

33

—Conquistémoslos. Liberémoslos. Desembarquemos en sus costas —insistió el azteca—. Ustedes conocen el secreto de los ríos que corren en el mar. Se podría...

Huamán Collo no podía abandonar la racional desconfianza de su señor, Túpac Yupanqui. Se suponía que los comerciantes de Tenochtitlán querrían abrigar a los pálidos con pieles de jaguar y de oso, estolas de plumas. Acostumbrarlos al tabaco y a la coca, alegrarlos con piedras de jade y cacao.

Blanquecinos barbudos, robustos y cortones. Más de una vez, persiguiendo atunes —indestructibles minoristas— habían naufragado en el mar caliente o desembarcado en las islas hasta que pudieron cargar agua, juntar frutas y volver hacia el mar frío.

Los aztecas, modestos navegantes, se los cruzaron repetidamente. En particular en los viajes de investigación que hacían hacia ese punto a quince jornadas de Guanahani donde se produce la confluencia de vientos y corrientes. Una laguna inmóvil dentro del mar donde flotaban desechos de ambos mundos: una pipa ceremonial, un perro fox-terrier inflado como un odre, un bastón de curaca, varias de esas tripas anudadas que inventara lord Condom y que los amantes veraniegos arrojaban a la corriente del Támesis, una cabeza de caballo sacrificado seguramente por los sarracenos en una innoble venganza, una tanga de piel de venado con sus cuerdecillas ondulando entre aguas, un rosario con cruz y bolas de madera, perdido por algún cura gallego en el día de la Virgen de las Rías.

Conocían el mundo poco cautivante de los blanquiñosos por el análisis minucioso y deductivo de estos objetos y por las incomprensibles señas de los insignificantes navegantes islandeses que ya se veían menos que en siglos anteriores. Pero ciertamente carecían de la experiencia de los incas en la materia.

Huamán, parsimoniosamente, narró los intentos de vuelos trasatlánticos. Con modestia informó al *tecuhtli* que habían sobrevolado las Islas Humeantes (Canarias) y el extremo de la Trompa del Jaguar (Iberia).

Con verdadera humildad, cosa de no ofender al competitivo orgullo azteca, Huamán refirió:

34

—Uno de nuestros globos llegó a Düsseldorf. Son hombres pálidos, aparentemente desdichados —aseguró con distante desinterés.

Eran grandes globos de tela fina de Paracas que alzaban con una navecilla de totora. Se levantaban en el aire caliente de Nazca o del Yucatán y aprovechaban la difícil ciencia de los vientos calientes. "El otro mar, el mar cielo."

El *tecuhtli* comprendió que sería difícil vencer la indiferencia del Tawantinsuyu hacia los blanquiñosos. No se comprometerían en una aventura imperial hacia las tierras frías. Las negociaciones habían fracasado.

El escepticismo de Huamán era grande. Sabía que los hombres son una broma de los dioses para mortificar a los animales. Emergen del continuo, del origen, pero conservan una desdichada nostalgia o una lamentable esperanza. Bípedos, como macacos, andan a los tumbos, sin adaptarse del todo a la realidad, hasta que retornan a lo abierto, al lugar sin sombras. ¿Para qué esforzarse en aventuras mayores, en nuevas conquistas?

Ceremoniosamente se encaminaron hacia el banquete en el Palacio Imperial. Ingresaron en ese panteón de luz y color que es el *Codex Vaticanus C*, tercera parte, perdida para siempre en la quemazón de documentos aztecas ordenada por el atroz obispo Zumárraga.

Entraban en el *Codex* con pie lento y grave. «Solemnes como reyes de baraja», hacia el último banquete. Recibidos desde ambas márgenes por adolescentes que saludaban con plumeros de colores. Los ideogramas no retienen el último intento del *tecuhtli*, político practicón, para convencer a Huamán:

—Señor, ¡mejor será que los almorcemos antes que los blanquiñosos nos cenen...!

Era una mañana de niebla fría, un globo gris que los rayos de sol ya pinchaban. Aire de otoño contra las murallas del Palacio.

Entraron los cazadores. Golpeteo de cascos, cornetas concentrando la excitada jauría. Alabarderos, niños y gente de cocina que se arremolinaba para ver las presas todavía envueltas en un último vapor de vida.

En lo alto del campanario (nadie sabía cómo había trepado hasta allí) se mostraba la Beltraneja con una descocada estola de plumas de ibis que había robado seguramente a alguna prostitutilla. Se había pintarrajeado con colores de moda: violeta, amarillo, rojo; pero sin espejo. Parecía más bien una «mancha». El viento hacía peligrar su infaltable sombrero·de hada, el tul se le enredaba en las columnitas de la espadaña.

Un poco más abajo, pero con vista a la cisterna donde bebía sanamente la caballada, sentados en las almenas de la atalaya, Isabel y sus amigos. Su primo, Fernando el de Aragón, sin atributos principescos, disimulaba su condición para evitar que aquella parada se transformase en pesada —e indeseada— visita oficial.

Vestido como un cabrero sin apuros económicos. Era un adolescente de pecho montañés: cabellos castaños claros, cara plana y ancha, los ojillos (curiosamente almendrados). Mocetón con paso de rey. Iba y venía entre las mulas controlando los desbordes y descuidos de la llegada. Ordenó:

—Se partirá a Zaragoza antes del mediodía.

Le acercaron una bota de vino, bebió con ganas. Al echar la cabeza hacia atrás localizó con la mirada lo que realmente le interesaba de ese sombrío palacio.

Impresionaba su paso en las lajas: arrancaba un sonido militar del opaco granito, paso de hombre, casi con gravedad de rey-abuelo. Contaba las piezas de montería: conejos y liebres despedazados por perros que no se supo educar a la inglesa, un cervatillo abatido a garrotazos, dos jabalíes de los que incesantemente manaba una sangre lenta y espesa que humeaba sobre las piedras.

Los peones secaban los bronces empañados de niebla. Guardaban puñales, espadas, ballestas. El arma preferida de aquellos valientes sin refinamiento era el garrote. Eran particularmente hábiles con él: hasta podían bajar un toro cimarrón. (Los aragoneses se ejercitaban cazando catalanes, esa constructiva comunidad con el destino manifiesto de abrigar a todas las Españas.)

De nuevo resonó la voz de Fernando. Hizo comparecer al perro que había flaqueado en su coraje frente al tercer jabalí. Pidió un arco liviano y pese al reclamo del peón encariñado, disparó un flechazo que atravesó al can de cogote a rabo.

Se veía: un hombre: ni dudó en sacrificar un perro caro en el altar de la justicia. Los alabarderos de guardia miraron con nostalgia (la crueldad justa siempre fascina en España).

Nadie pensó que mataba sólo a un perro. Aquel flechazo llevaba mucha decisión. (¿Habrá sentido Atahualpa una punzada en el hígado?)

Isabel, con su hopalanda breve y la trenza inocentona pasó las piernas desnudas muro afuera mientras abrazaba la agreste almena. Fernando fingió ajustar la cincha de su mula y así pudo afirmar la mirada hacia lo alto. Mirada metálica, implacable, de orca, que trepó por el granito de la rampa, se entibió entre los muslos y subió hasta aquella inquietante sombra final. Fernando sintió un inesperado zumbido de debilidad. Tuvo que buscar aire ansiosamente, levantando la cabeza como un ciervo caído en un pantano, como el luchador que recibió el mandoble del lado que nunca esperaba. Esa sombra tibia, ese valle. Aquella cola de la zorra que al amanecer logró escurrirse en el zarzal.

Los ojos de Isabel se quedaron en la nuca del mocetón. Era la testuz del toro en época de brama, una bola de poder, rodilla de gladiador romano.

La niña-princesa sintió que sus piernas se abrían dulcemente y que flotaba por el aire gris en torno a la nuca de su primo el aragonés. Pálida mariposa sensitiva volando en círculos en torno del fuego y cuando Fernando, sudado, tendía las manos para atraparla, ella se remontaba apenas, llevada por su vuelo tontón y frágil, jugando a la virgen boba.

Juanita la Beltraneja tuvo clara percepción de todo lo que estaba pasando en aquel minuto.

No pudo retener un llanto frenético. Lanzó varios aullidos de bestezuela menor amenazada por una inundación.

—¡Ese no es modo de mirarse entre primos!

Se colgó de las sogas y agitó con rabia los badajos. Su estola de plumas averiadas se enroscó en las cuerdas. Más que sonido de campanas parecía precipitación de cristales quebrados.

La niña se deslizó cuerdas abajo (quedó flotando un tul celeste en la penumbra del tubo). Corrió hacia el confesonario del buen Torquemada (el confesor de las princesas). De ese fúnebre armario donde el monje pasaba el día a la espera de las incitantes confidencias surgía un extraño y penetrante olor de urinario francés.

El cura escuchó la noticia pero la Beltraneja no le dio tiempo a nada: ya corría, desesperada, hacia el trono de su padre el Rey para informarle que Isabel ya no era virgen, que se había entregado indecentemente a su primo Fernando de Aragón, el cabrero anónimo.

—¡Ya nunca podrá llevar la Corona de Castilla!

Entretanto los patibularios aragoneses acomodaron las piezas de la cacería sobre las lajas ahora rojas. Se reservaron el cervatillo que asarían campo afuera, de regreso.

La pieza mayor, un jabalí con costras de sangre y grumos de barro y bosta, con una flecha partida clavada en un ojo, no estaba destinada al rey Enrique como los alabarderos pudieron creer.

Se trataba en realidad de un presente, un verdadero *billet-doux* destinado a la Trastamara:

"Para Isabel, princesa de Castilla,
este abatido jabalí de tierna carne...
Un desconocido."

No había dudas de que la simplicidad del texto conllevaba oscuras intenciones. Isabel se emocionó con aquel trozo de pergamino con manchas de sangre negra. Corrió a esconderlo en su misal.

Cinco semanas después, un emisario anónimo llegó al Real de Zaragoza para entregar al príncipe Fernando, rey también de

Sicilia, un delicado jabalí de azúcar, con crines labradas a punta de alfiler, atravesado con un palillo pintado en púrpura y amarillo, sin carta alguna.

Isabel, a escondidas de la Beltraneja, de Torquemada y de los espías cortesanos, había construido aquella paciente y silenciosa afirmación.

Un corte rabón, una circuncisión ambigua, eso fue lo que a Domenico le pareció indispensable para Cristoforo. Era irremediable que se lanzaría al mundo.

Padre e hijo fueron hacia el *ghetto*. Desde lo alto, al ver el mar, Domenico dijo con resignada pesadumbre:

—¡Esto es lo que quieres! Pero te desilusionarás; terminarás extrañando el caballete del cardador, la vida segura. La delicia de la tarde monótona que termina en cena conversada y sueño profundo. Muchacho: Dios, Jahvé, nos castiga con la ambición; para arruinarnos no necesita más que concedernos lo que imaginamos.

Entraron en la covacha del dudado rabino Ibn-Solomon. Antiguallas, pacotilla cabalística. Pájaros y pescados embalsamados. Libros de mística. Talismanes de Isis que se veía que el viejo ubicaba al por mayor.

Era un rabino independiente: no lo molestaban ni la ortodoxia ni las autoridades de la Diáspora. Su fuerte era la interpretación de los sueños, en el mercado, a un cequín. No sabía que era un pionero del lamentable psicoanálisis. Al ver a Cristoforo dijo sarcástico:

—¡Otro muchacho preparándose para la verdadera fe!

Dispuso los enseres: cuchillitos desinfectados en una mezcla de vinagre y grapa; gasas de lanilla, una piedra de afilar, un pote lleno de telas de araña que consideraba altamente cicatrizadoras.

Cristoforo, impresionado, miró hacia la pared: un geometrizado Árbol de la Vida con los treintidós senderos. De las ramas pendían papelitos con las fechas de los vencimientos (ejercía una usura segura y no muy cara). Una estrella de David de bronce, articulada, de modo que en un santiamén se transformaba en Santa Cruz. El Viejo era ducho en materia de *pogroms*.

Mientras asentaba la navaja dijo:

—Toda magia proviene de Seth, hijo de Caín, que fue iniciado junto al muro exterior del Paraíso. Pero muchacho: la primera magia trata de la rebeldía y la desesperación, la segunda de la obediencia. A la razón le toca mandar, a los instintos obedecer. Quien modifica esta ley de Jahvé, no muere en la cama. Tenlo por seguro.

Domenico había pactado con el rabino una circuncisión práctica, con el fin de que el muchacho pudiese pretender sin desventaja un puesto en alguna multinacional. Ibn-Solomon sugirió su especialidad: un corte medio para ambos propósitos. Una circuncisión de uso pluriconfesional que aunque no fuese muy homologable en sinagoga, resultase aceptable para banqueros, armadores, prestamistas. Y que no expusiera al joven al creciente rencor antisionista de los imperios nacientes. (Era un tiempo de mutación. Desde los cuatro extremos del mundo civilizado llegaban noticias de hebreos ardidos o lapidados con entusiasmo.)

Ibn-Solomon pasó varias veces el cuchillito por una llama de cirio verde, el mismo que usaba para adivinar el destino del consultante arrojando huesos de gato. Hundió, por último, la hoja en ceniza de incienso. Y soez y sarcástico:

—No temas, muchacho, pagué mis estudios castrando corderos en el Líbano...

Con sorprendente rapidez apareció el prepucio entre sus dedos cuando Cristoforo todavía pensaba si le dolería o no.

—¡Somos la única raza terminada a mano! —dijo el Viejo—. Pronto te correrá libre si te lavas dos veces al día con ácido bórico. Si sangra, musaraña. Si arde, mantequita de cerdo. ¡Cuídate del dolor con verde color! No olvides que por el pico muere el pato... Con esto podrás ser un elegido los sábados, *goim* los domingos.

Arrojó el humano hollejo en una caja de cartón donde otros se habían ya secado y oscurecido como pasas de uva. Sacudió la caja con orgullo profesional: sonidos de monedas de cuero de esas que usaban los camelleros persas para sus transacciones.

Ibn-Solomón cobró lo convenido: dos hormas de *pecorino* y un corte de sarga de medio tiempo.

—¡Hemos modificado el diseño de Jehová, muchacho! Ahora eres un *demi*, como dicen los francos. ¡Pero ay si te equivocas al mostrar la documentación!

Cristoforo se cubrió con el *cover-pennis* de delicado *crochet* que había tejido su hermana Blanquita con la mejor lana, lavado con agua de lluvia y purificado al sol.

Dos semanas después sondeaban posibilidades en las grandes casas: Doria, Pinelli, la *ditta* Berardi (con central en Florencia y capital de los Médicis).

Por fin fueron los de la gran financiera Centurione los que se interesaron.

Mientras iban hacia la entrevista, Domenico dijo a su vástago:

—¡No entiendo quien estando bien quiere estar mejor! Locura pura: las pasarás negras, el mundo está lleno de asesinos, de príncipes, de aventureros. ¿Qué te faltaba? Sólo los tontos creen que es mejor ser águila que buey. Allá tú...

Nicolò Spinola, gerente de los Centurione, exigió un castellano bueno y contabilidad de sobrestante (suma y resta y saber manejar las planillas de carga y descarga).

—Te desempeñarás en la marina mercante, muchacho.

41

¡Pero castellano y contabilidad! Eso es indispensable en los tiempos que vivimos...

El impotente urdió romances internacionales para alejar a su media hermana Isabel del peligroso Fernando y del trono de Castilla. Le buscó príncipes ambiciosos, caballeros erotómanos, nobles convenientes. Pero Isabel sólo soñaba con la nuca del aragonés. Se resistía con furia a toda otra sugerencia.

Arteramente, Enrique recurrió a la reconocida lujuria del Maestre de Calatrava. Viejo sensual que pronto supo por consentidos espías detalles de las cualidades físicas de la Princesa de dieciséis años. (Dormida, unas falsas monjas le tomaron las medidas del pecho, cintura, cadera y muslos. El Marqués se hizo construir una muñeca de felpa con esos datos para tener una aproximada pero realista idea de la beldad que le ofrecían los intereses de Estado.)

El lúbrico gotoso pensó que Dios le reconocía en vida sus servicios. Se puso en marcha desde Almagro hacia la delicia en Madrid. (Sabía del *jitoniscos*, del pelo lacio, de sus tobillos delicados con botitas abotinadas.)

Organizó una comitiva fastuosa de ocho carrozas. En dos de ellas, con los dedos sangrando por los pinchazos producidos por los tumbos del mal camino, iban dos grupos de costureras que cosían y cantaban alborozadas.

Preparaban el ajuar, la ropa interior *osée*, que surgía de la imaginación del Maestre que, como alucinado, en su carroza llenaba hoja tras hoja de diseños a la carbonilla. Inventaba calzones de seda con secretísimas ranuras, volados de color como mariposas perdidas en penumbra de sábana, agregaba botoncillos inesperados, flecos, pespuntes, cintillas. Con flechas nerviosas anotaba: "seda buena de gusano", "lino del fino", "broderie", "el bordado justo sobre el Venusberg".

En realidad el viejo Maestre no era original, se trataba de recuerdos deformados de sus libertinas visitas a los burdeles de Venecia y de París.

Pero era difícil concentrarse con tanto tumbo. Echaba la cabeza hacia atrás, abandonándose al vaivén del carruaje, y soñaba con la incitante medialuz nupcial. Una vez casados como el Señor manda, ya nadie los podría desunir ni impedir sus derechos. De retorno al castillo de Almagro ataría a la Princesa completamente desnuda en la gran mesa de roble del comedor y olería su sexo hora tras hora, día tras día. Su amor salvaje, desviado, profundo, sincero, exigiría la eterna virginidad de la niña.

A todo esto Isabel iba y venía por el Palacio, excitada por la larga marcha del libidinoso Maestre. Venía información precisa de todos los detalles y de aquellas dos carrozas de costureras cantarinas.

Su confidente, su gran amiga, Beatriz de Moya, gritó:

—¡Ni Dios lo permitirá! ¡Antes muertas!

Hubo que sacarle el cuchillo de la mano. Beatriz e Isabel se abrazaban y sollozaban juntas durante toda la noche.

Se veía que era un plan del Impotente: mientras el Maestre de Calatrava avanzaba hacia la Corte, él, para desbaratar definitivamente las ambiciones de su hermana, se lanzó a ostentosas pruebas de virilidad, con miras a negar las sospechas sobre la discutida sangre de la Beltranejilla.

Consiguió que el Arzobispo certificara:

"Indagadas que fueron por mí cuatro prostitutas de Segovia, CONSTA que Su Alteza en cada una de ellas tuvo trato y conocimiento de hombre a mujer y que tenía una verga viril firme, que daba su rédito y simiente viril como otro varón potente, como otros potentes."

(El documento aparece citado por Gregorio Marañón a quien se ve le interesaba el tema.)

Enrique lo hizo legalizar debidamente y lo extendió a la escéptica Corte que comprendía que aquella generalización no aclaraba el tema concreto de la Beltraneja.

Todo aquello parecía más bien la propaganda de un desprestigiado *gigoló* italiano.

Eran días de tensión. Pero el plan fracasó en su núcleo. Cuando el viejo Maestre llegó a la posta de Villarrubia padeció "súbitas fiebres malignas" que en un principio su gente de cámara interpretó como una corriente y normal crisis masturbatoria.

A la mañana apareció muerto con la estrella de David apretada en el puño (su dios de la hora de la verdad) y con un virgen *culotte* del ajuar pegado a su mejilla derecha.

En aquellos días de desesperación Isabel y Beatriz, que no se separaban un instante, habían enviado con un jinete veloz a Fernando en Zaragoza una palomita de harina mordida por un tosco pajarraco de azúcar quemada.

Horas después de llegada la noticia del súbito deceso ocurrido en Villarrubia, Isabel recibió una respuesta gentilísima, digna de un novio siciliano, de parte de Fernando, que no en vano era monarca de Sicilia:

> "Parece que vuestro designado novio
> el de Calatrava, se sintió malo,
> inesperadamente, en Villarrubia.
> Seguramente en otro tálamo
> —infinito— esperábalo otra divinidad...
>   Un amigo..."

La inminencia del amor turgía la carne de la princesa-niña. Días exaltados, turbulentos. Todo aire se transformaba en brisa caliente al aproximársele. Ni el viento frío de septiembre, que ya soplaba, la calmaba. Buscaba serenarse echándose a galopar salvajemente por los peñascales. Reventó tres caballos en diez días. Dice la Crónica que empezó a emitir un olor potente —pero no repulsivo, por cierto— de felina en celo.

Los atardeceres era cosa de tenerla: para que soportara la hora del rosario las damas de compañía le aplicaban compresas de agua helada con salmuera y le hacían oler amoníaco.

Para la Beltranejilla eran días de sufrimiento atroz. Comprendía todo: se estaba en presencia de esa caravana de leones del amor verdadero, del deseo que revienta inexorablemente. Azuzaba a su padre para que saliese de la indolencia y tomase medidas.

—¡Otro Maestre de Calatrava, otro príncipe francés, pero alguien, por Dios, alguien!

Histérica, lloriqueaba, amenazaba. Trataba de mover al sombrío Torquemada. Acusó de judía a su tía. En todas partes creía descubrir emisarios de los amantes. Hizo reforzar la guardia de alabarderos en torno a los cuartos de Isabel.

Mandó se azotara y se sometiera al potro a varios cabreros inocentes que habían llegado del Este. Con sus manecitas crispadas, temblando sobre sus altos zapatos de ramerita precoz, hurgaba en las alforjas de los mercaderes buscando jabalíes de azúcar, flechitas pintadas o cartas anónimas. En cada chanchero de viaje veía un mensajero del amor.

Isabel reparaba en cómo el cerco se cerraba. El clima de represión y desconfianza se hacía intolerable. Para colmo, sus pechos se hincharon y quedaron siempre erectos y duros como calabazas boneteras. La niña temía que en cualquier momento se abriesen como rosas de abril y empezase a manar la profunda leche.

A veces, mientras trataba de orar, se oía el frufrú y luego el zut fatal de la costura del vestido que se rajaba de cintura a tobillo. Tenía la exacta e inquietante sensación de estar a punto de estallar como una granada madura bajo el solazo de junio, en Granada para colmo.

La situación trascendía. El ya señalado olor de tigra en celo de la adolescente convocaba jaurías rabiosas de envidioso deseo. Convergían hacia la Corte desde los campos de Segovia, de Ávila, de Salamanca. Se los veía de lejos como una presencia infernal, como un solo monstruo enfurecido que amenazaba a los viajeros detrás de cada colina. De noche no se podía dormir por ese océano de rabia, de ladridos, aullidos exasperados por el frenesí, atroces batallas eróticas.

Se tuvieron que organizar partidas de hacha y garrote para mantenerlos alejados de los muros.

(Allí nació una moda que haría tradición en España: para evitar las salpicaduras de sangre de perro en los cabellos, los garrotistas de la Hermandad empezaron a cubrirse con improvisados, estrafalarios sombreros de hule, sustancia lavable, flexible, impermeable.)

El otoño imperdonable entraba. Los días se acortaban. Las noches, invadidas de frustrada nupcialidad, se hacían insoportables. A las tres de la mañana, Isabel y Beatriz, que dormían abrazadas, se alzaban para matar el tiempo como se podía hasta que llegase la claridad liberadora. Oraban. Intentaban el bordado artístico. Pero era inútil: la niña-princesa tenía que ponerse junto a la ventana y respirar el aire helado y húmedo de la alta noche porque sentía que se ahogaba.

Había que decidirse. Con sigilo, aprovechando la ausencia de su cancerbero, el Marqués de Villena, fiel del rey Enrique, Isabel se lanzó desde Ocaña a su Madrigal de las Altas Torres y altos recuerdos de infancia. Se besó llorando con las monjas que la habían amamantado. Conversó con su pobre madre que, después de escucharla varias horas, sólo dijo antes de retornar al más absoluto mutismo que acostumbraba:

—Hija mía, mata como puedas la fiera del deseo. El deseo es la esencia del Mal. Vive. Uno sólo se arrepiente de lo que no hizo. Mata antes que te maten en vida. Cuídate sólo de la locura...

Pronto también en su Palacio estuvo amenazada, delatada. Había que pasar el Rubicón, quemar làs naves. Preferir el riesgo a la tibia protección hogareña.

—¡Valladolid! ¡Se sigue a Valladolid!

Ese día, con ese grito, inauguraba guerras que durarían veinte años. Seguida por sus fieles montó vestida con ropas de cuero. Piensa que no sólo serán las mejores para los duros tiempos de acción, sino que también son las únicas que podrán contener esa amenaza de derramamiento que la acosa. (Isabel tenía ya diecinueve años y su cuerpo, como lo afirman todos los cronistas, "era de ampulosas y perfectas caderas". Más que el de una *teen-ager*, su cuerpo era el de una rumbera de trentidós. Muy parecido, en efecto, al de la Blanquita Amaro en su apogeo.)

Escondió su río de cabellos rubios, color oro de joya fatigada, bajo un gran sombrero de fieltro de ala ancha, de capitán. ¡Encantadora!

Comprendió que podía transformar aquella compulsión sexual en una cruzada nacional y popular. Freudianamente buscó una ideología para encauzar tanto deseo, una superestructura adecuada.

—Habrá que tentar lo imposible —dijo—. ¡Alto será mi pendón y clara mi divisa!

Habló de un mundo sin pederastas, prestamistas ni comuneros destructivos. Prometió guerra a la inflación. Dijo que España debía alzarse sobre sus rodillas en vez de vivir arrastrándose. Habló de pan, de trabajo, de grandeza. Estuvo adecuadamente demagógica: los pueblos, como las sirvientas, sólo quieren promesas para poder entregarse sin remordimientos.

Los cronistas no retienen el texto de aquella proclama; como siempre, captan lo fácil.

Después se lanzó a Valladolid seguida por sus fieles. Durante casi dos leguas la cabalgata conservó el ritmo y la vibración de la arenga isabelina.

Tuvieron que esconderse en una chopera para disimularse ante una enfurecida partida de gente del Marqués de Villena comandada por la Beltranejilla que pasó frenética, sollozando, al comprender que había perdido la huella de su tía en la polvareda del camino.

Isabel alcanzó triunfalmente Valladolid, que sería desde entonces su bastión.

Nunca olvidará el aroma del primer barco, aquella enorme carraca de los Centurione que partía hacia Kíos.

Susana Fontanarrosa le había preparado un bolso marinero con un bordado del ángel guardián (que sería motivo de pesadas bromas de los compañeros de la cala). En su interior ella deslizó un paquete de caramelos caseros, un talismán de Isis y una bolsita de alcanfor para evitar los frecuentes contagios de a bordo. No olvidó un rosario bendecido por Don Abbondio, de quien se sospechaba ya segura santidad.

En la madrugada de la partida le prepararon seis huevos fritos con tocino y por primera vez Domenico le hizo tomar vino en vez de la leche del desayuno. Después los tres, con la muerte en el alma y sin despertar a su hermana Blanquita que lloraría como una magdalena, bajaron hacia el *molo vecchio*.

Los estibadores, cabilleros, aguateros. En la palidez del amanecer se doblaban las velas de fortuna, de lona gruesa. Amarraban anclas y anclotes. Voces exasperadas.

Hileras de cargadores-hormigas iban del muelle a la sentina. Toneles de castañas en almíbar. Uvas en aguardiente, cajas de peines de carey, vinos de Frascati en ánforas similares a las romanas. Toneles de aceite con profundo olor a olivar. Telas para el verano. Sedas de Voghera bordadas como para calzones y camisas del sultán y de su harén. Cestos y cestos de santería napolitana y florentina, *kitch* católico que trataba de penetrar aprovechando la expansión veneciana hacia el Egeo. Altares abatibles, extensibles a voluntad, con candelabros y angelitos de madera dorada y con imágenes del Calvario pintadas en serie.

¿Qué se traería de Kíos, base de intercambio con los dominios del Gran Turco?: la famosa resina para calafateos y pinturas marinas, masillas impermeables, indispensables en aquellos años de extensiones náuticas. Decoraciones turquescas y brocatos orientales. Pesados perfumes egipcios.

Cuando el contramaestre gritó "¡Colombo!" al pasar lista, saltó la borda. Tan exaltado que ni reparó en las lágrimas de los viejos. Y desde ya y para siempre los vio a lo lejos, abrazados entre las bitas del muelle.

Aroma de maderas duras, de salazones, pinturas, cáñamo de calabrotes de la India, esencias, sobre todo el de las maderas duras y nobles de la tablazón del barco. Eternamente quedará ligado a aquel olor de almacén flotante, del sudor de la cala, del vino agriado. Todo aquello envuelto, rescatado por sanidad de sal y yodo marino.

En aquella cubierta de la *Mariella* vio cómo se inflaba lentamente el papahigo del trinquete y la enorme mayor, entre las voces arritmadas de la marinería que cazaba las drizas.

En el alba crecían lentamente esas enormes ubres bienhechoras. El poder femenino, *ying*, de la náutica. Aire retenido, preñez, invisible soplo hecho fuerza y dirección. Ángeles atrapados en una bolsa blanca. Dios benigno que acepta las ingenuas astucias del humano.

Voces duras, precisas, secas:

—¡Driza! ¡Driza! ¡Driza! ¡Vamos, arriba! ¡Arriba!

El galerón empezaba a moverse. Cristoforo vio cómo la torre de Sant'Andrea y la Farola de Génova se alejaban.

Sentía un bautismo de salvaje libertad. Trepó al castillete de avante para sentir el aire que la proa partía.

Una mano grave y poderosa impulsaba el galerón hacia el

Egeo. ¿Cuál era la ciencia? ¿Cómo dominarla? ¿Cómo aliarse a esas potencias invisibles?

Habría que aprender el arte de saber resistir el Mar con la soltura de las gaviotas, de los gallegos.

Sintió que seguramente se trataría, como en tantas otras cosas, más bien de inconsciencia y de coraje.

Habría que darse, entregarse. ¡Arrojarse para sentirse rescatado!

En el arriesgar, hasta la muerte queda desarmada.

Al perderse en la neblina de la torre de Sant'Andrea, comprendió que cesaba el mundo de queseros, cardadores y sastres con sus modestas desesperaciones y alegrías.

Cristoforo sentía que pasaba de la mera subsistencia al existir. Era, en efecto, el tiempo del riesgo, el fin de las protecciones: la muralla, los abrigos, la cristolina del catecismo sabático, la virgolalia parroquial.

¡Alegría de partir! ¡Alegría del Mar! Lo nuevo. La mañana distinta. El peligro de andar. El aire puro.

Durante un segundo decisivo, no recogido por historiadores ni corresponsales, tuvo el *satori* de la libertad del que parte despojado, sin amarras. La libertad del que se entrega al gran dios del riesgo, a las manos de los dioses del aire. Y que para siempre buscará alianza con ellos.

Se supo que Fernando llegaría disfrazado de cabrero. Su viaje era secretísimo. En el Castillo de Valladolid la tensión llegaba al máximo.

Isabel, Beatriz y las damas de compañía permanecían de rodillas ante el altar portátil de la Princesa. La asfixia crecía. Por momentos lo de Isabel era como crisis de asma. La rodearon, rápidos, y agitaron abanicos. Era como soplar sobre brasas ardientes. El casto sexo de la niña lanzaba un delicado pero incontenible silbido que apenas opacaban las cuatro enaguas y la falda de lana. Se le empezaba a escuchar, hasta hacerse nítido, ocupando los breves espacios de silencio en el coro del rosario. El Cristo de marfil vibraba extrañamente. Asustada, Isabel se ponía la mano ante los ojos y volvía a mirar, pero era inútil: vibraba al punto que creyó que se desprendería de su cruz de sándalo.

En los establos, los potros y los sementales relinchaban y pateaban con furia los portones.

Nadie hacía comentarios, pero todos comprendían.

Las horas pasaban lentas. Se temía lo peor, porque las partidas del Rey vigilaban ya todos los caminos de acceso a Valladolid.

Para los poderes establecidos resultaba bien claro que la unión de aquellas fuerzas, compelidas por una cósmica eroticidad, tendría por resultante una mutación política, económica y social sin precedentes. La sinarquía, sin querer precisamente apoyar al nefasto régimen de Enrique IV, era plenamente consciente de los peligros que amenazaban a todo Occidente y, en particular, a su bastión central: la Iglesia. De no poder impedirse aquella conjunción de los adolescentes angelicales y salvajes, el mundo entero debía prepararse a los horrores de un Renacimiento. Se perdería ese letargo larval, esa garantía de aterrorizado subdesarrollo, que había preservado a Europa de toda heroicidad durante ya, al menos, seis siglos —desde Carlomagno—.

Era conciencia clara de la sinarquía que aquellos príncipes adolescentes, al parecer sólo dispuestos —modestamente— a "prorrogar la muerte a besos", en realidad concentraban un poderío trascendente de incalculable fuerza.

Un mensajero heroico, atravesado por tres puntas de ballesta, llegó agonizante a la guardia y pudo transmitir su refrescante mensaje confirmatorio: Fernando había salido el 5 de octubre con nocturnidad y riesgo.

Sería difícil distinguir a los viajeros entre los grupos de forasteros humildes que entraban a la ciudad.

A las once de la noche del 14 de octubre, un grupo de seis cabreros doblegados por la marcha y la dura intemperie detuvo sus asnos en la fuente. Ellos no lo sabían, pero estaban enmascarados por salpicaduras de fango y por polvo amarillo asentado sobre humedad de niebla.

Fue Gutiérrez de Cárdenas quien lo descubrió, señalando al cabrero retacón:

—¡Ese es! ¡Ese es! ¡Ese es!

Chacón y Alonso de Palencia corrieron hacia el mocetón que se desplomó —ya al seguro— después de seis noches sin dormir.

Todos felicitaron a Cárdenas: de no haberle reconocido, Fernando y los suyos, sonambulizados por la marcha brutal y el disimulo incesante, hubieran continuado su camino creyendo que Isabel, perseguida, habría partido hacia León. Esa misma noche Isabel autorizó al fiel Cárdenas a usar el signo SS en su escudo nobiliario. Así nacía aquella congregación de fieles a la pareja real: Beatriz de Bobadilla, Alonso, Chacón, Fernando Núñez, el Almirante Enríquez, Carrillo, el Arzobispo de Toledo y otros iniciados.[1]

Hasta las seis de la mañana duró el baño del príncipe extenuado, dormido. Chacón, el Arzobispo y el mismo Cárdenas con cepillos largos de cerda de jabalí no se dieron tregua. El joven, respondiendo a la ortodoxia aragonesa, había llegado a los dieciocho años sin conocer otra ablución completa desde la tibia e inaugural palangana del nacimiento.

---

1. *N. del A.*: Sobre el nacimiento de la secta de los «SS» véase la *Historia* de Prescott y la obra de los Ballesteros Gaibrois, entre otros. No es misterio, para autores como Pauwels, Sánchez Dragó, Bergier y otros que Hitler expresó a Goering y sus allegados su incondicional admiración por Isabel de Castilla. Austríaco y cursi al fin, el Führer llevaba un escapulario de felpa amarilla que encerraba una espiguita de trigo manchego y un retrato de Isabel.

Un buen antropólogo, un Lévi-Strauss, hubiera encontrado en los restos de aquella batea no sólo signos estructurales de una vida, sino de toda una cultura: hojas secas y piñones de varios bosques recorridos por el empedernido cazador que era; alimañas ahogadas que habían morado felices en las greñas de su cabello y otras pilosidades, que nunca habían quebrado su relación con el medio ambiente natural de Aragón; el sudor de todos sus veranos, en capas apergaminadas (dieciocho) sucesivas y exactas como los anillos del árbol en cada floración; una oxidada punta de flecha caída seguramente desde el ombligo, el prepucio o de las circunvalaciones auriculares.

A las seis de la mañana lo vistieron con un sayal de lino crudo digno para la inminente iniciación nupcial. Lo dejaron dormido en un catre hasta el amanecer siguiente.

Fue en esa noche que Isabel, desafiando el cerco enemigo, se lanzó a una alocada fuga hacia el Norte. Beatriz Bobadilla de Moya y las damas de compañía se precipitaron tras ella siguiéndole el rastro con los perdigueros.

Era explicable. Era el vértigo ante la proximidad, la inminencia del macho. El *horror-penis*. Su poderoso deseo no quedaba doblegado sino transformado en acción cinética. (Su actitud irracional era similar al desplante del torero que cede a la "espantá". Sustancialmente se trataba de una manifestación del "síndrome de María", tal como lo llaman los psicoanalistas. ¿Buscaba Isabel, desde su virago, el orgullo del autodesvirgamiento? Ni Gregorio Marañón ni López Ibor lo aclararon.

Pero el deseo de retorno al epicentro sexual corroyó pronto el impulso de la amazona lanzada a la intemperie vallisoletana. Era una reacción dialéctica: querer-negarse-retornar. En realidad no la alcanzaron; su deseo, como un jenízaro traidor, demoró las patas del caballo.)

Al amanecer dormitaba con respiración entrecortada en su vigilado lecho.

Lo ocurrido a partir de entonces, en aquellas cuatro jornadas anteriores al matrimonio por civil, no ha sido detallado por la Crónica. Los testigos juramentados, los *SS*, no dejaron traslucir detalles.

Se sabe que en algún momento de la alta noche los príncipes, como sonámbulos, se encontraron en los corredores de piedra del Palacio y se encaminaron a recintos abandonados hacía añares.

Por la conducta de los jóvenes durante el himeneo oficial, registrado por los notarios de la Corte el 20 de octubre, se puede deducir algo de lo ocurrido.

Isabel habría dominado a Fernando como macho con hembra, sin entrever la mimética y cínica inmovilidad de saurio del aragonés.

El orgullo de casta de la Trastamara, su mentada virago, le tornaban repulsivo el sometimiento.

Probablemente fue poseída poseyéndolo y su doncellez rasgóse como la firme y fina seda de la tienda del Gran Turco en el campamento sorprendido por la tormenta de verano. Ruptura por presión interior en la convexidad, pero no por externa acción concavizante.

En suma: en algún momento de aquella laborada noche del 15 al 16 de octubre, el turgente glande del príncipe aragonés enfrentóse "de poder a poder" con el agresivo himen isabelino.

Después de los primeros acoplamientos, simples y campesinos como un amanecer, Fernando dejó traslucir una tendencia perversa que fascinó a Isabel. Ejercitaba un oblicuo resentimiento fálico. Un sadismo de labriego despechado socialmente. Un sadismo hecho de demorada administración o de bárbaras invasiones no siempre vaginales.

Vivieron aquel celo escondidos, como pasa en todo animal joven, fino, noble. Protegidos de acercamiento humano por la fama de fantasmas y de aparecidos de aquella ala del Palacio.

Abrieron cámaras cerradas desde el siglo de los reyes fundadores. Se alimentaron de trozos de queso y cortezas de pan, con largos sorbos de vino de bota, como pastores de la Arcadia. (El astuto Fernando había previsto casi todo.)

Nadie debió haber sido testigo de los rugidos, de los espesos silencios preparatorios, de las huidas y forcejeos en la oscuridad, hasta derribar la pila de yelmos de antiguos ejércitos y ringleras de lanzas polvorientas.

Habrán retornado a los corredores habitados orientados por el hondo predominio de ajo del guiso de la guardia, inconscientes de ser prácticamente irreconocibles por las magulladuras, moretones, rasguños. Ángeles, desconocían la ruina de los sayales sucios y deshechos.

Quedaron en su campana de mutuo deseo. Las voces de los amigos y súbditos les llegaban como detrás de un cristal o a través del vendaval. Aprovecharon aquel siglo de idealismo exacerbado: lo real no se tornaba aparente ni evidente, de modo que a veces podían copular a la vista de todos sin ser vistos ni creídos. La Corte seguía programando el matrimonio, los capitanes comentaban las defensas ante el temido ataque de Madrid. La desenfrenada metafísica de la época les posibilitaba echarse debajo del mantel en pleno banquete oficial y acoplarse alborozados hasta que los perros y los enanos de la Corte los olían.

Nadie dudaba de la pureza de los novios. La virginidad de Isabel era dogma.

Desde las seis de la tarde se aislaban en sus cuartos "para seguir programando su matrimonio real y los futuros negocios del Reino", como anota el buen Fernando del Pulgar.

Una de aquellas noches, a eso de las tres de la madrugada, creyeron oír el lamento de un lobo perdido. Desde los peñascales el viento áspero de octubre alcanzaba un largo grito, un aullido invulnerable a los embates. Se asomaron a la ventana y vieron desaparecer la yegua blanca —Isabel la conocía bien— de la Beltranejilla. Una verdadera alma en pena. Dominada por el despecho y el odio. Los amantes, piadosos a su manera, se prometieron mutuamente aliviarla cuanto antes de aquella no-vida.

Al primer erotismo —lujuria febril— que los había enmudecido y puesto máscaras graves de notarios o de verdugos, siguieron los primeros diálogos transcurridos en los desvelos o en esa fatigada laxitud de los amantes sin ciencia administrativa.

—¡Acabar con esa pecaminosa felicidad de los moros en sus territorios de Al-Andalus!

—¡Un Imperio, un pueblo, un conductor!

—¿Y el terror? ¿Cómo conseguir alguna unidad sin terror?

—¿Y el dinero?

—Lo tienen los judíos. Si ellos lo prestan, ¿por qué no quitarles el capital en nombre de la religión verdadera? ¿Un judío sin sufrimiento se vulgariza como cualquier cristiano...?

—¡Todo por hacer! ¡El mundo, la vida! ¡Hay que conquistar Francia, Portugal, Italia, Flandes! ¡Despedazar a los moros! ¡Los mares! ¡Los mares!

—¡Y el Santo Sepulcro!

—No lo olvidaremos.

Hasta que se iban silenciando en el beso, que era lo primero, para volver a caerse el uno dentro del otro.

Con una dispensa papal falsificada por Fernando y el Cardenal de Toledo, que establecía que aunque eran primos no cometían incesto, se casaron por civil el 18 de octubre. Por la iglesia, de blanco y con pompa real, el 20.

Se cumplió con los ritos secretos de Castilla: el Cardenal Cisneros lavó con humildad pastoral los genitales del Príncipe con agua bendita de lluvia de abril.

La Iglesia, consciente de su dominio moral, trataba así de hacer entrar en su debido control la sexualidad precoz, perversa y excesiva de Fernando.

Las nupcias oficiales transcurrieron en un gran cuarto entibiado por cuatro braceros donde ardía eucalipto e incienso. (Aquel olor a farmacia no los desanimó.)

"Tanto monta
Monta tanto
Isabel como Fernando."

El pueblo estaba desvelado. Al amanecer, los SS salieron a la explanada del Palacio llevando alborozados una sábana extendida con el tradicional círculo rojo —sospechosamente perfecto— en su centro.

El sagaz Fernando había encontrado en el último cajón de la cómoda que perteneciera a Juan II la bandera de una antigua embajada del Mikado.

Huamán Collo y el *tecuhtli* de Tlatelolco a punta de sandalia avanzaban por el papel delicadamente pintado del *Codex Vaticanus C* que narra el banquete de despedida en la incomparable Technotitlán.

En el margen superior, funcionarios con sus mejores trajes saludan reverentes. Estupendas mujeres de trenza negra. Butafumeiros de copal.

Guerreros del jaguar y del águila. Música de tamboriles de piel de bárbaro. Trompetas de hueso de garza. Luz de antorchas y lámparas de aceite. Realmente *a giorno*.

Una curiosa orquesta de artistas enanos y quirúrgicamente contrahechos con cantantes perfectamente arritmados. Tienen capas de plumas de tucán y tocas de aves del paraíso. Dos acróbatas parcialmente desosados logran posturas increíbles.

Se acercan niñas de huipil corto ofreciendo aperitivas tortillas que se deberán untar con caviar de larvas acuáticas: delicioso *axayacatl*.

(El Emperador ya se había retirado a sus salones para no inhibir a los invitados con su divina majestad.)

Perfectísimos esclavos toltecas que esperaban el privilegio de la muerte sacrificial rodearon a los invitados con sus fuentes. ("¿Por qué esclavos? ¿Por qué no todos trabajadores del Imperio, como en el Incario?", se preguntó Huamán.)

57

Tamales picantes y dulces, de chala o de hoja de plátano, hervidos u horneados. Pavos, faisanes de selva, palomas, monito a la pimienta. Infinita variedad, casi incaica, de la cocina Imperial. Huamán tuvo que reconocerlo.

Ubican a Huamán en una mesa individual y acercan dos aguamaniles. Desfilan los oferentes. Pimientos y tomates asados. Caracoles con salsa de flores, ranas con chile, el infaltable *axolotl*, parrillada de liebre, pécari relleno con hierbas de hondos aromas.

Gentil, el *tecuhtli* indica a Huamán las mejores presas.

Con cierta espectacularidad acercaron un asador de hierro sostenido por dos gigantes olmecas. En hilera, ensartados de culo a boca, perseguíanse sobre el eje del asador ardiente una docena de perrillos con el cuerito crocante; parecían jóvenes provincianos que se hubiesen arriesgado a la fiesta del marqués. Un ceremonioso capataz de cocina les pasó salsa de miel y ají con un pincel de plumas mochas. En el *Codex*, los perritos lucen como barnizados.

En seguida aparecen fuentones de fruta con rocío de agua fresca y pajaritos amaestrados que no temen la cercanía de la mano del humano: elegida la chirimoya se posan en la papaya.

Un trópico frutal. Las tierras calientes, el Yucatán, las palmeras, los valles costeños.

El *Codex* se llena de trazos hechos con plumas de colibrí, para describir gajos, racimos, turgencias de guayaba, penachos militares del ananá, pintas de bananas en ordenado regimiento. Bananas de las pequeñas, no de esas largas y sosas que se destinan a tlazcaltecas, chichimecas y otros vasallos del Imperio, que por verlas grandes y parejas las creen mejores (como si se tratase de mujeres o de cuchillos de obsidiana).

Acercaron aguamaniles y lienzos para manos y bocas de los invitados.

Repartieron las primeras pipas con tabaco y los músicos, que hasta entonces habían estado en el margen del *Codex*, aparecieron en el centro del rollo.

Bailarines rituales que se deslizan entre los invitados. Impresionantes vestidos barrocos: representan astros, divinidades, dulzuras e inclemencias.

Huamán creyó entender que todo el ballet respondía a la obsesión de los tiempos: la anemia solar, el peligro de la extinción definitiva del calor y la luz.

Imposible retener el nombre y las peripecias de tantos dioses (generalmente poco felices y malhumorados). Difícil entender ya la simbología y los trazos del *Codex*. Los signos y los colores se multiplican justamente para evitar la claridad meramente humana, que alejaría toda posibilidad de comprender el misterio, la niebla de los dioses.

Cuando aquella ceremonia cesó, sonaron las caracolas anunciando la última porción de la larga noche mexicana.

Reaparecieron los bellísimos adolescentes servidores (nadie podía imaginarse que a partir de 1519 serían vendidos como sirvientes al alabardero gallego que escupe lupines o al escrofuloso notario parroquial, carne para esa nueva raza que nacería de la violación, del estupro, de la indecente violencia al servicio doméstico). (¿Cómo imaginar que aquellos adolescentes y princesas solemnes, de labios anchos y turgentes como diosas de la iconografía camboyana, terminarían de lavacopas y de camareras en el *self-service Nebraska*, "a sólo cincuenta metros de la plaza de las Tres Culturas. Parking reservado"?) Ahora los adolescentes ofrecían bandejas con alucinógenos de variado tipo y efecto. Era ya hora de lavarse de razón, de visitar los umbrales del Origen.

Son harto extrañas las imágenes que aparecían en el rollo *Vaticanus C* quemado por el atroz cura Zumárraga (él y el Obispo Landa equivalen a todas las pérfidas llamas que abrasaron la Biblioteca de Alejandría).

Los dibujos e ideogramas muestran hombrecillos con los ojos desorbitados, dignatarios que lloran en cuclillas la perdida Unidad, cortesanas que nadan en seco tratando angustiadamente de retornar al vientre materno, capitanes "águilas" que creen volar para sostener al sol en su vuelo.

Algunos habían ingerido *peyotl*, la mayoría *teonanacatl*.

Así lograban lavar el yo, visitar su revés: el odio, el deseo, el amor, el miedo.

Algunos lloraban, otros reían, otros quedaban aplastados por el terror o la delicia.

El señor de Tlatelolco, ante la sorpresa de Huamán que seguía fiel a la simplicidad de la chicha, se acurrucó bajo la mesa y sollozó conmovedoramente.

Después de aquel exorcismo colectivo, la diosa del amor, Tlazelteotl, apareció con toda su fuerza. Las jóvenes, los jóvenes y los dignatarios se alejaron a los lugares más discretos de los márgenes del *Codex*.

Sentían que desde los cuerpos también se agrada y se agasaja a los dioses.

Por fin el alba hizo su primer anuncio: aleteos en las pajareras ornamentales.

Entonces muchas voces se levantaron en himno y se oyeron, frescos, como renacidos, los tamboriles y timbales.

Con los ojos irritados por el trabajo de la fiesta, casi todos fueron hacia los ventanales para saludar al Sol.

El dios no había muerto. Alegría de otro día. Otra esperanza.

Cantaron a coro destemplado pero elocuente la oda compuesta por el amado rey-poeta Nezahualcoyotl:

"¡Ojalá nunca muera!
¡Ojalá nunca perezca!
Allá donde no hay muerte
Allá donde se triunfa
Allá voy.
Ojalá nunca muera
Ojalá nunca perezca."

Dos

EL FUEGO

Cronología

1476   Colón en Portugal. Casamiento. Su último in-
                tento para huir de la excepcionalidad. La secta y
                la pasión del Paraíso.

1485-1492   España. Colón lucha por ingresar en la svástica
                del poder. Años de guerra civil. Consolidación
                del Imperio. Naturaleza peligrosamente angeli-
                cal de Fernando e Isabel. Torquemada y el mo-
                tor culpabilista. Un Imperio católico-romano.

4-Calli   Conferencia en Tenochtitlán. El Supremo Sa-
                cerdote predice a los hombres-águila la bondad
                y la pureza de la doctrina cristiana de los barba-
                dos que llegarán del mar.

1487   El 27 de febrero, en rito secreto, Rodrigo Borja,
                futuro papa Alejandro VI, se unge con el semen
                consagrado de Fernando e Isabel. El Vaticano,
                redimido de la molicie pietista. Renacimiento.

1488   9 de abril. Panorgasmo de Colón. Queda sellado
                con Isabel de Castilla el acuerdo de la secretí-
                sima secta del Paraíso.

La taberna *A la Nueva Falange de Macedonia*: alabarderos independientes, prostitutas, tramposos de baraja y cubilete, predicadores sin sotana, ambiciosos sin libreto. El agua empezaba a caer más firme y salpicaba fango sobre sus zapatos amarillos.

Cristóbal —no ya Cristovao— sabía que apenas estaba en la periferia, en una de las ramas más secas y exteriores de la estructura del Poder, que en esos tiempos no era vertical (como la famosa pirámide de Vance Packard), sino una acostada galaxia dextrógira; una svástica que giraba destructora con sus brazos convergiendo hacia aquel difícil y ansiado epicentro donde, vestida con su brocato de Amberes color verde, el color real, estaba Isabel de Castilla depilándose las cejas.

¿Cómo acercarse? Lo corriente era probar las cartas del éxito. Agregarse a algún grupo y armar la que entonces se llamaba "una picada".

Los métodos usuales eran las artes, la medicina, los filtros prodigiosos, las variantes religiosas, el espiritismo, los deportes. Ayudaba ser astrólogo o pederasta. Para las mujeres la prostitución o el amor, como siempre.

No era raro ver partir en una misma mañana una picada de leprosos descomunales; una de estrelleros capaces de asegurar la muerte de Boabdil y el destino maravilloso del Príncipe Juan; o saltimbanquis italianos con apretadas mallas y lentejuelas de colores cargando sus torres, cuerdas y trapecios.

Al atardecer, o unos días después, ya se les vería desperdigados, arruinados, de nuevo excretados hacia los bordes sin luz de la galaxia, aplastados por la feroz competitividad. Quizás apaleados por los hombres de la Hermandad, violados por los búlgaros y flotando en una zanja, asesinados por el descuido de no llevar nada para dar·a los asaltantes. La terrible fuerza reactiva que emana de todo Poder.

—Al que quiere celeste, que le cueste —murmuró, resentida, una prostituta toledana que comía natillas. (Los párpados pintados con filigranas doradas y azules.)

Tarde gris, dura. Aburrimiento, desamparo. Se sacó los zapatos amarillos que había comprado a un milanés agonizante y se puso a quitarles el fango. No había sido una compra, sino una verdadera inversión. No sólo eran alargados y puntiagudos, como exigía la moda francesa, sino que la punta seguía y se enroscaba en tres vueltas en espiral que encerraba un gracioso cascabelito de bronce.

Con la paciencia del desesperanzado, los limpió con un trapo húmedo hasta que reapareció, triunfal, el color amarillo canario, su preferido.

Se burlaron desde varias mesas. Le tiraron algún hueso, ya roído por los perros, naturalmente.

La horrible ralea que olía en España la posibilidad de lo grande. Lansquenetes (como Ulrico Nietz) que no aceptaban ese destino más policial que guerrero que proponían los burgos nacientes. Hombres de acción e imaginación, bandidos o probos, que huían de esas ciudades hanseáticas donde se privilegiaba a los notarios, merceros afortunados y esa judería científico-artesanal que empezaba a poblar las telas de los costumbristas alemanes y flamencos (los Arnolfini y los farmacéuticos culones y solemnes que fuman en las telas de Holbein).

En España nacía una gran posibilidad. Los aventureros convergían desde Flandes, la Borgoña, el Franco-Condado.

España ofrecía un campo con pliegues para toda valiente maldad y esquinas para el cinismo y la aventura.

Los príncipes terribles, Fernando e Isabel, católicos —en el sentido estricto de la palabra—, garantizaban la destrucción de todos los valores que atentan contra la hombredad.

¡Pero qué fatiga! ¡Qué tardes de duda! ¡Qué tarde gris!

Y Colón, con los zapatos amarillos en la mano, como dos arpas eólicas a la espera de la brisa, se queda vacío, anonadado, embobado mirando al guitarrista ciego, que en el borde de lo imposible, intenta cambiar la cuerda rota.

—¡Qué *mishiadura*![1] —exclamó Cristóbal.

Se forjaba la España grande, una, fuerte, y tanto Isabel como Fernando sabían que nada podría hacerse sin las violencias de todo nacimiento.

¡Lanzar el pueblo quieto, alebrado, a Imperio! Sacudirlos de mala vida pacífica. Sabían que estaban contaminados de ese profundo odio a la vida, inmanente en el judaico cristianismo medieval, de miedo organizado, de suspensión del cuerpo y temor del instinto. Un razonable cristianismo de curas protegidos por muralla de convento, de palidez de monja y ojera de seminarista. Paz de renunciantes y de enfermos. Virtud de la impotencia. Al atardecer, rumor de letanías. Por las noches, ronda

1. *N. del A.*: Colón, como la mayoría de los argentinos, era un italiano que había aprendido español. Su idioma era necesariamente bastardo, desosado, agradablón y aclaratorio como el que abunda en la literatura del Río de la Plata. Colón decía *piba, bacán, mishiadura, susheta*, palabras que sólo retienen los tangos y la poesía lunfarda. En su relación con Beatriz de Arana, en Córdoba, se le pegó el famoso *ché*. (Véase: Nahum Bromberg, «*Semiología y Estructuralismo*», cap. IV: «El idioma de Cristoforo Colon. Manila, 1974.)

de diablos. Se dormía con la luz de un cirio tembloroso. Se fornicaba con camisón de frisa.

Un rey verdadero no es más que la intuición profunda de una raza, de un pueblo. Y ellos sentían que quemando al hebreo cauterizaban *in noce* la interminable llaga cristiana.

Nada los contenía de lanzarse a una catolicidad romana. *Condottieros* de correosa verija convergían hacia España. Llegaban hombres amenazados por la igualdad y el orden mediocre de la Europa burguesa que sólo aspiraba a ser una Comunidad Mercantil multinacionalista y que no les ofrecía otra posibilidad que el comercio mayorista o el delito común.

Los jóvenes monarcas comprendían que no podrían alcanzar la cruel fiesta pagana sin pasar por la puerta de la superstición establecida. Ante el pueblo asumían una actitud pontifical. Desafiaban a los obispos a verdaderos, extenuantes, torneos de oración. (Isabel gritaba enfurecida cuando algún monje corista, vencido por el sueño, pifiaba las sílabas del Kirieleisón.)

Más de un cura sincera y vulgarmente pietista fue a la hoguera acusado de judaizante.

El Reino se consolidaba apenas. Paralelamente, una guerra secreta, íntima, correspondía a la exterior, la que registraron los historiadores (sólo hay Historia de lo grandilocuente, lo visible, de actos que terminan en catedrales y desfiles; por eso es tan banal el sentido de Historia que se construyó para consumo oficial).

Lo cierto es que entre Fernando e Isabel había un combate de inmensa trascendencia. Una guerra de cuerpos y de sexos que era la base verdadera del actual Occidente y sus consiguientes horrores.

Todo comenzó con la Coronación de Isabel. Hecho inmediato, sorpresivo e inconsulto ocurrido al día siguiente de la muerte de Enrique IV. Fue realmente un *putsch*: el 13 de diciembre de 1474. Fernando quedó herido en su más delicado machismo. Estaba en Zaragoza y no fue consultado. Isabel no le concedió la primacía del sexo.

Hoy se puede pensar que la muerte de Enrique IV era esperada o sospechada ansiosamente por Isabel en el Palacio de Segovia. La Princesa era implacable con la labor de las costureras que sin descanso trabajaban en el ajustado traje de seda y la suntuosa capa de armiño dibujada con perlas.

Confirmada la noticia de la muerte natural, la Princesa bajó a cenar de riguroso luto. Pero el 13 a la mañana reapareció de blanco, estupenda, al frente de la procesión arzobispal y militar. Iba detrás de la espada de la justicia castellana. Nunca hembra alguna había osado hacer propio ese instrumento que unía y decidía la vida y la muerte.

En una jaca vieja, de reconocido sosiego protocolar, iba la Corona de Castilla sobre un almohadón rojo.

Disparos de mosquetes y arcabuces. Grito y llanto de la plebe fascinada por la convergencia de poder y lujo. Mendigos, matronas y leprosos entregados a ternura lacrimal. Broncas bombardas bombardeando el aire. Relinchos. Piafan los caballos de la oficialidad (los de tropa sólo se espantan las moscas con la cola). Se vuelan, atolondradas, las palomas del Ayuntamiento.

Logró desorientar al mundo: fue reina antes que la sinarquía y el marido se enterasen. En cuanto a la Beltranejilla, se creyó que enloquecería: corrió en torno del ataúd de Enrique IV y, al enterarse de la coronación de Isabel, se revolcó en los chiqueros de Palacio y se cubrió con la ceniza de las pezuñas quemadas en el hogar de su no-padre.

Esa misma noche destacó Isabel un mensajero hacia Zaragoza:

"Llegó Muerte, Señora inesperada, a por el alma del distraído justo. La espada de la Justicia que esta mañana me precedió, era sólo una metáfora. Eras tú, Majestad, el centro de la consagración."

Desde entonces Fernando la sometería a la exasperada lujuria del despechado, del burlado. Ostentosamente se rodeaba de otras porque lo había humillado la principal. (Isabel no lo había cornificado a través del sexo, sino adueñándose de la corta y dura espada del Poder. Hecho insoportable en aquella época de implacable falocracia.)

En esa misma mañana del viernes de ayuno, Fernando había pasado revista a las tropas de guardia acompañado de Aldonza Iborra de Alamán, la "Alamana" como la llamaba, rencorosa, Isabel. (Ella iba con un exótico traje de espadachín francés con altas botas que protegían hasta la mitad de los muslos.)

Isabel cayó en la trampa y vivió la plenitud del amor por la dolorosa pendiente de los celos.

En la noche, tendió a Fernando de espaldas en la cama, desnudo. Empezó a husmear su piel con angustia. Recorrió el cuerpo y después las ropas, el sombrero, las botas, las armas, hasta que en algún instante apareció el atisbo de olor de hembra enemiga.

Isabel aspira y respira el codo de la camisa que en la penumbra del cuarto es un fantoche de monje anémico. ¿Es perfume egipcio o el sudor de la Bobadilla, o de la Alamana o de la atroz putilla francesa, la "Colita de Mono"? Son instantes de profundo dolor cuando el cornudo está bajo el dintel de la prueba definitiva, aferrándose a una última esperanza de error. (¿No será acaso el sudor de la yegua engripada que Fernando montó ayer?)

Desolada, desnuda, dependiente y jadeante ahora no tenía más salida que anonadarse en la búdica extinción que le ofrecía la roja llama fernandina.

Ellos, hondamente espirituales, dominados por las categorías teologales del tomismo catequístico, trataban de no conceder importancia al dislate de los cuerpos y de los deseos. Los trataban con cierta indulgencia y la debida desatención que se dedica a los animales domésticos. Los cuerpos se les escapan traviesamente. Había que dejarlos hasta que se calmasen. Eran como caballos desbocados.

Impúdicos, incontrolables pero también *intrascendentes*.

La realidad, entonces, no podía incluir en sus elevadas categorías el turbio socavón de los instintos humanos.

Todo era "ideal". Platón gobernaba desde el fondo de la

caverna del tiempo aquellos delirios organizados por profesionales de la divinidad que abusaban descaradamente de las geometrías del pensamiento aristotélico.

El erotismo que los unía era total, y los jóvenes monarcas supieron —por impulso intuitivo— liberarlo de la exclusividad genital, como ocurría entonces.

Fue por este impulso realmente sagrado que se negaron, desde el día de la boda, al uso de los rituales y góticos *sarcophages d'amour*: ataúdes dobles, forrados en acolchado de seda, con una separación central de madera delgada con un agujero para permitir estrictamente el paso del masculino *lingam*.

Cerrada la pareja en el doble féretro —que era de rigor entre Pascua y Pentecostés— se encendían cuatro cirios y se leían las letanías *De Mortalitate* y los cánticos de difuntos. De este modo los esposos de sangre noble accedían a la carne conscientes de la vanidad del placer, de lo pasajero de la vida y de la evidencia del heideggeriano *Sein zum Tod* (ser para la muerte).

Con rigor casi quirúrgico la cópula quedaba centrada en el plano crudamente genital. ("Arañar el mamparo" es el dicho de intención sicalíptica que curiosamente no recoge Casares pero que sobrevive en algunas aldeas de Castilla y que alude a la situación que se describe y equivale al francés *faire mordre l'oreiller*.)

Obviábase así el entrepernamiento, la confusión de humedades y de lenguas, la acción provocatoria de las manos, la infusión oral, la visión de los cuerpos y otras "demoníacas adjetividades", según el lenguaje de los consejeros espirituales de la época.

Los sexos, como dos hijos bastardos perdidos en un desierto. Cortados de todo enraizamiento afectivo y de toda logística erótica, se encontraban en los *sarcophages d'amour* con una furia efímera. Pronto languidecían como perejil sin agua al carecer de ese básico protoplasma de cariño e incitación donde hubieran encontrado la fuerza para renacer.

Fernando e Isabel, aventurados en el infinito de sus cuerpos amados y en implacable guerra, son devueltos del cielo a la tierra, caen desde la boba metafísica al misterio de la realidad.

Son renacentistas y fuente del Renacimiento. Su abrazo ardiente coincide —directamente— con las doncellas de Botticelli y de Tiziano, con los cuerpos sacrales de Michelangelo.

En el atolondrado fornicio de aquellos adolescentes sublimes fenece definitivamente la Edad Media.

Fernando e Isabel irrumpen en esta época de agobio. La potencia de ellos es estrictamente angélica. No parecían sino que *eran* ángeles: bellos, violentos hasta el exterminio, esplendentes, sin caries. Los historiadores romos y generalmente parroquiales que oscurecieron su gloria tuvieron sin embargo que calificarlos con palabras que corresponden a la más precisa angeología.

Ningún problema moral podía distraerlos de sus designios. La "moral" es propuesta del caído, del humano, del degradado. Del ser que debe hacerse y justificarse.

Fernando e Isabel estaban, naturalmente, exentos de esta humana aberración, como así de cualquier otro torneo salvacionista.[1]

1. *N. del A.*: En la angeología musulmana hay una clara referencia a esta categoría de ángeles que invaden la tierra, en retorno germinativo, devueltos por la ira de un dios acosado por la indiscreta pasión cognoscitiva del humano.

El *angelos* es sustancialmente el mensajero (léase a Henri Corbin). También Proclo los consideró (*Theologia Platonica*, libro I): en su forma menos sofisticada y más «humana», asumen el carácter de *daimones* y de héroes. Para Santo Tomás y los escolásticos, Fernando e Isabel ingresarían en la tercera jerarquía (la más inmediata a la naturaleza humana). Casi unánimemente los angeologistas convienen en la terribilidad e insolencia de estos seres que moran al margen del código cristiano: no necesitan *salvarse*. No necesitan ni fe, ni esperanza, desconocen la caridad. Probablemente les repugne la piedad. Sólo se atienen a las leyes de su misión.

Su distancia, su esencial aristocratismo, se centra en la carencia de culpa y de toda noción de pecado original.

Cabe recordar que Rainer Maria Rilke estando en la terraza del Castillo de Duino, el 8 de enero de 1912, fue agredido por una bajada —o pasada— de estos seres espléndidos e insolentes.

El fino poeta espantóse ante semejante poderío y refugióse en la Primer Elegía de Duino donde recoge su arriesgada experiencia.

A pesar de la opinión de Salvador de Madariaga, otro es el caso de Cristóbal Colón que era un superhombre, un apasionado creador de hechos nuevos como un Gonzalo de Córdoba o el Marqués de Cádiz o Botticelli o Miguel Ángel.

Consideró su situación existencial. Alimentó el modesto orfismo del angustiado: pidió otra jarra de vino. La indistinta e insignificante algarabía tabernaria era el silencio propicio que necesitaba para cobijarse en la angustia. Adentróse. Imprudentemente avanzó piel adentro por corredores del pasado. No omitió la nostalgia y la autoconmiseración: alcanzó protoformas de tango.

Sobrevoló su largo ventenio de navegante y náufrago, de cartógrafo improvisado y de marido por interés. Entrevió los días de resignado erotómano sin pareja. Los meses del mar, la piratería comercial, los puertos del sol o de la niebla hiperbórea.

¿Qué había hecho en su vida? Casi nada que pudiera responder a la ambición de quien —modestamente— se sabe descendiente directo del Profeta Isaías.

Hasta entonces, nada. ¡Solo, sin patria, externo, viudo sin herencia, pobre y cargado con un terrible conocimiento esotérico que nadie parecía dispuesto a soportar!

En todo caso quedaba a salvo su permanente tarea de investigación. Se habían consolidado sus intuiciones. Se sabía indiscutiblemente elegido para la Misión.

Largos años juntando datos. Buscando signos entre las medias palabras. Robando mapas apolillados en los cajones de la cómoda cuando las seducidas viudas de infaustos navegantes se dormían fatigadas de saciamiento y culpa.

Era también cuando —implacable— abofeteó al náufrago que agonizaba en la playa de Madeira.

"¡Vamos, no mueras, habla!" "Vimos dos cuerpos blanqui-
cobrizos, con pelo negro muy lacio. Gentes del Gran Khan seguramente. A lo lejos se desarmaba una almadía con techo de
palma que llegó impulsada por una gran vela vegetal, amarilla,
con la imagen de un dios sonriente y bobo como los caretones
de las fallas valencianas..."

Pero se le moría en los brazos y no podía seguir interrogán-
dolo en nombre de la ciencia.

En Rok, ciudad de la Última Thule (Islandia), torturó a un
vikingo que tuvo que explicarle con sus dos docenas de palabras
latinas cómo era la costa de esa Vinland donde hasta había llegado el obispo Gnuppron en misión pastoral.

Sentía el ahogo de saberse colmado de un conocimiento que
no era recibido debidamente. ¿Cómo llegar a Ella?

Veinte años de viajes y riesgos y sin embargo estaba allí: en
el fondo de una taberna, descalificado.

Le costaba aceptar el increíble juego del mundo. Tenía que
comprender que si se echase a correr hacia la tienda real vocife-
rando sus revelaciones, sería despedazado por la jauría de guardia.

Con él desaparecerían conocimientos esenciales: la dicoto-
mía de todo lo creado, la esencia aérea o anfibia de todos los
seres: ya que en el inicio del Génesis sólo había agua o aire (más
bien una niebla, que es la mezcla de ambas). ¡Todos éramos
peces o aves disimulados! El cabello de los humanos ¿qué era
sino los restos de un magnífico plumaje degradado por la falta
de vuelo? El humano no tiene nostalgia de vuelo, sino envidia.
Y, sobre todo, sus conocimientos secretos sobre el Paraíso terrenal.

Pero no se demoraría ante los monarcas en estos grandes
descubrimientos. Iría al grano: les explicaría algo que tendría
sin duda grandes consecuencias geopolíticas (como entonces no
se decía). Les explicaría de qué modo, y contrariamente a la
creencia de tantos, la tierra es plana. Se puede navegar hasta el
fin de la Mar Océana donde se alza el reborde de tierra final que
como un cantero contiene las aguas.

Años atrás, escuchando a tantos navegantes, Colón se había forjado la convicción de que los marinos temen arrojarse mar adentro porque saben que avanzan peligrosamente por una esfera, la de la curvatura de la Tierra. Saben que al no tener goma en la planta de los pies, ni estar las naves fijadas al agua, caerían en el Vacío Estelar irremediablemente una vez superado el máximo tolerable del ángulo de curvatura que atribuían —equivocadamente— al planeta.

Colón había meditado y lo podría defender ante los sabios de Salamanca: cuando la humilde hormiguita da la vuelta completa al melón, no se desbarranca porque la gomosidad de las patitas le permite sostener su magro cuerpo contra la Fuerza Negativa (así la llamaba Cristóbal) que arrastra a toda cosa o ser hacia el Caos primordial, la indistinción o el silencio. (Coincidía con Anaximandro.) El hombre, en cambio, ser físicamente desafortunado —y empeorado progresivamente—, carece de ventajas de las que el insecto goza sin jactancia. El molesto sudor de los pies, un poco más intenso que el de otras partes del cuerpo, es un signo de una perdida capacidad.

¡Sólo con el coraje del que navega sabiendo que la tierra es plana —aunque el mundo sea redondo— se podría avanzar hacia las Indias! ¡Los Reyes deberían saberlo!

Casi grita, pero se moderó. ¡Antes eran los sastres quienes lo perseguían, ahora los de la Hermandad, los del signo de las flechas!

Sentía la frustración del científico ante la impenetrabilidad de la ignorancia.

Aquella era, definitivamente, una de las peores tardes de su vida. Y recordó con melancolía su perdida posibilidad de orden y felicidad, su matrimonio con Felipa Moñiz Perestrello, en una Lisboa que para siempre quedaría atrás.

En un colegio adusto vivía prisionera y sólo los domingos salía a pasear. Del brazo de la abuela llegaba a la misa, airosa, deslumbrante de gracia juvenil y Christovao la saludaba con su mejor sonrisa, que ella respondía con ademán gentil. ¡Voces de bronce, llamando a misa de once! La luz resplandeciente de Lisboa, en la escalinata del Convento de los Santos.

Christovao tenía 28 años. Náufrago, ardiendo de ambición, disturbado por sus inquietudes e ideologías más que impulsado por la voluntad de "hacer carrera"; descuidado empleado de las multinacionales genovesas que, como las de hoy, se ejercitan en las dos ramas: comercio y piratería.

Le parecía increíble esa luz, esas niñas, que iban al templo con tules protegidas de la violación visual. Pero cuando estaba entrando Felipa Moñiz Perestrello una brisa subió desde el Tajo, por el corredor de la avenida de acceso que iba del Arsenal de Marina hasta el Palacio Real y que tenía una velocidad de 6 a 8 nudos en dirección ENE, y alcanzó a mover el tul de Felipa. Él sintió como un golpe en la nuca, las rodillas de repentino algodón, un calor anormal. Vio un hoyuelo en la mejilla, la nariz con pabellones como alas de mariposa, un vello desde el sur de la oreja hasta la planicie de la mejilla, un durazno maduro.

Como Dante cuando ve a Bice Portinari (que entonces tenía ya sus nueve años bien llevados) sintió "que en mí, el corazón todo me temblaba".

Era abril, en Portugal, justamente el 14 de abril de 1477. Es sabido que en el hemisferio norte es el mes capaz de hacer renacer las lilas del corazón en la tierra yerma que huye del invierno.

Para él, náufrago de infortunada piratería, corredor de mapas y libros de náutica, pobre y ni siquiera honrado, la visión de aquella *jeune fille rangée* era realmente un hecho convulsivo. (Desde entonces aquel hoyuelo y aquel vello de cervatillo indefenso ingresarían para siempre en su móvil mujer metafísica.)

Christovao había comprendido que su ambición pasaba a través de aquel hoyuelo.

El 13 de agosto de 1476 había llegado, semidesnudo y haciendo "la plancha", apenas impulsándose con una mano —la otra agarrada a un remo roto— hasta el roquedal de la costa portuguesa. ¡Tantos se habían ahogado! Él se impuso por la indeclinable fe en su misión y en la intuición de su naturaleza preferentemente anfibia (se quitó las medias a pesar de la marejada y llegado a la costa tuvo la suerte de encontrar en seguida con qué cubrirse los pies, su secreto).

Varó en la rompiente entre ásperas restingas. Eran las palmas de arena de la mano del dios que lo recogía después de haberlo malamente sacudido. Se sintió seguro, *confirmado*. Comprendió que la piratería, que tantas satisfacciones y enseñanzas le había dejado, era ya una etapa superada.

Semidesnudo, desorientado, seguido por un perro escrofuloso desde la playa, se presentó en la agencia de la Casa Spínola, transnacional genovesa, y ellos lo promovieron a la decencia de un puesto de corredor de libros de náutica y copista. Fueron ellos quienes le sugirieron la conveniencia de un buen matrimonio.

—¿Quién es? —preguntó en la escalinata de la iglesia de los Santos.

—Felipa Moñiz Perestrello y su madre viuda.

Después de ocho misas de once alcanzó el favor de su mirada. Cinco domingos más tarde el primer, timidísimo, saludo al "caballero, genovés como tu finado padre, empleado de la Casa Spínola".

Tres semanas más tarde, con el traje cortesano alquilado en la Casa Berardi para casamiento o asunción de cargo público, fue recibido en la casa Perestrello. Halagó descaradamente la costumbre del mar mirando el retrato del finado que había cultivado fama marinera. Se sabe que estuvo encantador.

"¡Qué Portugal! ¡Qué tiempos apacibles!" Los Berardi le prepararon a precio de colaborador toda una familia falsa: una Susana Fontanarrosa, solemne esposa de un Domenico Coulomb, almirante francés, dos hermanas snob, una vieja ama de leche que lo trataba de "niño" y hasta un perrito travieso engordado a puro *marron glacé*.

Hubo un ágape sobrio para no herir la definitiva falta de apetito del difunto Moñiz Perestrello. Les echaron arroz seco y se encerraron solos en el caserón familiar. La señora Perestrello, sollozante, fue con su valija a casa de su hermano el Arzobispo de Lisboa.

Felipa Moñiz vestida con trajes bordados. Colón secándose con una toalla los goterones de sudor que corrían por esa nuca de plebeyo, que más bien parecía el hombro de un luchador asirio.

Una increíble agitación. El vértigo de la realidad.

Durante dos horas sollozando de pánica gratitud, permaneció aferrado a un muslo de la muchacha que lo miraba absorta, muda, entre aterrorizada por la incondicional entrega de su cuerpo a un propietario ungido por la Voluntad de Dios y ebria de un desconocido y potente deseo que a la niña le recordaba todos los síntomas de la gripe fuerte que había tenido dos años atrás: dolores musculares, cercanía de diarrea y un extraño calor con latidos epidérmicos.

Permanecieron horas inmovilizados ante el increíble tesoro de malsanas posibilidades. (La posibilidad puede ser paralizante; cuatrocientos cincuenta años después, Sartre lo dirá con patetismo y publicidad.)

Él abrió un arcón que olía a alhucema y pescó los más finos calzones, las ligas más rojas de antiguas nupcias nobiliarias, medias tejidas con la perversidad de las beatas del Alentejo.

Vistió y desvistió varias veces a esa especie de muñeca inflable en manos de un maniático dueño de su tiempo. Sentía que aquella maravillosa niña de la mejor sociedad le había sido entregada por un increíble error favorable por el cual tarde o temprano pagaría caro. (Colón vivió amenazado por su conciencia de impostura, forma periférica de la culpa.)

La casa se iba llenando de un extraño olor. Felipa creyó que estaban acosados por una inesperada inundación marina. En la biblioteca, nutrida y noble, Christovao encontró la viga que necesitaba. Ató una polea y preparó un nudo corredizo. Izó a Felipa que quedó suspendida de un tobillo como en el tarot

XII, *Le Pendu*, que una gitana le había echado en el puerto de Marsella.

La niña quedó desarticulada, desvencijada, con los cabellos caídos hasta casi tocar el piso. Entonces Christovao pudo enfrentarse a la evidencia de la carne, estudiarla, olerla, abrazar sus miembros, observar sus regiones más adorables y secretas. Trabajó con serena inquietud conducida, de vez en cuando interrumpida, por la flojera del orgasmo.

¡Maravillosa posesión! Era increíble que por un artilugio jurídico-religioso, el cuerpo delicioso de Felipa fuera materia, propiedad exclusiva suya.

Muy tarde en la noche empezó a avanzar por los secretísimos valles de su intimidad. La maravillosa mitificada "carne" le revelaba su majestad, su terrible poderío.

Admiróse: "Ahora nada ni nadie podrá desunirnos ni interrumpirnos. Dios nos ha unido." Se llenó de lágrimas de gratitud lujuriosa.

Era la primera vez que conocía hembra consagrada.

Ahora, a los 28 años, lograba pasar de la metafísica a la realidad.

Mordisqueó sus partes pulposas. Estudió el surgimiento y naturaleza de sus humedades. Recorrió con la lengua amplios territorios de aquella piel de buena familia. Gustó, maravillado, el sabor lejanamente salino que le confirmaba —¡científico al fin!— su teoría de la esencia anfibia del humano, incluida la hembra. Sal que quedaba entre los poros, restos de una mítica vida oceánica.

Como la cuerda lastimaba el tobillo de Felipa, buscó en una cómoda un tejido de lanilla con el que la alivió.

En ese mismo cajón, al fondo, a la derecha, encontró la famosa carta secreta del geógrafo y cosmólogo florentino Paolo Toscanelli, dirigida al finado Perestrello con un claro croquis sobre las Antillas y el Cipango, no muy lejos de la costa portuguesa. (A pesar de su excitación comprendió rápidamente la importancia de aquello que estudiaría en las semanas siguientes. Se trataba de un hecho decisivo en su destino: ignaro de aquella erótica geografía, que le pareció fantástica, creyó haber descubierto el mapa del Paraíso terrenal.)

Hasta el amanecer gozaron aquel éxtasis. Sólo con los primeros aleteos de los pájaros en el ramaje del jardín Christovao se animó a ir piel adentro. Dos días después, en el sagrado encierro de los desposados, alcanzarían el himeneo.

Durante seis meses no recibieron a nadie. La viuda de Perestrello golpeaba preocupada el portal y las persianas tapiadas con desconfianza similar a la de la gente que parte de veraneo. Tuvo que aceptar comunicarse a través de un cesto que bajaba desde el balcón alto y adonde subían alimentos e instrucciones físico-pietistas para Felipa de parte de aquella madre preocupada.

Semanas después partieron hacia Porto Santo, en las Azores, el dominio de los Perestrello, donde se pretendía que Colón retomase la cría de conejos al por mayor, actividad en la que el difunto se había realmente destacado.

Tuvo que aprender la ciencia de las pariciones y las enfermedades conejiles. Fueron días felices. Nació el pequeño Diego. Se hicieron los primeros embarques de pieles de roedor y de su carne salada para los esclavos de Lisboa.

Pero Puerto Santo, islote atlántico del grupo de Madeira, no era el lugar para que Christovao progresase como burgués y olvidase al descendiente de Isaías, alcurnia que él mismo reconocía con humildad cuando estaba entre amigos.

Felipa empezó a no comprender esas caminatas por la playa de arena blanquísima, las noches en vela mirando el mar, su descuido para con los conejos que se habían transformado en una masa devoradora de toda vegetación de la huerta y hasta de la ropa de los esforzados colonos traídos de Porto con el sueño del enriquecimiento.

Tres meses después del nacimiento de Diego, la cotidianidad se enrareció. Una vez Colón, cambiándole los pañales, tuvo una fuerte taquicardia y sudor frío: sintió que traicionaba su Misión.

Los almuerzos eran a las doce, la cena a las seis. Pero podía a veces llegar inconsciente a las tres de la tarde, abstraído, con pedazos de maderas o de cañas encontradas en la rompiente y en las que pretendía ver signos o germinaciones de ese lejano Continente ignoto que presentía cercano.

Una noche, volviendo a la una, le dijo a la sollozante Felipa:

—No pude llegar antes. Me quedé en el Cabo Aguja oliendo. ¡El aire traía un perfume de flores raras, de flores como de otro mundo...!

Felipa se fue agostando. Desatendió sus palomas y los conejos conquistaron el palomar. Descuidó la alegría, la paz del alma, los pequeños placeres. Se empezó a consumir en silencio como las personas finas cuando son afectadas por una desilusión para la que no tenían defensas. Se refugiaba en el bordado y la oración.

La niña comprendió que aquel hombre, un titán al acecho de su circunstancia, no moraba en el tiempo del amor. Sintió que era un hecho irreparable, una gran desgracia.

En marzo de 1484 ella pesaba 38 kilos. Seguido del pequeño Diego, él la tomaba en brazos y la extendía al sol. Si el día era tibio la llevaba hasta la fuente y con ternura la sometía a abluciones que suponía curativas.

—Debes fortalecer tu sangre —le decía—. Comer guiso de conejo con mucho ajo y zanahorias crudas...

Pero ella no pasaba bocado. Vomitaba cada vez que se topaba con una familia de conejos.

Él permanecía noches en vela, molesto porque el rumor de los cunículos devorando las maderas de la casa le impedía escuchar el ritmo del oleaje. A la luz del candil leía y releía el libro del Cardenal d'Ailly.

Consolidó la convicción: 1.°) de que se podía retornar al Paraíso Terrenal, que como anotaba el Cardenal: "Hay en él una fuente que riega el Jardín de las Delicias y que se divide en cuatro ríos." 2.°) "El Paraíso Terrenal es un lugar agradable situado en Oriente, muy lejos de nuestro mundo." Colón anotó al margen: "Allende el Trópico de Capricornio se encuentra la morada más hermosa, pues es la parte más alta y noble del mundo, el Paraíso Terrenal." 3.°) Supo que en él no podia haber otra decoración que no fuese de joyas y de oro. ¡Por lo tanto se podía saquear, invertir en las empresas genovesas y comprar la mayoría accionaria! Por último, sí, se podría rescatar el Santo Sepulcro y reabrir el camino de Oriente en manos de la ferocidad tártara y la "cortina de cimitarras de hierro". 4.°) Definió un conocimiento esotérico que no podía anotar y que confió a la memoria.

Su exaltación, en aquellos días, no tuvo límite. Su solipsismo megalómano lo alejó de la realidad. Iba y venía como alucinado abriéndose paso a patadas entre las manadas de conejos. Comprendió, con sosegada y agradecida modestia, que en él el genio había sobrepasado al humano.

En cuanto a la vida matrimonial, la ternura, como la mala hierba o los conejos, había sustituido definitivamente al erotismo. El erocidio conyugal se había consumado.

Ternura sin amor (tal vez nunca hubo amor). Lo cierto es que ella era ahora como una figura de papel desteñido. Ante sus ojos se bidimensionalizaba día a día: primero eran los pechos, después los muslos, luego el relieve del rostro. Se transformó en imagen plana, en una lámina sin volumen. Al punto tal que a Christovao toda posibilidad de penetrarla carnalmente le pareció insensatez, riesgo de causar un daño irreparable.

A fines de aquel 1484 todo había concluido: ella carecía de toda *relevancia*. Era un retrato, un recuerdo, al que había que enmarcar para colgar sobre el trinchante del comedor. Los conejos ya se habían acabado con algunos pichones de colonos. Para colmo el Rey de Portugal rechazó con entusiasmo y risa la propuesta de Christovao de navegar hacia Cipango y las Antillas. No lo tomaban en serio.

Los historiadores no están de acuerdo si llegados a Lisboa él la mató (o la despenó, para mayor precisión idiomática) o si, con discepoliana generosidad, para evitarle el oprobio de seguir viviendo con quien la había colgado en el comedor, sobre el trinchante ya mencionado, la vendió a los moros traficantes de blancas que la habrían rematado al mejor postor en el mercado de Casablanca.

Nunca se supo. Lo cierto es que nunca se halló la tumba de esa persona que desde su nacimiento nobiliario tenía asignada una bóveda en el cementerio más *chic* de Lisboa.

Fue a partir de entonces cuando Christovão y el pequeño Diego viajaron con premura y disimulo hacia Andalucía, sin llevar bienes muebles, con escaso dinero, hasta refugiarse en el Convento de La Rábida, un poco más allá de Punta Umbría.

Y mientras el padre Torres, confiado por la presencia del niño, buscaba la llave principal, Dieguito preguntó:

—Papá, ¿y mamita dónde está?

Colón sintió que la congoja lo asfixiaba. Fingió tener que orinar para no mostrarle al niño los ojos llenos de lágrimas. Cuando alguien desaparece —sea o no por nuestra voluntad— el dolor que sentimos es el dolor de los que quedan, de los que padecen la ausencia, el vacío. Todo muerto nos parece liberado. Sólo sufrimos por el vacío que *nos* deja. (Por esto los chinos, más sabios, festejan y ríen ante la realidad de la muerte. Piensan en el muerto, no en ellos.)

Caonabo, Anacaona, Siboney, más atrás Belbor, Guaironex, el cacique Cubais. La deliciosa y frívola Bimbú. Todos en lo alto de la playa observando a los jóvenes iniciados que partían hacia Lo Abierto. Habían bebido las pociones necesarias y ya algunos se bamboleaban como los cormoranes

81

cuando emprenden vuelo. El iris de sus ojos cambiaba de color. ¡Una mirada glauca, extraña, que moraba más allá del entorno!

Algunos se tendían en la arena y aullaban. Era el primer, saludable horror, cuando comprendían estar disolviéndose en el Espacio y pretendían aferrarse a "la realidad". Alguno se agarraba de los pastos o de alguna raíz de los palmares, pero era inútil: se sentía arrastrado por un viento de huracán (que sin embargo no movía los felices palmares). Se disolvían, por eso aullaban. Visitaban la Casa del No-Ser, de la cual nadie debería olvidarse durante su corta estadía en el Ser. Porque aunque Ser y No-Ser son el Ser, el humano, dotado de dolorosa razón, termina en la jactancia de su efímera encarnadura, hecho definitivo, sí, pero insustancial e intrascendente.

—Pobres jóvenes —comentó la bella Anacaona, la Princesa—. Sufren.

El *tecuhtli* de Tlatelolco, ocasional visitante de las islas, contemplaba también aquel viaje hacia la Totalidad de toda una generación de jóvenes.

Había viajado para ofrecer la protección de la Confederación Azteca a aquellos isleños felices, molestados por la excesiva pasión religiosa (había que reconocerlo) de los caníbales caribes: creían, teófagos, que se puede comer al dios, la belleza, su coraje. Comiendo a los bellos tainos pensaban que perderían la fealdad y ferocidad características de su raza.

El gran jefe taino Guaironex, tal vez nostálgico de su propia iniciación, saltó a la playa e hizo varios pasos de danza entre los jóvenes drogados.

Sonaron tamboriles y huesos. El profundo sonido de las grandes caracolas.

Era una tarde tibia, en la vega real de Guanahani, el 12 de octubre de 1491 (para ellos, gentes de las Lucayas poseedoras de un mágico calendario, era el año 16-Estrella).

Con aquel viaje a la Totalidad conjuraban el peligro de subsumirse en lo inmediato y lo cotidiano; dos peligros fundamentales, uno espacial, otro temporal. Los jóvenes aullantes se disolvían, aterrorizados, en el Espacio primordial; caían del tiempo humano en la eternidad. Visitaban Lo Grande.

Sólo después de tres días empezaba el retorno.

Las jóvenes, guiadas por Siboney y Anacaona, bailaban suavísimos *areitos* siguiendo el monocorde ritmo de los tamboriles. Cubiertas sólo con sus «naguas» rituales, minienaguas transparentes que velaban la sombra de sus *Venusberg*.

Llamados por el más puro deseo, los desaforados jóvenes iban llegando desde el Espacio. Retomaban como podían el paso, las miradas, las cosas, los rostros familiares. Aterrizaban desde una inmedible altura.

Algunos ya intentaban entrar en el ritmo de la danza. Ellas los tomaban de la mano, los conducían. Alguno se tendía entre las dunas con su recibidora. La mujer era el mejor puerto de arribo.

Uno solo, un exaltado, dijo que sobre el mar, hacia Oriente, había visto las sombras de los *tzitzimines*, los demonios invasores, las furias, capaces de quitar a los hombres del sagrado continuo del Origen. Pero nadie creyó.

Privilegiaban excesivamente la metáfora.

"Es necesario matar lo más ligero posible para que el alma del condenado salga del cuerpo con la mayor seguridad de salvarse. Eso sí: sed hospitalarios y caritativos con los viandantes." Isabel leía las *Instrucciones* para la Santa Hermandad. Firmó con decisión. Sabía que se corrompe el alma que se demora en cuerpo de pecador. Los orientales son muy cuidadosos en este problema. (Torquemada le había hablado del bardo Thodol.) El alma: esencia etérea, puro vuelo, como un rocío.

Se necesitaba el más riguroso Orden Público.

Años de guerra civil. Años de marcha para imponer la Corona. Nada de demorarse en lo piadoso —*pitoyable*—. ¡Mejor un día de león que cien años de oveja! ¡A montar! Y marcha. ¡Marcha!

"Monta tanto
Tanto monta
Isabel como Fernando."

¡Ya la caballería! ¡Y los lanceros! ¡Infantes, alabarderos, ballestas! ¡Ya que hay que morir, mejor morir a puñaladas! ¡Y fuego, mucho fuego, hasta que la unidad se imponga y la tolerancia impere! ¡Muerte a los intolerantes!

Los palafreneros —avergonzados, mirando al suelo— le tenían el estribo mientras ella montaba a lo macho en *Apolo*.

—¡Nuestro objetivo: la Cristiandá! ¡Nuestra proclama: el Humanismo!

Estaba espléndida: la apretada calza-pantalón de piel de alce, botas charoladas. Cae abierta, feliz, entregada sobre la montura (dos monjitas se persignan al ver tan arriesgada esa femenina fragilidad que roza el arzón de la silla). Un justillo rojo con alamares dorados. Un almilla cerrándose marcialmente en un cuello estricto y por encima una corta capa-jineta, un tabardo, de terciopelo negro con cadenilla de plata (el macho con una "F" del signo de las flechas y una graciosa "Y" sobre la argollita). Sombrero de castor con pluma verde de faisán de los esteros del Pript. Y su maravilloso pelo rubio flotando al viento del galope.

¡Arrasar Madrigalejo! Se partía a la fiesta de la guerra. Días febriles. La furia y la alegría de la batalla. Un tiempo que se medía por caballos reventados: *Madrigal* que se quiebra en las cuevas de zorros de Ávila, *Apolo* que revienta en Despeñaperros, después *Baturro* insolado en el solazo manchego.

Noches de galope en las nieblas de Galicia. Tardes en la polvareda ardiente de Castilla. ¿Dónde? ¿Quién vio la Torre? ¡Más al Sur! ¡Al Sur!

84

Tambor reseco de España bajo los cascos. Combate contra condes indecisos y barones proclives a la insustancial legitimidad de la Beltraneja.

Amaneceres junto a las acequias heladas. El profundo frío de enero y el canto melancólico de la tropa en torno al fuego verde de la chopera sacrificada.

Se derribaron implacablemente las fortificaciones de Madrigalejo. Rebeldes degollados colgando de los muros humeantes. Buen trabajo de artillería con sus pulidas balas de blanco mármol traído de Carrara (abriendo las vetas donde Michelángelo encontrará el bloque impecable para *La Pietá*).

Isabel está exhausta (para colmo se le llenó la tienda de campaña de mosquitos de campaña). Se desveló y le escribe a Fernando:

"Mi Rey, mi Señor. Yo y Madrigal todavía aturdidos por el estampido de los cañones cantando con sus balas, balas de Carrara. ¿Purificaste Zaragoza? Que no tiemble vuestra mano. Al menos brindarle a este desmoronado Occidente un camino de cuatrocientos o quinientos años. A propósito: ¿encontraste la sota rubia prevista por la bruja gitana? El caballero moreno ya apareció, no tengo dudas: se llama Gonzalo y es de Córdoba. Pasando a lo concreto: maravilloso el nuevo regimiento de gallegos, fíjate que sólo se desangran cuando les dan en la arteria, se diría que son macizos. Hemos puesto, con el Duque de Cádiz, un criadero de *gurkhas* nepaleses. Se reproducen igual que los humanos, cada nueve meses, son pequeños y morrudos, óptimos para el asalto de torres. Yo, la Reina."

Al día siguiente, vestida de brocato, con su manto de armiño y la corona que ya ha aprendido a llevar sin que tambaleara, entró en Trujillo precedida de sus deliciosos pero desafiantes heraldos. El pueblo, bobo, obsecuente, siempre entregado a la realeza enjoyada:

"Flores de Aragón
dentro de Castilla son."

Pero, "¡Marcha!, ¡Marcha!" Esa misma noche, aprovechando la fresca, montaba al frente de un grupo operativo de caballería, hacia Cáceres. Dos mil lanceros al trote masticando las aceitunas robadas de los olivares extremeños en la noche de luna.

El Orden Nuevo se consolidaba. A todas las ciudades ya llegaban los individuos negros de la Inquisición. Los niños y las mozas, inocentes, rodeaban con sonriente curiosidad a los jinetes enlutados que llegaban con docenas de mulas cargadas con una especie de taller ambulante: poleas, cordajes, ruedas y tornos, hornallas; petacas repujadas llenas de tijeras, botas napolitanas, pinzas quitauñas, ratas amaestradas, pinchaojos de bronce, escorpiones marroquíes, delicados arrancanervios, crucifijos.

Era Isabel quien había convencido a Torquemada: "¡Cómo puedes vivir, monje, en la quietud cortesana! ¡Hay que ir a buscar el pecado por las calles, por los cuerpos! ¡Debes salvarte salvando!"

Sabían que Occidente sólo podría renacer afirmándose en su raíz greco-romana.

Para la masa: renunciamiento y rosario. Para la señoría: la fiesta del coraje y del poder.

Los hombres-perros en su sitio: como plantas, como peces, como empleados públicos.

Se incrementó el culto virgomariano a extremos de paganismo. Las procesiones se multiplicaban. A cada santo no una vela sino un altar. La cristomanía no dejaba espacio al pensamiento. Se producían regimientos de monjas y curas negados a la más elemental sensatez.

Ayunos tres veces por semana. Ascesis de pan duro y agua de pozo. Exculpaciones forzadas. Flagelaciones.

Isabel los encerró en su propio absurdo y en el desprecio y temor por el cuerpo que ellos sentían.

Los curas iban con los talones desollados de tanta procesión hacia el Monte Carmelo pedregoso que se encontraba en cada localidad. Empezaron a proliferar relatos de levitaciones, visiones místicas, apariciones sagradas, retorno de difuntos con atroces descripciones del esperanzado fuego purgatorial y del desesperado dolor de las marmitas del Infierno. Los niños temblaban, pálidos, a la salida de las iglesias.

Con visión de políticos geniales Fernando e Isabel comprendieron que necesitaban un Papado a medida de su Imperio. Un Vaticano rescatado del atroz letargo pietista.

La misión del Cardenal valenciano Rodrigo Borja, justamente destacada por los historiadores, fue la oportunidad de definir un catolicismo imperial, cruel y renacentista. Una Iglesia Católica que no temiese al hombre de Hombredad, que no agregase taparrabos de yeso a los luchadores de Fidias.

Rodrigo Borja sería el Papa adecuado. El Papa renacentista surgiría, a su vez, de la fuerza de los adolescentes angélicos. Tenía 42 años cuando llegó a España desde Roma. Era un atleta de ojos negros y "figura dominante y majestuosa". Un gran mundano, capaz de ejercer el poder con natural violencia.

Fue saludado en Valencia el 20 de octubre de 1472 con la noticia de la extensa matanza de judíos y conversos ocurrida en Córdoba. Llegó precedido por su guardia de negros batiendo atabales y un cortejo de músicos de cámara. Ofreció una comida de treinta y dos platos, con vinos servidos en cálices de oro, en honor de Pedro González de Mendoza, que aspiraba a ser cardenal y sería una pieza clave para consolidar el poder de los adolescentes terribles.

Pero la comunión históricamente decisiva entre Borja (el futuro Alejandro VI) y Fernando e Isabel requería una consagración.

Esto ocurrió cerca de Alcalá el 27 de febrero de 1473.

Era un amanecer no muy frío. Los jóvenes estaban en lo alto de una colina. Fernando envolvía su cuerpo y el de ella con una gran capa de fieltro que llegaba hasta el suelo. Desde lejos se veía el promontorio coronado por una especie de cono rígido, como un monumento druida.

El Cardenal Borja, sin acompañamiento (había viajado en el mayor secreto), subió a pie hacia la cima. Ya más cerca pudo ver que en lo alto del cono de fieltro surgían las cabezas de Fer-

nando e Isabel, era inconfundible el reflejo de la cabellera peli-
rroja en el azul-gris de la neblina.

Fernando estaba tras ella, contra ella, y la poseía con serena
continuidad. La capa se transformaba en morada, en aparta-
mento de los tensos cuerpos enlazados. Las piernas entreabiertas de ella compensaban la menor altura del monarca-íncubo.
La escena tenía una inefable potencia ritual.

Alcanzaron el orgasmo —apenas un temblor de delicia—
cuando el prelado estaba a pocos pasos de aquel *mandala* erótico.

Era la suprema consagración, la santa nupcia, el engendra-
miento de la nueva Sinarquía.

Nacía el Imperio y una Iglesia Católica-imperial que
arrojaba el lastre de torvo y beato cristianismo. Durante un instante Rodrigo Borja se detuvo ante los adolescentes que abrazados e inmóviles, con los ojos entrecerrados, descendían por el
terciopelo de la laxitud de los amantes saciados en la máxima
altura, realmente comulgados. Luego deslizó su mano derecha,
con el gran anillo nobiliario, en el interior del cono de fieltro y
alcanzó en el muslo tibio de la Princesa una gota de aquel pre-
cioso esperma, surgido del más puro y potente amor, y con él
untóse la frente.[1]

Fernando dejó caer la capa y los tres se hincaron sobre la
gramilla fresca de rocío. Se tomaron de la mano y con callada
unción, siguiendo la voz timbrada y baritonal del Cardenal, entonaron tres padrenuestros y tres avemarías.

---

1. *N. del A.*: Se ha podido situar el lugar de la descrita escena. Queda a
pocas millas de Alcalá (donde residía entonces Isabel), entre Lĕches, hoy Loe-
ches, y Torrejón de Ardor, un poco al norte de Torrejón del Rey. En la colina
funciona hoy un taller de gomería y vulcanizado.

Oscilaba, colgado de la viga, el cuerpo del señor Giménez Gordo, poderoso comerciante que no había comprendido el signo antiburgués y antiliberal del nuevo orden imperial.

Fernando pacificaba Zaragoza.

Había invitado a comer a ese opositor encumbrado y a una señal, a los postres, la guardia lo colgó de la viga. Era un rebelde.

Apenas oscilaba. El vientre oval, cubierto por la seda de Flandes del chaleco, era un péndulo. Fernando recordó el péndulo del horómetro de la Catedral de Berna.

Siguió pelando la naranja. Después se hizo traer el cartapacio, sopló las migas de pan y le escribió a Isabel tan empeñada y alejada en su guerra civil por los campos de Castilla:

"...naturalmente le dejé terminar sus natillas. Goloso, dicharachero.

¿Has encontrado la sota de ojos verde-mar? Me dicen que en los juegos de barajas aragoneses todas las sotas tienen ojos pardos. Sólo los caballeros y dos de los cuatro reyes tienen ojos azulados. Pero hay que insistir: todo Imperio se basa en un almirante y un gran mariscal.

La pacificación de Zaragoza es una pesadilla. Mi único placer son las partidas de caza con el Arzobispo de Zaragoza que ya tiene diez años y por suerte está incontaminado de catecismos y de astucias vaticanas. ¡Físicamente hasta se me parece un tantico![1]

Nuestra diversión en estos días sombríos es correr entre los peñascales con Beatriz de Bobadilla —la sobrina de la Marquesa de Moya—. Yo sigo un poco de atrás a la grácil amazona y al Arzobispo. ¡Qué refrescantes sus carcajadas cuando persiguen la zorra! ¡Qué fresca y perversa inocencia!

Mi halcón menor, 'Copete', ¿recuerdas?, ha sido molestado durante todo su largo vuelo de esta mañana por una golon-

---

1. *N. del A.*: Fernando, con hipocresía, se refiere a Alfonso de Aragón que era hijo natural suyo y de la vizcondesa de Éboli. Su carrera fue brillante: arzobispo a los seis años, cardenal a los ocho. Nunca fue amenazado por mística o demasiada fe.

drina primeriza. Todos sus picotazos fueron en vano. Volvió a mi hombro mortificado, sin presa, con el corazón agitado por la infortunada correría. Tuve que soplarle aguardiente bajo las alas, como hacen los galleros. Pero estoy seguro de que mañana o pasado el astuto 'Copete' se las hará con la golondrinita. Mientras redacto estas líneas lo escucho aletear, inquieto, en su jaulón de hierro. Fernando."

Isabel comprendió que inexorablemente caía en la peor angustia, la de los celos. Su viejo enemigo invencido. La nube negra que le arrebataba la paz del alma. ¡Esa bandida! ¡Golondrinilla!

A la postración de la tarde siguió el terrible embate del ardor. Fue una noche de lobas alzadas. La tienda de campaña se le llenó de sombras y susurros desesperadamente nupciales. El viento le pareció un gemido de doncella entregada.

El padre Talavera y el Conde de Benavente —uno apelando a la fe y la decencia, el otro a razones de Estado— trataron de calmarla.

Le dieron tisanas. Por momentos se dormía pero se despertaba en seguida de un grito profundo (de leona parida), envuelta en sudor frío. Castañeteaban los dientes.

Esta atroz excitación se contagió a los lanceros que empezaron a merodear por el campamento. Sin saberse por qué se liaban a trompadas y mordiscones. Ganduleaban agresivos. La disciplina militar se resentía peligrosamente.

Al amanecer, ante lo insostenible e intenso de la crisis, se resolvió: mandó un mensajero a Fernando ordenándole encontrarse en secreto a mitad de camino, en el Convento de Almagro.

¡Esa Bobadilla haciéndose la niña irresistible! Sabía por su tía, la Marquesa, la mejor amiga de Isabel, que aquella adolescente, anormalmente desarrollada para su edad, no era justamente la compañía ideal para un joven arzobispo bastardo.

A su paso por la Corte había sorprendido sus intencionadas excentricidades. Sobre todo su afición a las vestiduras metálicas: era la única en usar *toneletes* de bronce delgado a lo largo de los muslos. Los *toneletes*, alguna vez de moda en la escandalosa corte borgoñona, tenían la cualidad de alzar y pronunciar el perfil de las nalgas apretadas (en el caso de la excitante Beatriz) con un pantaloncito de pana negra. Desde la mítica Juana de Arco el fetichismo de la "virgen blindada y amazona" excitaba la imaginación de los adolescentes principescos.

También se hablaba de su orfebrería íntima que labraba el renombrado Stanislav Mahler (que décadas después sería famoso por la factura de la armadura de don Juan de Austria que hoy se admira en El Escorial). Famosos eran sus cinturones de castidad (que Beatriz usaba autónomamente) con camafeos con escenas de caza o con escudos cincelados por artesanos de Toledo.

Decíase en mentideros de Corte que Beatriz corría en las noches de verano, entre los alabarderos de los puestos de guardia, con esa medieval vestidura. Le gustaba —reía como loca— ver a los capitanes iracundos peleándose o probando falsas llaves. La verdadera la escondía en su dormitorio bajo la estatuilla de la Virgen del Carmen, su gran devoción. (Se dijo también que fue Fernando, el meticuloso hurgador, quien dio con la llave justa).

La furia de Isabel al recibir la carta respondía estrictamente a un rito de renovación de un ardor que no alcanzaba a extinguirse.

Por su parte, Fernando necesitaba aquel mecanismo de venganza erótica ante la superioridad isabelina: el latín, que nunca terminó de aprender, la gracia de la estirpe, la poesía de Petrarca, la caligrafía. Debe recordarse que él era retacón, robusto, abaturrado y negado a *l'imaginaire*. Isabel tenía tobillos delgados y éste es un dato esencial, en su empeine se podía observar una delicada nervadura de venillas azuladas y tendones tensos como de potra normanda. Estos tendones eran notorios en la nuca: encerraban un valle de fino vello que delataba la alcurnia lancasteriana de la Trastamara, estirpe que recibía por vía de don Juan de Gante.

En cambio los pies de Fernando eran simplemente asociales, con escamas y cutículas de lagartos desafortunados.

Todo esto cuenta, tiene importancia.

Estas diferencias sexisociales se manifestaban en las noches cuando se enfrentaban sus deseos, en la guerra del ardor. El pene de Fernando emitía un zumbido grave, seguro, de tendero complaciente que canturrea al ordenar la estantería. Del *yoni* isabelino, en cambio, surgía un suave silbido, como el llamado apenas audible de las orquídeas colombianas en tiempo de celo.

Isabel partió a revienta caballos desde su campamento sito donde hoy es Venta del Prado (sobre la Nacional 630).

—Vamos. ¡Vamos! ¡Espolead!

Galope alocado. Iba obsesionada por la imagen de la insolente Beatriz, cabalgando delante de Fernando y el niño Arzobispo, con sus provocadores *toneletes*. Este fantasmón, dolorosamente embellecido por los celos, desaparecía y resurgía en el polvo del camino.

En el amanecer caliente los aldeanos vieron pasar a desbocapotros a una carmelita empolvada y rígida que parecía perseguida por ese pelotón de jinetes malhumorados que no lograba darle alcance y lucían insulsas máscaras de polvo amarillo.

Botijas. Villamasías, Orellana la Vieja y, después, la puebla de Don Rodrigo con su agua amarga y los chiquillos panzudos mirando a la monja de ojos brillantes que lleva —curiosamente— una daga a la cintura.

Por su parte el enigmático franciscano —con un perfil carente de benignidad y la humildad esperable en esa Orden—entraba en La Mancha, por la ruta de Teruel, buscando el alivio del Pantano de Alarcón, con los cascos de la caballada roídos por el pedregal aragonés.

El ardor interior de ambos crecía y era peor que el de afuera.

Convergieron al Convento de Almagro con pocas horas de diferencia, después de dos días y dos noches en el viento del deseo.

El franciscano dijo ser profesor de latines. La carmelita aseguró que llevaba instrucciones de la Orden para el Convento de Balbastro.

Sólo casi dos siglos después, en Venecia, en 1687, se publicó el relato del abad-*voyeur* en la colección titulada *Picaresca*

Castellana. Despojando la pornografía de época, se puede inferir que después de las abluciones en el aljibe se encontraron en una celda de penitenciarios. Dice el abad: "Rodó el sayal hasta sus pies alabastrinos y a la luz de la noche de luna apareció su maravilloso cuerpo desnudo. Apenas conservó, como incitante prueba de su condición religiosa, la toca almidonada y blanca como las alas del ángel de mármol que custodia la tumba de Lorenzo de Médicis en Florencia. Cuando se descubrió, el pelo bajó en torrentes rubios, oro fundido en la ladera de un volcán. Saltó como un leopardo que algún desatinado hubiere encerrado en una bolsa."

La noche de los penitentes fue larga e intensa.

A la mañana siguiente, en el refectorio, después de maitines, el abad pudo comprobar que por sorprendente coincidencia los sueños de los seminaristas habían sido de naturaleza zoológica: uno dijo que había visto un asno que agonizaba lanzando roncos rebuznos; otro que una hiena verde himplaba entre los arcos de la colegiata; un joven asturiano explicó la pesadilla de un nudo de lobos que aullaban formando un ardiente ovillo que rodaba fundiendo la nieve.

El abad, que evidentemente no había dormido bien y estaba de pésimo humor, ordenó silencio y la lectura, desde el atril, del "Martirio de Santa Lucía".

A la salida, el padre Azcona observó:

—Es curioso que el franciscano y la carmelita que llegaron ayer hayan partido sin desayunarse y sin escuchar misa. ¿Alguien los vio en la capilla?

Y el abad:

—El caballo que murió al amanecer junto a la alberca... ¿habéis ya ordenado sea carneado? Tal vez fue el causante de los relinchos...

(El noble *Madrigal* que reventó por saciar incautamente su sed de caminos ardidos y de las espuelas de la carmelita, fue descuartizado y salado para uso conventual. La cabeza, el rabo y los cuartos para la caridad parroquial.)

93

Duraba siete días y siete noches la fiesta al Conde de Cabra. Nunca se había visto cosa igual en Castilla. Desde su epicentro hacia los arcos externos, la espiral dextrógira se agitaba, bullía. Ingresaba el Conde en la esfera íntima, última, de los Reyes: era consagrado *SS*.

Isabel usó para la ocasión su privilegio excluyente: el color verde en un traje de seda con mangas bobas. Lucía el famoso collar de rubíes y un cinturón ancho con incrustaciones de lapizlázuli. Sombrero cónico de armazón de alambre de más de tres pies de altura y de cuyo ángulo descendía un tul de cinco metros que se movía como niebla, a voluntad de la brisa.

Saya carmesí con verdugos de tisú de oro y cuando refrescaba una estola de hebreítas pelirrojas, regalo de los parientes germanos, implacables cazadores.

Imponente. La cara coloreada con polvos de Alejandría. Perfume natural, de azahares exprimidos.

A su lado Fernando. Todo de negro con calzas y botas altas. Sombrero de castor negro con pluma de avestruz, negra. Sobre el pecho, en pintura plateada, cinco grandes lagrimones para simbolizar la pena por la permanencia mora en suelo ibérico.

Atrás iban el Conde y la Condesa de Cabra. De blanco impoluto —color de los sacrificados y de los homenajeados— las caras pintadas de amarillo salvo los párpados de ella, en malva tornasolado.

Detrás los Marqueses de Moya en simulacro de reyes moros vencidos (tal vez Boabdil y su madre).

Torquemada, necesariamente sin pareja. Sotana zurcida, descalzo. Tieso, porque el cinturón de espinillo se le clavaba en los riñones a cada paso.

Beatriz Bobadilla, siempre extravagante, en una armadura de acero azulado con casco y visera bajada, pero con una inquietante bragadura de terciopelo rojo en el entrepiernas. Como naturalmente no podía caminar, la transportaban en un carrito del que tiraban dos disparatados enanos húngaros vestidos a la usanza marinera.

Avanzaban, solemnes, hacia el sitial de honor. Inaugurarían el baile. Una doble fila de heraldos carpaccianos los anunciaba con más entusiasmo que afinación. Pífanos. Tamboriles. Caramillos.

Isabel, malhumorada por el protocolo:

—Basta de guerras civiles. ¡Qué demora! ¡Lo que necesitamos es una guerra santa!

Y Fernando, prudencioso:

—No es tiempo. No es aún tiempo, Señora. Mejor dar antes con la sota de ojos azules y consolidar al caballero moreno...

Los portugueses, torpes y ambiciosos, habían entrado por Extremadura. La pequeña Beltraneja, ebria de legalidad, los capitaneaba seguida por el Rey Alfonso, su flamante marido-blanco (salieron en trágica campaña —se verá— antes de consumar). Obeso y pésimo militar que más que una luna de miel estaba recibiendo la hiel de Marte. (La Beltranejilla, cabalgando furibunda, parecía decir: "¿Has visto, Isabel? ¡Yo también conseguí un hombre, un Rey!")

Cuando el baile comenzó, Isabel, muy seria, hierática por la presencia del tul embrollón, sacó a bailar a doña Leonor de Luján.

Fernando prefirió a la Aldonza Alamán para cubrir las sospechas con sobreactuada soltura. (A veces el descaro es mejor que el disimulo.)

El baile era aperitivo. A la media hora pasaron hacia las mesas tendidas en torno a una vega natural, cuyas piedras —para imitar artificios borgoñones— habían pintado de dorado.

Mientras servían vinillos frescos y entremeses fue presentado un asombroso juego de relojería especialmente encargado para los homenajeados. Una docena de cabras mecánicas, en latón finamente cincelado con rizos, vellones, rulos, giraban sobre tres discos engranados movidos por un torno que buscaba la energía inicial en dos mulos cubiertos —para no traicionar la moda mecanicista de la época— con chapas cuadrangulares.

Al pasar frente a la mesa principal las ovejitas lanzaban un sibilante balido apenas metálico.[1]

La Condesa de Cabra no pudo retener una lágrima de emoción ante la fineza y el dispendio de los Soberanos.

E n la taberna *A La Nueva Falange* se improvisaban "picadas". Era un hormigueo de ambiciones. Colón comprendió que había llegado el momento de arriesgar.

Se comentaba que las tendencias científicas, poéticas y musicales estaban fracasando. Los inventores y explicadores salían maltratados. Los trabajadores del erotismo y los armeros novedosos eran un poco más afortunados.

Ulrico Nietz se contaba entre los desdichados. Se había presentado como predicador. ¡Visionario independiente en aquellos tiempos en que los delirios estaban ortodoxamente organizados!

Lo trajeron malherido después de la paliza de una patrulla de la Hermandad.

---

1. *N. del A.*: Este artilugio aparece descrito por J. Huizinga en *El Otoño de la Edad Media.*

El azar, las vueltas de la vida: más de veinte años después, el destino que parece inventado por un novelista principiante, hacía que le tocara a Cristoforo, ahora Cristóbal, calmar a Ulrico Nietz de su golpiza y ponerle compresas de vinagre en las magulladuras. Le hizo beber agua de pozo.

El lansquenete retirado contó en sus momentos de lucidez: había alcanzado con sigilo y nocturnidad la esfera íntima del poder. Pudo entregarle a un eunuco del servicio isabelino un desesperado mensaje filosófico que fue malentendido como un *billet doux* de uno de los tantos maniáticos sexuales. En realidad decía: "¡Adelante! ¡El hombre es una cosa que debe ser superada! Estamos en la medianoche que precede al glorioso amanecer del superhombre. ¡Adelante! No detenerse en la moral que sólo es el refugio de los viejos y los enfermos; los negadores de la vida."

Lo reventaron a palos. Lo dieron por muerto y lo echaron a la zanja. Los bigotazos teutones ensopados en fango. Por suerte la jauría vagabunda ya había comido y prefería un lujurioso siesteo.

—¡Di tu palabra y rómpete! —murmuró, burlón, el Alférez de la Hermandad al terminar la faena de garrote.

El lansquenete, alemán al fin, no comprendía que los dioses y los superhombres *son* y detestan la retórica.

Al ser descritos, nombrados, se enfurecen como si el nombrador les robase el fuego y lo extinguiera entre los pliegues helados del *logos*.

Una vez más Ulrico Nietz había sido rechazado por la comunidad. El puro instinto que no resistía ninguna racionalización o "teoría del instinto", lo había agredido. En el fondo era saludable. El Carro del Poder se había echado a rodar. Isabel y Fernando irían encontrando a sus héroes, sus superhombres (Gonzalo de Córdoba, el chanchero Pizarro, el amoral genovés, el aventurero Cortés. Superhombres carentes de toda teoría de suprahumanidad. Sin piedad ni grandeza visible. Para España encontrarían el Cardenal justo, Cisneros, que diría: "El olor de la pólvora me es más agradable que el de los más suaves perfumes de Arabia".)

Ulrico reconoció a Cristóbal:

—Creo que alguna vez te dije que lo que no nos mata nos hace más fuertes...

También Cristóbal había fracasado en su ambición de alcanzar el epicentro. Desesperado de esperar en vano, de ser desconocido, de no ser encontrado por quienes lo buscaban y no lo intuían; se había agregado a una "picada" de la Corporación de productores de naranjas. Fue un gesto oportunista e infecundo.

Habían compuesto un gran carro alegórico con la diosa Ceres y tres grandes esferas, color naranja, repletas de mermelada. La alegoría era tirada por seis yuntas.

Colón y cinco mocetones iban sumergidos en la jalea. Al pasar frente al palco de los monarcas debían saltar a guisa de gnomos frutales y cantar estribillos en favor del precio-sostén de la naranja y de las barreras aduaneras.

Pero fue una ingenuidad pensar que aquello podía ser interesante. No les dieron paso y al llegar a la explanada de acceso al Campo fueron saqueados por los gitanos de los arrozales. Dos saltimbanquis murieron ahogados en dulce.

Dos días después Colón participó en una posibilidad que creyó apta para transmitir su mensaje.

Se trataba de una alegoría mecánica preparada por inescrutables técnicos germanos. Era una ambiciosa representación del sistema solar. Grandes bolas coloreadas que giraban en torno a altas pértigas. Suspendido de un volatín, desde el mástil más elevado, Colón voltejeaba con una malla dorada, de Apolo, divinidad rectora y ordenadora, conjuradora del caos estelar siempre amenazante.

Desgraciadamente su elíptica hízose errática porque los moros ciegos que movían el torno estaban divididos entre integristas y baasistas. Las cartulinas doradas que le cubrían el torso se fueron desprendiendo. Terminó en un fracaso. Apenas pudo gritar su mensaje, ya bartoleando:

—¡La Tierra es plana! ¡Se puede navegar hacia oriente sin miedo de caer en el vacío! ¡Es plana! ¡Se pueden alcanzar las Indias y la especería!

La burlona Aldonza Alamán, al lado de Fernando, dijo picarona:

—¿Por qué no agregar un poco de pimienta al vino de Su Majestad?

Desde las rendijas de su visera acerada, Beatriz Bobadilla había considerado atentamente el vuelo bobo de Apolo, su torso de atleta desafortunado.

Isabel ni siquiera levantó los ojos: discutía con el jefe de gambuza el presupuesto exorbitante del banquete. Después se enfrascó con Torquemada (Torquemada enfrascado era como un escorpión tunecino encerrado en un vaso con tapa, que es como se les suele cazar) en un largo relato de premoniciones manifestadas por angustiados *revenants*. Tenía el monje sin duda eso que los italianos llaman el *fascino*. Era un hijo de la noche y de la niebla. De vez en cuando una gota de sangre rodaba desde el cilicio por sus muslos helados y terminaba cosquillándole en el tobillo.

Así fue transcurriendo la primera semana del festejo. Aparte de las asombrosas cabras mecánicas, alarde técnico tan ligado al motivo del homenaje, lo mejor habían sido aquellos tres ilusionistas napolitanos que lograron hacer desaparecer tres imponentes pavos trufados transformándolos en tres gorriones fritos que aparecieron patitas p'arriba al destaparse las fuentes de plata.

Aparte del cordero y de los mencionados pavos, el Cronista goloso anotó los siguientes detalles del homérico menú (cena y *souper*):

"I   Capirotado de salomo, salchichas, perdices.
      Ánades a la salsa de membrillos.
      Ternera con salsa de oruga.
      Zorzales asados sobre sopas doradas.
      Truchas fritas con tocino magro.
      Ginebradas.
 II   Ollas podridas.
      Empanadillas de pies de puerco.
      Palomas torcaces con salsa negra.
      Buñuelos de viento *(pets de nonne)*.
      Manjar blanco."

Y describe frutas, panadería general, conservas, suplicaciones, largas listas de vinos locales e importados del Francocondado.

En esos días amenazantes llegó a *A La Nueva Falange* una partida de la Hermandad en inspección. Caras yermas, en cuero crudo. Ojos lisos de jugadores de chinchón, opacos a todo brillo humano.

Exigían pruebas de cristiandad. Colón sintió la cercanía del fin. En el fondo cierto alivio. El terrorismo de Estado lleva a esa insana dialéctica de preservación y fuga y —al mismo tiempo— de entrega, deseo de enfrentar definitivamente lo peor. Nervioso, tuvo que cortar a cuchillo una de las cintas anudadas de la caparazón de tortuga cubierta de pana afelpada del mismo color de las calzas. Este indumento defensivo era común en la época. Se sabía que el único macho del reino animal capaz de atentar contra los testículos de su enemigo es el hombre.

El jefe de la patrulla observó con desconfianza profesional. Un esmirriado subalterno andaluz asesoró al jefe:

—Rabón, pero vale. ¡Vaya!

Colón, como muchos otros, procedió a guardar su credencial orgánica con el cuidado que la gente humilde dedica a la documentación personal.

El amenazador Alférez, con una voz más aguardentosa que castrense:

—Buscamos a un rubio, de ojos azules, que podría ser marrano. ¡Orden del Rey! —Mostró una sota de un juego de baraja.

Se le aflojaron las rodillas. Comprendió que, como decía elegantemente su tío Bavarello, "se le habían soltado los riñones". La caparazón de tortuga se llenaba de líquido caliente, triste.

La prostituta toledana, frente a su invariable plato de natillas, lo miró con sorna.

El Alférez le mostró la sota.

—*Mai visto* —dijo Cristóbal, mafiosamente evasivo. En el terror había vuelto al idioma madre.

Eran gallegos y andaluces. Habían recibido la orden pero no sabían bien qué quería decir rubio y tampoco estaban seguros del color que corresponde al vocablo "azul". Además la sota negra de la baraja tenía dos zapatillas planas, de torero, y no espiralados zapatos amarillos de chulo milanés.

Cristóbal estaba seguro del *pogrom*. No podía imaginar que alguien pretendiese necesitarlo o beneficiarlo. El genio es escéptico por definición.

Se demoraron ante el cuerpo echado de Ulrico Nietz. Creyeron que fingía agonizar. Lo golpearon malamente con el asta de una alabarda.

Nietz entreabrió sus ojos amarillos, de fiera rousseauniana perdida en el claro del bosque.

Fue nuevamente golpeado porque en su delirio pretendió abrazar al Alférez llamándole "Rey Fernando". Con voz ronca, en su idioma natal, creyéndose expirar, quiso entregar generosamente lo esencial de su testamento:

—*Gott ist tot! Gott ist tot!*

Imploró para que anotaran el mensaje y abrazando una pierna del esbirro volvió al alivio del desmayo.

El andaluz, que había estado guerreando en Flandes, tradujo con esa incapacidad ibérica para los idiomas:

—Dice que Dios es tonto. Eso es lo que dice. ¡Vaya novedá!

Era el noveno día del banquete al Conde de Cabra. Anochecía en el Campo Real y la brisa movió una promisoria humareda desde las parrillas. Preparaban picatostes de ubres de ternera, cabritos mechados, perdices, morcilladas y aves finas —faisanes y pavos— para rellenar los aperitivos arteletes que se servirían sobre sopas de natas.

Los mozos de sumillería trasegaban los vinos de Galicia, de Rioja o de Francia de los nobles botijos a la cristalería de la mesa real.

Una orquesta alegre trataba de seguir los lances de la *troupe* de trapecistas turcos; ellos con nietzscheanos mostachos, ellas con sus amplias grupas resplandecientes de lentejuelas y pedrería barata pero multicolor.

Fue entonces cuando se escuchó la correría de los guardias y un vocerío irrumpente:

—¡La Beltraneja! ¡La Beltraneja! ¡Es ella! ¡Es ella misma!

Los capitanes percanzaron sus cabalgaduras que mediaban en el fondo de los potreros y en la oscuridad.

Se oyó la jauría de mastines y perros lobos que rodeaba la vanguardia portuguesa.

Al frente llegaba doña Juana, la Beltraneja, montando en pelo uno de esos increíbles percherones teutones, de la tropilla baya.

Derribaron tiendas de campaña, la capilla al aire libre, las letrinas reales, las parrilladas y las mesas, hasta estropear la pista de baile.

La Beltraneja, irónica, vengativa, implacable, pero nunca alegre, ni siquiera en el triunfo y la humillación del enemigo, dio una vuelta completa en torno a las mesas principales.

Se paró de patas su percherón con trencitas en la larga crin de los cascos. Ella parecía efímera en el lomo de descomunal anchura, diríase un angustiado faquir raptado por un corcel velazqueño.

—¡La Beltraneja! ¡Montar! ¡Montar! ¡Que el Primero de Lanceros cubra el flanco sur!

Ruido de espadas. Zumbidos de flechas. Un perdido dardo

de ballesta cruzó el real y se clavó melancólicamente en la *viola di gamba* de la orquesta.

Los capitanes forzaban sus cabalgaduras, la infantería se organizaba, pero ya era tarde, el vejamen se había cumplido.

Fernando sólo atinó a quitarse su sombrero de plumas y a saludarla ceremoniosamente, como haría el vasallo con su reina. La Beltranejilla palideció de rabia mientras el descomunal percherón caía sobre sus manos después del corcovo.

Aquella vanguardia, que impuso su hedor portugués sobre el aroma incitante de las parrillas, no tenía por objeto el triunfo armado sino el desafío, la humillación: cruzaron el campamento y ya se perdían en las penumbras del oeste. Los mastines más duchos, y los más incautos, se arriesgaron un instante en el resplandor de las brasas para premiarse con las ubres y el resto del cordero mechado.

Isabel no podía resistir la afrenta. El Conde de Cabra vio, fascinado, cómo rasgaba la estrecha falda verde a lo largo de toda la pierna, hasta la ingle, y de un salto montaba a horcajadas sobre el caballo más cercano (desgraciadamente uno de circo, con un penacho rojo, que los trapecistas turcos tenían reservado para ejecutar el doble salto mortal desde la invariable quietud de su anca).

Isabel se hundió en la oscuridad, orientándose por el instintivo odio hembra-hembra. Después de un cuarto de legua vio la fosforescencia del sudor de la tropilla de percherones ya alejándose por el camino de Extremadura.

Exigió un supremo esfuerzo a su corrupto caballo mercante. Oía las histéricas carcajadas de la Beltraneja:

—¡Yo la Reyna! ¡Yo la Reyna!

Cuando Isabel creía alcanzarla, ella, experta rejoneadora especializada en la escuela portuguesa, hacía caracolear a su cabalgadura con galanura y salvaba las ancas de los golpes de la daga isabelina. Sobre cuernos, palos. Isabel se sintió a punto de sollozar de humillación. Volvió al trote, para colmo acosada por la rezagada jauría portuguesa.

Aquel incidente significaba el fin de un *statu-quo* falso.

Todo llevaba ahora a una definición de la larga guerra civil que sería la base del nuevo orden.

Isabel arengó al pueblo de este modo:

—¡Tú, Señor, que conoces el secreto de los corazones, te suplico que oigas la dolorida oración de tu sierva y nos muestres el camino de la verdad y la legitimidad con que estos Reynos me pertenecen!

Isabel sabía que no podía consolidar un Imperio, dominar al mundo y frenar la expansión del Turco hacia Occidente sin una sangrienta guerra civil. Sabía que el fuego que se exporta para someter a los otros pueblos y crear un Imperio no es más que la llama del fuego de adentro, el de la guerra civil.

La derrota final de los portugueses después de aquel tiempo de horror se produjo sobre el Duero, a tres leguas de Toro. Nunca rabia parecida movió las espadas. Muñones, coágulos, caballos espantados que corren sin destino. El viejo odio encontraba su cloaca de inocentes, como siempre.

El Rey Alfonso tuvo que huir por el camino de Francia. Su esposa-virgen, la Beltraneja, volvió con su tropilla de percherones y perros fatigados. Se encerraría para siempre en un convento, sin dejar de firmar como "Yo la Reyna" sus pedidos de ropa blanca y lana para tejer.

Fueron los años más duros de España. El fuego recreador de Fernando e Isabel se ejercía con la imprecisión del más puro terrorismo. Colón trató de pasar desapercibido durante los cuatro años de guerra civil, luego de la desdichada interrupción del banquete al Conde de Cabra.

Su hermano Bartolomeo, también agente discontinuo de las multinacionales genovesas, intentó vender la cosmología de Cristóbal en la Corte de Inglaterra. Fue un fracaso.

Colón pasó aquellos años de terror en Córdoba, disimulándose en un humanismo nacionalista. Se hizo asiduo de la farmacia de los Arana en la calle de San Bartolomé, donde todas las tardes se reunía una peña de conversos para elogiar el antisemitismo y acusar la desidia y burocratización inquisitoriales. A veces denunciaban a algún conocido, para estar seguros uno o dos meses.

Torquemada y sus dominicos iracundos avanzaban por campos y ciudades e iba apareciendo una realidad aterradora: ¡todo estaba contaminado! Desde un siglo atrás, cuando arreciaron las persecuciones, la sangre maldecida se había filtrado en toda la sociedad.

Las cifras de deportaciones y ejecuciones eran espantosas. En una sola semana de 1487 Torquemada escrutó 648 penes. Su sumaria urología no conocía descanso. "Robaba horas al sueño", como se diría de los héroes de la ciencia.

El mal había calado muy hondo. Muchos hebreos se habían refugiado en la iglesia: entraba carne *koshe* a la mesa de más de algún arzobispado. Se vendió mucho cristiano nuevo por la afición a cocinar con albahaca, a la fritura con sartén, o porque los sábados comían sencillo.

Todo urinario público se había transformado en fuente de delación.

En la Corte, en la Magistratura, en la jerarquía militar aparecía la nariz ganchuda, o las orejas extrañamente separadas, o la mirada alebrada que indefectiblemente denuncia al hebreo.

El sórdido terror cotidiano era aliviado por las sanas violencias de la guerra civil.

En la farmacia de los Arana se empezó a sentir que el cerco se estrechaba. Detrás de las risas para festejar las bromas y del

devaneo erudito había una perceptible vibración de angustia, el
temor por el taconeo decidido de la patrulla de la Hermandad y
de los dominicos torturadores que merodeaban pidiendo limosna y espiando todo.

—¡Nada de juzgar! ¡Fuego! ¡Prueba de Dios: si arde es
porque es judío! Cristiano viejo no arde: es como la leña verde
del Árbol de la Vida...

En aquella medianoche Colón trabó una importante y extraña relación que comenzó con un sobresalto.

En la penumbra de la farmacia (aún no había llegado quien
encendería las lámparas) sintió un temblor: vio a Felipa Moñiz
Perestrello. Pálida y bellísima. Su corazón golpeaba. Tuvo que
sentarse en el tonel de las sanguijuelas. Un zumbido de desmayo en los oídos.

Entonces, observándola, comprendió que no. Que era Beatriz Enríquez Arana, parienta pobre de los farmacéuticos, hija
de modestos cultivadores de albahaca, ajo y canela, ejecutados
por Torquemada —tío de Beatriz— que destruía en ellos la
prueba de su propia judería.

Beatriz, que se había escondido en el granero, fue recibida
en la farmacia como una persona que, sin haber fallecido, tenía
la serenidad y el despojamiento de quien pertenece al reino de
los muertos. Por esto, nadie la importunaba con proyectos o
acercamientos afectivos. Todo rayo de luz —natural o artifi-
cial— al llegar a su rostro parecía resplandor de llamarada de
hoguera.

106

Tenía una mirada dulce, resignada, y desde el primer día de su llegada colaboró en las tareas más humildes. Por delicadeza, nadie le pedía al anochecer que encendiera los cirios o que fuese a buscar la brazada de leña para las hornallas. Pero comprendía todo, y con humildad ejemplar tomaba el yesquero y se ponía en acción.

Así fue como Cristóbal pudo asegurarse de que no era la otra finada. Vio un perfil delicioso, su cuerpo de 18 años y el pelo lacio que caía sobre la frente cuando se arrodilló para soplar las brasas y avivarlas.

Tres días después, al observarla en la misma labor, Colón se sintió movido por una sana animalidad.

Desde su sobreactuada —defensiva— catolicidad tal vez quiso demostrar que, en cuanto judía y sobreviviente, Beatriz era sólo un objeto. Se le acercó y con decisión le metió una mano bajo el vestido. Todos lo veían. Pero no podía presumirse compromiso erótico: ella carecía de existencia.

Lo miraba en silencio. Tal vez lo comprendía. Era una relación cómoda que no podía suscitar comentario alguno. Era considerada menos que una cosa: era una cosa infame, sin, ni siquiera, posibilidad de comercialización. Menos que una prostituta mora.

Se entregaba dócil y dulce y nunca alcanzaba el orgasmo (seguramente sentía no deber merecerlo, o quizás, como diría Thomas Mann, "temía apegarse a la vida").

Pero Cristóbal, por causa de la degradación metafísica, tampoco la sentía real. "Era como de carne, pero..."

Beatriz veía sin pena el día que se iba y sin ninguna alegría el que comenzaba. No era sabiduría oriental. Simplemente se había cansado de tener miedo y de imaginar la propia muerte violenta.

Estaba convencida que el fin era lo mejor para dejar de estar en lo peor, que es la angustia.

Su situación existencial era de tal desolación que nadie podía pensar que se quejaría por la sopa fría o por haberse cortado el dedo mientras picaba el perejil.

Y, sin embargo, ninguna mujer retendría a Colón como aquélla. La no-relación, basada en el desprecio de un cristiano exaltado por una judía condenada, duraría veinte años (hasta la muerte).

Cada coito tenía el secreto encanto de un viaje órfico, un descenso al mundo de los difuntos. Ella habitaba el terreno de la muerte. Era una condenada que los verdugos parecían haber olvidado después de equivocarse de domicilio en el primer intento.

Desde que andaban juntos (aunque no unidos) ella lo seguía tres pasos atrás, siempre silenciosa, grácil, dispuesta. Cuando entraban en la farmacia ella se ubicaba detrás del mostrador, para su tarea de servicio; él se sentaba en el rincón de tertulia en el sillón privilegiado.

La premuerte (de ella) los mantenía despegados. Cristóbal tuvo que viajar a Murcia. Al volver a la farmacia le preguntó:

—¿Vos todavía por aquí?

Ella asintió bajando los ojos, como si sobrevivir fuese una casualidad o una travesura.

En la farmacia o en la casa tenía cerca, invariablemente, la modesta valijita con el ajuar breve, carcelario, que pensaba le sería tolerado en las mazmorras del Santo Oficio, antes del sambenito de rigor para la etiqueta de hoguera.

Cuando Colón se explayaba sobre la indispensable necesidad de eliminar a los judíos, ella lo apoyaba con un gesto desde el mostrador. Él hablaba de la pureza de sangre, de la relación profunda con la tierra, de centrar todo en Un Reyno, Un Pueblo, Una Fe.

A los nueve meses, con nada asombrosa puntualidad, nació Hernando Colón (el historiador). Cristóbal lo bautizó así en homenaje al Rey.

Ella alzó al pequeño envuelto en una mantilla de lino y se lo entregó a Cristóbal ostensiblemente, delante de la partera y los vecinos, como diciéndole: "Toma. Es tuyo y sólo tuyo. Yo apenas lo parí, pero soy judía..."

Pero la inquietud de Cristóbal fue en aumento. Se sentía espiado, observado. En esos tiempos no se sabía, como en todo terror, si a uno lo llamaban para ponerse la capucha del verdugo o del ajusticiado.

No sospechaba que su ambición se estaba confundiendo con la de otros.

El *pogrom* avanzaba hacia dimensiones insólitas. Todo terminaría en apropiación de bienes y tierras. En la temida expulsión masiva.

La diáspora buscaba una tierra para preservarse.

Hacía tiempo que hombres como Santángel, Coloma, el Marqués de Moya y otros poderosos conversos sabían que debían conseguir al aventurero capaz de llevar la judería a la Nueva Israel.

El plan de ellos tenía dos fases: conseguir nuevas tierras y conseguir oro no judío para pagar —no de sus bolsillos— el ambicioso plan de Fernando e Isabel (vencer a los moros, invadir Francia, dominar el Papado con los Borja y por último adueñarse del mundo).

No se tiene el detalle de las reuniones de las empresas financieras (muy poco de lo importante queda por escrito, de aquí la falsedad esencial de los historiadores).

Lo cierto es que misteriosos emisarios empezaron a merodear por la farmacia de los Arana.

Hoy no caben dudas sobre la demora de años que padeció Colón antes de ingresar en el centro de la galaxia dextrógira del poder: tanto las ambiciones de la Corona como la de los agentes de las transnacionales, le parecían frívolas, menores, previsible avidez humana. Reiteraciones poco novedosas.

Él, en cambio, descendiente de Isaías como se sabía, sólo buscaba la mutación esencial, la única: el retorno al Paraíso, al lugar sin muerte.

Sabía que el cerco impuesto por Jehová al inexperto Adán podía ser burlado. Se podía saltar el muro. Jahvé no había dicho la última palabra y en última instancia frenaría al Ángel Exterminador fascinado por la osadía y el ingenio del humano.

En suma: que Prometeo rescataría al Cristo sanguinolento y triste.

Su convicción estaba graficada sobre un pergamino de cabra nonata donde aparecía ese punto en plena Mar Océana donde la realidad se abre a la transrrealidad y permite al iniciado pasar de la nadería del tiempo humano al abierto espacio de la eternidad sin muerte.

Pero, claro, su secreto no podía comentarlo así, con cualquiera. Comportaría un gran riesgo. La mayor verdad es el mayor riesgo, pensaba Cristóbal.

El Papa español consolidaba el ciclo de regeneración de aquella Iglesia envilecida por curas piadosos, cultura de muerte propia y siesta conventual.

Rodrigo Borja, ya Alejandro VI, Supremo Pontífice, entró en la plaza de San Pedro precedido por su *troupe* de contorsionistas negros y la orquesta solemne, con música más militar que religiosa.

Alejandro va en su caballo blanco vestido de terciopelo negro, con espada y daga de puño de oro. En su pecho una cadena con un pequeño crucifijo con el cuerpecillo del Sacrificado en jade de China.

A su lado su amante, la maravillosa Giulia Farnese (cuyo matrimonio el Papa había bendecido, con tal de mantenerla a su lado).

Llegaron desde el Castello Sant'Angelo donde habían presidido el banquete popular y caritativo (se invitó expresamente a las prostitutas y mendigos de Roma). A lo largo del Lungotevere quedó un olor de pimentón, ajo y azafrán.

En gigantescas pailas, traídas de Valencia, se había ofrecido a la plebe —hasta entonces acostumbrada a las pastas y a la *porchetta* asada— formidables paellas con pollo, conejo y mariscos.

La mesa pontifical fue atendida por cocineros de Alicante que prepararon un delicado arroz "a banda".

Atrás del Pontífice y de Giulia Farnese iba Lucrecia Borgia, rigurosamente a la española, traje negro, mantilla bordada, pero un tanto lorqueana con su mantón y volados agitanados.

También César, hijo del Santo Padre, el Cardenal Venier, el Príncipe y el Cardenal Orsini, los arzobispos de Nápoles y de Sicilia y señores venecianos: Morosini, Grimaldi, Foscari, Marcello. Los príncipes Colonna y Patrizzi. El verdugo oficial don Micheletto Coreggia y el envenenador de la Casa Borgia, Sebastián Pinzón.

La plaza estaba cerrada por tablones con los colores vaticanos. Se había erigido un tablado para los principales y un palco, bajo palio, para el Santo Padre, su amante y Lucrecia. Habían improvisado una plaza de toros.[1] Pero lo grave, para escándalo de Mommsen, es que el único matador sería el Cardenal César Borgia.

Toreó a caballo el primero, manso, al que pudo derribar de un solo lanzazo. Con el segundo, que entró saltarín y desorientado, se fue haciendo durante la lidia y pudo acabarlo de un solo mandoble de tizona, probando César su fama de decapitador y su habilidad para manejar la espada a dos manos.

Al tercero lo esperó a porta gayola, con más espectacularidad que riesgo, pero la ignara tribuna italiana gritó hasta el delirio.

Mató al cuarto con florete, fundando una delicada tradición.

---

1. *N. del A.*: Sobre los detalles de aquel memorable festejo, su concurrencia y la ganadería, véase *Die Kultur der Renaissance in Italien* de Jacobo Burckhardt.

Se echó entre los cuernos con valentía y astucia y logró evitar el desesperado derrote del astado.

El quinto entró a destripacaballos provocando desmayos entre las marquesas pontificias. César aplacó la gritería despertada por la furia del toro brindándolo con el capelo cardenalicio al público. Era un ejemplar aldinegro, astifino, un tanto bizco pero con un trapío y una casta elogiables. Con él ensayó una suerte desconocida que arrancó gritos admirativos en la entendida soldadesca española: lo citó con la púrpura capa cardenalicia y aguantó la embestida envolviéndolo en un afarolado pase. Durante un instante, efímero pero de mágica intensidad, se había logrado que el hombre y la bestia compusiesen una figura de belleza sublime, transcendiendo en gracia la sombría oposición.

Leonardo, el ingeniero militar de Vinci, no pudo reprimirse y tomó rápidos croquis tratando de capturar aquel ritmo bárbaro y delicado. Llenó seis hojas de su libreta (que desgraciadamente se perdieron en el incendio de la Alcaldía de Forlí durante la Segunda Guerra Mundial).

El último, alunarado burel cornalón, dio a César oportunidad de mostrar novedosamente su coraje: lo toreó de a pie con la capa enroscada al brazo. Su padre, el Papa, exultó de admiración por tanta dantesca *virtú*. Se dejó ir. En el silencio del ruedo vaticano resonó la voz española del Pontífice:

—¡Sácalo de tablas que lo tienes aquerenciao! ¡Cítalo por lo bajo! ¡Naturales. Naturales! ¡Eso con la izquierda!

César prefirió un florete para matar y lo hizo de dos buenas medias y una final, desgraciadamente algo caída.

Se escucharon vítores de bajo pueblo y serenas, pero duras protestas de gente cristiana de otras partes de Europa, que solía exorcizar la crueldad con otros lenguajes.

Los clérigos con cuerpo de cebolla y pietismo de calceta estaban indignados.

No sabían, naturalmente, ver en los toros un renovado símbolo de armonía en la lucha que opone al humano con el animal. No sabían que esa ceremonia tiene una significación diferente para cada circunstancia y para cada espectador: los toros son un tarot. Las figuras de siempre se combinan en forma distinta y significan una advertencia, una profecía o una enseñanza.

Cuando Alejandro IV se alejó con Giulia Farnese comprendió que la bestia del mal era un símbolo: el atroz profeta desarmado Gerolamo Savonarola donde terminaría una época de odio al cuerpo, de envidia al sexo y a la gracia. En la faena del cuarto toro tomó, en su interior, la decisión de hacerlo arder y difuminarlo en el aire de Florencia como esas láminas venecianas con deliciosas doncellas desnudas que el torpe monje hacía quemar en el pórtico de su parroquia. Sería el fin de una época de la Iglesia.

La fiesta de la noche fue espectacular. Nunca se usaron tantos artilugios de luz y explosión. Se agasajó especialmente a la señoría veneciana: grandes góndolas de cartón, sabiamente iluminadas, parecían derivar por un imaginario Canalazzo. Llevaban coros de doncellas y mozalbetes ambiguos que cantaban aquella canción que las beatas oirían santiguándose:

Quanto e bella giovinezza
Che chi fugge tuttavia!
Chi vuol esser lieto, sia:
Di doman non c'è certeza.

El banquete al Conde de Cabra se reinició después de cuatro años terribles. La espiral del poder, descentrada durante las luchas civiles, se reorganizó en Córdoba.

La inquietud de Colón por agregarse a una "picada" de existismo se fue sosegando.

113

Confiaba secretamente en los comerciantes genoveses y en los designios bíblicos. Fueron años de lecturas y relecturas. Leía la Biblia como una crónica de familia.

—¡Qué notable David! ¡Isaías, qué profundo! —exclamaba mientras Beatriz, siempre silente, mantenía sus cabellos esparcidos en el alféizar de la ventana después de lavarlos en agua de alhelí (para que Cristóbal no percibiese el aroma de la muerte).

Durante las tardes, partidas de chinchón con los filósofos de farmacia. A veces se encerraba con intención creadora: Cristóbal se reconocía poeta y sabía que toda gran aventura —privada o pública— para realmente valer debe terminar en un gran libro.

Se comentaban en la farmacia las alternativas del banquete.

Se supo que la Cofradía de armeros germanos, competidores naturales de los flamencos y ávidos de un mercado con gran futuro, habían presentado un enorme dragón mecánico que al ser herido por un San Jorge de cartón, liberaba una paloma blanca (de carne y pluma) que —amaestrada con sabias torturas— voló desesperadamente hasta refugiarse entre los pechos de la Reina Isabel.

Era evidente que el dominio de la mecánica y de los engranajes de relojería ponía al mundo en puertas de una revolución técnica sin precedentes.

Se sirvieron unas inolvidables perdices asadas en salsa de limones de las que dice el Cronista, Fernando del Pulgar:

"Si antes volaban libres en la campiña de Balza, ahora volaban alto, como golondrinas en el cielo de los paladares de los soberanos envueltas en un tul acidulado de limón, doradas por mor de un resplandor de leña de naranjo. Densas en su carne, maduras en su muerte, tenían el merecido destino de poder halagar la realeza."

Pero un clima de discordia conyugal impidió la alegría de otras veces.

La Aldonza Alamán no dejaba de merodear en torno a Fernando, quien ya prestaba poca atención a Beatriz de Bobadilla que lo había cansado con su prepotencia.

114

La Alamán era siempre convocada por Fernando para acompañarlo en las ceremonias militares.

Isabel, para condoler y acusar, se presentaba vestida de penitente. Se aplicaba cilicios. Vociferaba en latín.

Su furia encontró víctima en la Bobadilla: logró acusarla y obligarla a matrimonio con el Adelantado en Canarias. Era una forma elegante de eliminarla de la Corte: la anuló con un beneficio.

Hacía dos semanas había nacido Juana la Loca que no necesitó crecer mucho para mostrar su extraña y trágica naturaleza. Los curas cortesanos, los astrólogos y adivinos, vieron el grave signo de los Trastamara.

Isabel comprendió que había parido hijos débiles y que España no podía prescindir de una larga tarea de su brazo de hierro.

El Infante Juan, inteligentísimo, era tan fino que, en una ocasión, al desbocársele el caballo, se negó a tirarle de la rienda con tal de no afectarle el paladar con la pala del freno. (Estuvo a punto de morir.)

Era tal la tensión que, llegada la noticia de la ofensiva del Gran Turco que había arrasado Rodas y amenazaba extender su cortina de cimitarras hacia el sur de Italia, sobre Otranto, Fernando tomó la resolución de partir al frente de cuarenta mil hombres para acabar con el problema moro en España.

Así fue como se gestó la última ofensiva, contra Granada.

La Crónica retiene los pormenores de la gesta: la derrota del Conde de Cabra en Moclín. Después, el ejército de Fernando queda detenido por una montaña entre los bastiones de Cambiz y Alhabar. Isabel y el Obispo de Jaén contratan seis mil hombres de pala y remueven el cerro que impide el paso de la artillería. En doce días se cumple la tarea y Fernando puede triunfar.

Y después Málaga. Y el fracaso de la flota turca en Malta. Las demoras de Almería. La Cruz de Caravaca. El sitio de Baza y, por último, la caída del reino feliz de Granada y aquel rey poeta que lloró como mujer lo que no supo defender como hombre.

Después de 777 años de morería todo quedaba dominado por la catolicidad imperial.

Todos comprendieron que había nacido el ciclo del mar, aunque el fuego de las hogueras no cesaba.

Terminada la guerra santa, tendría que empezar —necesariamente— la salvación internacional.

En la farmacia se hacían conjeturas escépticas.

Un mediodía, por fin, oyeron un ruido de cabalgaduras y sables que se detuvo ante la puerta.

El chico de los mandados espió: la Hermandad ocupaba la calle, no había escape. Hombres de negro con cruces blancas se preparaban. ¿Era *pogrom* (general) o procedimiento selectivo?

Beatriz Arana comprendió. Silenciosa, con la humildad de siempre, terminó de despachar la libra de sanguijuelas para la viuda de Torres, se limpió las manos con cuidado de que no quedasen restos de fango en las uñas, se arregló el rodete en el nublado espejo de trastienda y tomó su valijita de premoriente.

Saludó uno a uno con serenidad:

—Adiós, Bernabé. Hasta siempre, señora Torres. Adiós, tío. Hasta más ver querido Cristóbal...

Fue hasta la puerta con sobriedad sincera, pero la encontró tapiada con las jetas de cuero de la Hermandad.

—Hágase a un lado —le ordenaron.

—Buscamos a Colombo Cristoforo a Christovao de Coulomb o Colón el Mallorquí. Rubio, de ojos azules. Por mandato de la Casa Real. Orden de llevarlo a Corte.

116

Beatriz, desilusionada de no enfrentar de una vez por todas el fin, se hizo a un lado.

Colón, infatuado, salió sin despedirse. Confiaba, insensato, en que no lo matarían. Creía que había llegado su hora buena. Era jugador y creyó que era carta ganadora.

Montó en la mula como si supiera y partió con la silenciosa guardia que tenía orden de dejarlo en un lugar especial.

Lo llevaron hasta la ex Mezquita de Córdoba. Patio de los Naranjos. Los de la Hermandad se retiraron. Quedó solo a horcajadas en su mula. Escuchó el rumor constante de una fuente. Manaba una idea de frescura en el calorón de la siesta. De tanto en tanto los coletazos de la mula espantándose las moscas.

Se animó: apeóse y fue hacia el portal discreto de la séptima maravilla.

Entró en un bosque casi frío y penumbroso. Antenas de delgadas columnas. Avanzó sin valentía ni confianza en ese palacio de una divinidad desplazada por la política.

Desde la oscuridad llegó, nítida, una carcajada que se quebró en un juego de ecos.

Entraba como gato en casa nueva. No muy lejos, en el bosquecillo de la columnata de mármol, alguien corrió y se volvió a silenciar.

Tuvo una intuición que lo aterrorizó.

En la penumbra le pareció distinguir un cuerpo grácil en una pirueta de danza. Los pies desnudos sobre el mármol frío.

Una voz cantarina murmuró, burlona:

—¡Co-lón. Co-lón. Co-lom-bo... Bó!

Parecía una caricatura de aquella voz, sagrada, con la que alguna vez lo había llamado el Mar.

Una carcajada. En seguida, una voz mandona, de hombre, y luego silencio.

Entonces vio girar en un claro de la columnata una silueta vestida con tul o con una helénica túnica. Bailaba.

Era una mujer magnífica. Cristóbal sintió miedo, curiosidad y deseo.

Tenía un pelo lacio y largo. Inquietaba el rumor de los pies al caer e impulsarse en sus vuelos de danzarina. Creyó haber percibido su aliento de hembra.

No tuvo dudas: era ella. Cayó de rodillas. No podía controlar su excitación. Era una especie de terror sacro. Similar al que puede producir la irrupción de lo numinoso.

El círculo de la bailante se estrechaba. El contoneo del cuerpo y el batir de los pies era de seguidillas o de caracolas. El ritmo mudo casi inventaba la música. Ella, le pareció, mantenía una sonrisa constante.

Exánime, se echó sobre las lajas, de espaldas. Se entregó al miedo.

La bailarina dio dos vueltas en torno al yacente y por último se detuvo a su lado. Él sintió la planta con frescura de mosaico que se apoyaba en su pecho caliente y palpitante de compungido plebeyo.

Colón, en la penumbra, hizo pucheros pero no pudo llegar al desahogo del llanto. Sintió algo novedoso: su sexo se retraía como el caracol que descubrió el peligro.

Osó mirar el borde de la admirable pantorrilla y luego el lateral de un muslo fuerte. Y aún más: una penumbra azulmarina en la medianoche.

Sintió que un deseo salvaje lo acometía pero —curiosamente— sin genitalizarse.

Aquella presencia, con el pie apoyado contra su pecho, lo arrastraba a una experiencia física inefable.

No podía saber que estaba ingresando en esa rara expresión erótica que culmina en lo que ciertos científicos llaman polución extragenital o intraorgasmo.

Transformada en aporía la normal avenida uretral, la millonada de espermatozoides se vuelca anárquicamente en el torrente sanguíneo y atraviesa músculos y órganos en un verdadero, salvaje, *cross-country* (o *cross-body*). Por el ancestral llamado de la especie están programados para buscar denodadamente la externidad, y precisamente "el otro".

118

Colón sintió que sus venas y arterias se llenaban de burbujeante vino de Champagne (o sidra, tal vez mejor, para describir su caso).

Empezó a aligerarse su alma apesadumbrada de acongojado deseo. Sus ojos refulgieron doradamente en aquella penumbra. Sentía cómo los luchadores geniecillos de la sexualidad y la fecundación buscaban la periferia de toda su piel, desde el dedo gordo hasta la punta de la nariz.

Eran millones de débiles pero perceptibles coleteos angustiosos, de recién nacido en busca de la luz. Embocaron los poros y Cristóbal fue dominado por una irresistible risa y cierta general picazón.

Fue entonces cuando ingresó en el segundo sublime del panorgasmo. Sintió que toda su piel temblaba como el tapiz polvoriento que aporrea en la ventana la sólida criada portuguesa.

Alcanzó un aura de dimensión celestial.

Sus oídos se cerraron como cualquiera que fuese proyectado violentamente hacia lo alto. Se le dieron vuelta los ojos, como al epiléptico.

Fue sólo un instante, pero de larga delicia. Un instante, pero más intenso que toda una vida de asceta o de profesor de latín.

Quedó envuelto en un rocío de exudación seminal. Un vago aroma de estragón molido.

Yacía húmedo de lácteo suero, con una fatiga insuperable: huesos de plomo en los brazos y dedos.

No sería difícil hoy, a la luz de la ciencia psicoanalítica, explicarse el incidente: la genitalidad del plebeyo Colón había quedado bloqueada ante la presencia de la realeza. Era una inhibición surgida del sometimiento de clase.

Ante ella, la Reina, su carne se retrajo sin posibilidad de movimiento alguno. (Por eso yerra el gran Alejo Carpentier cuando supone una unión sexual, completa y libre, entre el navegante y la Soberana. La noble voluntad democratizadora lleva a Carpentier a ese excusable error. Pero es absolutamente irreal. La intimidación del plebeyo fue total en el aspecto físico. Total, en cambio, fue su descaro metafísico y así alcanzó la liberación del panorgasmo.)

Eran un grupo escultórico, inmóvil en el bosque de inmóviles columnitas.

Colón acababa de ser ungido Almirante de la Mar Océana (recibiría 8.000 maravedíes y se le permitiría el aditamento del "Don" y el uso de espuela de oro).

Isabel, entonces, prosiguió sus giros silenciosos. Esta vez alejándose en círculos parejos, como siguiendo una línea espiralada, similar a la que dibujara al acercarse.

Se volvió a oír la carcajada insolente, como de campesino baturro.

Después fue el silencio y tal vez perdió el sentido.

Se despertó entre los golpes y coces de la gente de la Hermandad:

—¡Vamos ya! ¡Golfo! ¡Hebreón!

Se reían. Lo vapuleaban. Trató de sonreírles, de conjugarse. La luz del exterior lo deslumbró. Lo arrojaron entre las patas de su mula. Le dijeron que recibiría su paga a partir del primero de marzo y que debía presentarse el once para ensayar el ingreso, con la comitiva real, en la recién conquistada Granada.

Se fueron riendo y escupiendo lupines. Bestiales. Francamente administrativos.

Lo narrado, tan importante para el Destino de Occidente (como se dice) ocurrió el 9 de abril de 1486. Colón había comprendido que aquel rito sellaba un gran acuerdo. ¡La Reina era su cómplice secreta en la secretísima aventura del Paraíso!

Los hombres-águila y los jefes leopardos lo miraban con desconfianza. Eran indeclinables adoradores de Tazcatiploca, el dios guerrero, viejo enemigo del sabio y astuto Quetzalcoatl. Pero el Mexicatl Teohuatzin, el Supremo Sacerdote, estaba preparado para la escasa disponibilidad de los guerreros hacia la verdadera teología. Es sabido que "el guerrero piensa con los pies, actúa sólo con los brazos, indefectiblemente termina perdiendo la cabeza".

Pero eran jóvenes y hermosos. Atletas de la voluntad, desdichadamente raptados por el Principio de Eficacia.

Ocupaban el largo asiento contra el muro, pintado con las insignias de las águilas y los jaguares, en el Recinto de las Iniciaciones del Templo Mayor de Tenochtitlán.

Era una mañana espléndida. Un aire delgado. Un aire purificado que había llegado en brisa desde Teotihuacán, la región más transparente.

Apenas la tibieza dorada del sol decadente, que ya había perdido sus testículos, devorados en el ataque de las águilas negras, emisarias de la noche etérea y el caos primordial.

La sangre de los miles de guerreros inmolados en la inauguración del Templo de Huitzilipochtli no habían fortalecido al astro anémico.

Los miró con serena autoridad y les dijo:

—No. No. Los hombres que vendrán del mar, barbados serán y uno de ellos barba rojiza tendrá. Están ya cerca (tenemos información). No. No son tzitzimines, esos monstruos del crepúsculo que esperan en el fondo del cielo de Oriente para devorar la última generación de humanos. No.

"Los que ahora se aproximan son los últimos dioses menores. Vienen del Gran Mar. Los manda Quetzalcoatl, que los predijo.

"Digo que son barbados, generosos, demasiado humanos tal vez...

Los guerreros-águila y los guerreros-leopardo lo miraban con la serena sorpresa de los hombres educados en la tarea del cuerpo y de las armas. Respetaban el orden teocrático. Ninguno osó alzar sus dudas.

Para seguir, el Mexicatl Teohuatzin les recordó al poeta sagrado:

"Toda luna
Todo año
Todo día
Todo viento
Camina y pasa.
También toda sangre
llega al lugar de su quietud."

Les predijo el futuro que se avecinaba con autoridad de visionario profesional:

—¡Oh, son seres maravillosos, los que llegan! Hijos de la mutación. ¡Generosos! Una infinita bondad los desgarra: se quitarán el pan de la boca para saciar el hambre de nuestros hijos. Sé que su dios humano les manda amar al otro como a sí mismo. Serán incapaces de traernos muerte: detestan la guerra. Respetarán nuestras mujeres, porque su dios —infinitamente benigno— les manda no desear otra mujer que no sea la propia. (En esto son particularmente rigurosos.) Adoran un libro escrito por sabios y poetas. El dios que adoran es un hombrecillo golpeado, torturado, hasta ser puesto a muerte por unos militares. ¡Con el débil se identifican! ¡Al débil aman!

"Digo, anuncio, que odian la guerra, la violencia, la violación. ¿Cuál es su fuerza?, os preguntaréis. Y yo digo: la bondad y el amor. Esa es su fuerza.

"Si ven a un herido, le besan la llaga y lo curan. Alimentan gratuitamente al hambriento. Guían al ciego. Odian las riquezas porque en ellas ven trampas de los tzitzimines, los diablos.

"Es sabido que si alguien les golpea, con mansedumbre ofrecen la otra mejilla para recibir un golpe más. ¡Hasta ese punto llegan!

"Sin embargo no desprecian los días de la vida: saben multiplicar los alimentos, las cosas, las casas. Dominan el rayo del cielo y lo contienen, pero sólo para uso pacífico, en caños de metal del largo de un brazo...

"¡Y ahora os pregunto, guerreros!: si ellos triunfan ¿no sería acaso nuestra la victoria?

"Es por esto que con sana sabiduría el señor de Tezcoco, en el año 4 -calli, ordenó cerrar las escuelas de guerra.

"Un ciclo de dulzura se avecina. ¿Para qué nuestras armas? Será el sol de la hermandad y de las flores. Corresponde recordar el canto de Huexotzingo:

"¿Así he de irme?
¿Como las flores que perecieron?
¿Nada quedará de mi nombre?
¿Nada de mi fama aquí en la Tierra?
¡Al menos flores!
                    ¡Al menos cantos!"

Tres

EL AGUA

Cronología

1492-1502   Una partida que durará diez años. La cruzhorca (patente española). Vírgenes al por mayor. Hoces y martillos. Inusitada presencia de Jehová. "Sólo uno busca el Paraíso, los demás huyen del infierno español."

1492   El dominio de la Dama Sangrienta. Intento del Almirante de fugar por vías urinarias. Circe: paroxismo y peligro vulvar. Alta mar. Los dos rumbos de la dialéctica de Occidente.

1492   Septiembre-octubre. Señales secretas. *Mare tenebrarum*. Confluencia de la nada y el ser: ambigua aparición de los muertos. Imágenes de futuración. El *Rex* y el *Queen Victory*. Acorazados. La traconchana y sus perniciosos efectos sobre la disciplina. El *Mayflower*. Una rumba de Lecuona sobre el mar.

1498   4 de agosto. El *omphalos* del mundo. La delicia. ¡El Paraíso Terrenal! El Almirante desnudo. Ingreso en la tierra de la no-muerte.

—Creo que todos huyen del infierno —le dijo al desconfiado Santángel el marrano agente de las multinacionales ante la Corte de España y que invertía él mismo un millón de maravedíes en una empresa en la que nadie creía (era poca plata, se podía apostar). Santángel le preguntó con ojos lisos, sin afecto:

—¿Y vos, en que creéis?

Y Colón respondió con la poca modestia que podía juntar:

—Yo creo que soy el único que busca el Paraíso y tierras para los injustamente perseguidos...

Santángel creyó que se trataba de una redundante metáfora. Sabía que los locos suelen ser preferentemente poéticos, cuando no les da la manía de lo exacto.

Lo cierto es que Cristóbal estaba ya en el castillo popel de la *Santa María*. 2 de agosto de 1492. Noche de buena luna. Aquella partida duró diez años (1492-9 mayo 1502). El Almirante vio la repetición de las mismas acciones con diferente escenario, desde el castillo de la *Santa María*, del de la *María Galante* (Cádiz 1493) o del de la *Gallega*. Llevan palas, picos, poleas, tornos, Biblias, ruedas. La naturaleza allá "no está dominada por el hombre". ¡Están convencidos que podrán transformar los cocodrilos en petacas, los yaguaretés en tapados de señoras, las serpientes en mangueras para riego! Se preparan para una vasta y profunda ofensiva contra la naturaleza en nombre del hacer y contra el mero estar. Decadente.

—¡Carga! ¡Carga! ¡Ale!

Los Pinzones van y vienen, controlan todo. Conocen a los vagos y a los activos.

—¡A son de mar! ¡Vamos!

Afirman la estiba con correas y cordeles. Distribuyen, amarinan, contrapesan. Juzgan el equilibrio que debe existir entre la panza del barco, su proa y sus alas.

Un muelle atestado de previudas, eventuales huérfanos y aventureros en oferta.

Rollos de cuerda. Sebo. Sacos de sal. Lonjas de carne seca. Ristras de profundo ajo. Patas de cerdo en toneles de grasa. Pilas de atunes y cazones resecados ya sólo croquis de peces.

Forcejeaban con sacos de harina. Junto a ellos, en lo alto de mamparas donde no llegarían rebotes de mar, colgaban largos odres de venado llenos de pólvora.

La gran cruz tamaño natural no se pudo amarinar bajo cubierta. La amarran junto al anclote de fortuna. El pálido cuerpecito de pasta resplandece con sus gotas de pintura bermellón. Auténtica corona de espinas pero no en su frente: va atada con un cordel al clavote de la mano, cosa que no se pierda en el trajín, como el sombrero del títere en carretón de gitanos.

Abrazos. Risas. Llantos de muelle. Ratoneo de niños gitanos entre los bultos para estiba. Prostitutas que van y vienen hacia la arboleda de la punta. Los guardias de la Hermandad mastican y escupen, automáticos, cáscaras de pistacho. Incoloros, grisáceos, como albinas cacatúas.

El almirante vuelve a sentirse mal. Persistencia de la diarrea: once veces cambiaron el cubo de su camareta. Percibe en la noche sonrisas malignas de la chusma, guiños. Oblicuas alusiones al "genovés". Resentimiento ibérico: quieren confundir sensibilidad con miedo.

Sin acceso al puerto, acosadas por los rapiñadores, del lado de la arboleda se alza un coro de madres judías. Voces profundas, sin resignación ni furia (ese 3 de agosto es el último plazo para que los hebreos abandonen España). Ofrecen, inútilmente, sus hijos a la flota.

Alcanzaron la costa sobreviviendo a terribles saqueos y

vejaciones. Algunas llevan en el intestino piezas de oro y piedras finas para pagar la vida de sus críos.

Incorregible, el coro triste canta el viejo poema de Inmanuel Ben Salomó:

"¡Oh Dios, aunque me mataras
Esperaría en ti
En ti me refugiaría!"

No tienen salida: tendrán que negociar con los piratas moros que se anuncian con grandes hogueras sobre la playa, del lado de Ayamonte. Les aplicarán terribles enemas de agua de mar con pólvora. Impacientes, a los ancianos los abrirán de un tajo como aduaneros suizos con odre sospechoso, en busca de perlas y piezas de oro. Violarán y venderán las delicadas jóvenes hebreas educadas para el talmud sabatino y la flauta dulce. Cegarán a los adolescentes para encadenarlos a las norias magrebinas.

Colón escucha los apellidos de los enrolados. Pinzón anota y controla rigurosamente el ingreso en la aventura:

—¡Juan de Medina, sastre! ¿Para qué un sastre? ¡A coser vela! Pasa. Reynal, Juan. García Fernández. Fernando de Triana. ¡Vamos! ¡Muévete! Adelante y de a uno. Tejero, con fianza de Juan de Moguer. Pasa. Abraes. Ruiz de la Peña. ¡Mucho vasco! Pérez. ¡Vamos!

Rodríguez de Escobedo, el Escribano, pretende un lugar especial y cierto protocolo. "Un lugar al seco y donde pueda mantener segura la documentación oficial."

Luis de Torres ingresa como traductor. Sabe árabe y hebreo. Podrá comunicar con la gente de Indias y con los pioneros de las lejanas tribus de Judea.

Chachu, el sobrestante, controla los fardos de carga.

Despenseros, calafateadores, cordeleros, maestros veleros, pintores. Hasta un joyero y lavador de oro hábilmente previsto por el agente de la *ditta* Spinola.

Los italianos hablan en la borda: Juan Vezano, Antón Calabrés, Michel de Cúneo, Jacome Rico.

Desde el castillo de popa el Almirante ve llegar un jinete.

Dice a la cerrada guardia que viene de Sevilla. En la noche de luna no es más que un espectro de polvo claro, de ceniza. Se presenta y dice que trae otro mensaje de Santángel.

Apoya en la baranda su capa y el sombrero y transmite al Almirante el mensaje final de los conversos de la Corte:

—Los *Bnei Israel* informaron sobre los judíos amarillos que encontrarás en Cathay y en Cipango. Se tienen noticias ciertas del reino de los Kátzaros. Su jefe, tenlo presente, es el Sha-Kan Bulán, que murió, pero angélico, aún los guía. Fue Hasday Ben Saprut quien buscó a los Kátzaros... Hay gentes de las diez tribus más allá del río Sambation y del Éufrates. Trata de entrar en contacto con ellos, ayudarán a nuestro pueblo en la persecución, no lo dudamos... Tendrás la prueba de la existencia de ellos al tocar la isla de Kish: conservan el espejo sagrado del Templo de Salomón. Pero no te mires en él: roba la imagen. Te la chupa hacia Lo Otro. Ten cuidado de no tentarte. Estamos en 1492: es el año señalado por la Kabbala, es el de la redención después de las persecuciones.

"¡Tú eres el enviado! Los hebreos de Asia te esperan para reconstruir, para todos nosotros, la tierra prometida. Cumple tu tarea: trata de alcanzar el río Sambation y no te preocupes de la misión que puedan tener algunos de los que embarcamos. ¡A orillas del Sambation, con ayuda de Jehová, fundaremos la Novaia Gorod! ¡Apúrate, parte antes que expire el plazo y puedan acabar impunemente con los judíos! ¡Piensa que si fallas será el triunfo de los monarcas de la noche que ejecutarán la solución final! No te fijes en gastos. ¡Eretz Israel!

Entregó al Almirante los mapas secretísimos que traía en un cartucho de piel. Bajó la escalera con apuro. Parecía perseguido.

Colón no tuvo tiempo de desilusionarlo con sus dudas.

Como otras veces, se sintió distante de los motivos simples —apenas imperiales, salvacionistas o comerciales— con que otros impulsaban la empresa de Indias, fuesen reyes, gerentes o judíos amenazados de hoguera.

Su soledad era grande. A nadie podía comunicar su secretísima —inefable— misión: buscar la apertura oceánica que permitiría el paso del iniciado a la inalcanzada —¡perdida!— dimensión del Paraíso Terrenal.

Sabía que aquellas tierras mancilladas por la debilidad de Adán y la perfidia de su hembra permanecían en un punto del planeta que algunos iniciados habían ubicado.

Conservaba ese lugar su esencia de no-muerte. Seguramente eran maravillosos jardines sin caída, sin manzanas arteras, sin serpientes parlantes, sin culpa. Habitados por otros adanes y con mujeres de deliciosos pelos largos, desnudas y gráciles como la difunta, protoancestro de Lady Godiva, que había aparecido en la playa de Galway, en Irlanda.

El Almirante había anotado en su Diario Secreto: *"Virum et uxorem in duobus lignis arreptis ex mirabili formam."* Formas admirables, pelos lacios, piel tostada. Muertos porque caídos de la templanza paradisíaca —seguramente por alguna travesura amatoria— en la neblina pegajosa donde merodean los pálidos irlandeses. El Almirante se apersonó a la playa y pudo admirar aquellos cuerpos desnudos rodeados de perros vagabundos y curas pecosos que les arrojaban agua bendita. Inmediatamente comprendió: no eran ángeles. Eran seres primigenios, no degradados por la falta original.

Alcanzar ese sagrado continuo, sin principio ni fin, esa era la única liberación, el único Imperio que valiese la pena. ¡Todos los otros esfuerzos humanos no eran más que repetición, nadería!

Como descendiente de Isaías, el Almirante sabíase portador de una terrible responsabilidad: retornar al lugar donde ya no rige esa trampa de la conciencia, esa red tramada con dos hilos: el Espacio y el Tiempo.

Ya no se trataba de repetir la inmadura conducta de Adán. No se trataría de reiterar el desdichado robo de manzanas sino de la madurez: ¡devolvérselas!

Navegar siempre a Occidente, en la ruta de los iniciados. ¿Los destruiría el Señor con sus ángeles de espada flamígera? ¿Lograría saltar el muro del Paraíso, como hicieran Enoch y Joshua Ben Leví?

El Almirante sintió todo el peso de su terrible responsabilidad. Toda la soledad de un cometido que superaba la mera ambición terrenal de los héroes más ambiciosos. La duda y cierto pavor lo acosaron. Volvió a sentir convulsiones meteóricas en el vientre.

Juzgó, sin falsas modestias, que su desafío, su apuesta, era de un rango digno de Abraham, de Moisés, de David.

Padeció un ataque de sudor frío y de chuchos. Era el Elegido. Le pareció sentir el peso del Universo en su nuca.

Aún estaba a tiempo de huir.

Imaginó: juntaba sus papeles esenciales (el plano de la ruta del Paraíso y las anotaciones bíblicas y cabalísticas). Se desliza en la penumbra. "Salgo a estirar las piernas por el muelle", le dice a los Pinzones que controlan la pasarela.

¡Abandonar todo! Huir con Beatriz y el niño y empezar en el mayor anonimato la delicia de una vida sin grandeza. Poner una farmacia en Flandes o una charcutería en Porto. ¡Huir de la Historia!

Fue a su camareta. Después de levantarse del cubo tomó los papeles importantes, sus anotaciones de una larga vida de buscón del absoluto.

¡Qué alivio! Poder traicionarlos, abandonarlos pocas horas antes de zarpar.

Imaginó: "¿El Almirante dónde está? ¿Adónde el Almirante?" Voces, desorientación. Y él ya en su mula, aprovechando la fresca, en el camino de Córdoba, anónimo, deslindado. ¡Qué alivio!

Educaría a Hernando en la paz de los mediocres, en el comercio minorista.

Pero al salir de la camareta recibió en su rostro el viento de lo distinto. Se movían extrañamente las nubes. Cayó de rodillas, sobrecogido por una terrible intuición. Lo pánico.

Terror y temblor. En la altura, entre los pliegues de la noche, crecía una Presencia. El entorno perdió significación, murieron los sonidos del muelle y sus oídos se abrieron hacia una voz estratosférica, virilmente timbrada —pero no baritonal— que le decía:

132

—Oh hombre de poca fe. Levántate que Yo soy. ¡No hayas miedo! No temas, confía. Todas tus tribulaciones están escritas en mármol y no sin motivo. ¿Te negarás al Dios de todos? ¿Al que te distinguió desde que nacieras e hizo resonar tu modesto nombre en las más altas demoras del Poder? Ahora te digo: te doy las llaves de los atamientos de la Mar Océana. ¿Me desilusionarás? ¿Huirás hacia un destino de buey, o águila serás? No olvides que del pastor David hice Rey de Judea. A ti Almirante y Señor con espuela de oro. ¡Adelante! ¡Te espero...!¹

Sintió orgullo y temor ante la revelación del *mysterium tremendum*.

Quedó doblado en la borda como un cisne degollado. Exánime, vacío, desosado.

Después trató, como pudo, de recomponerse, era una camisa bateada queriendo volver a la forma de la percha.

Mientras tanto, sobre el muelle extendían el papahigo de mayor y pintaban una gran cruz y las iniciales de Fernando e Isabel.

"Sólo uno busca el Paraíso, todos los demás huyen del infierno." Se sintió agobiado por su privilegio.

Un grupo de hebreas centroeuropeas que huyendo de los *pogroms* zaristas habían caído en la persecución ibérica, cantaban a coro, con sus pañuelos amarillos en la cabeza, desesperadamente:

> "Novaia Gorod
> Novaia Gorod!
> Gute Winde
> Gute Winde!"

---

1. *N. del A.*: Texto transcrito por el Almirante en su carta a los Reyes, desde Jamaica.

Cuatro curas jóvenes se prueban, coquetones, las casullas bordadas por tías de provincia. Dan dos o tres giros, amanerados, con las manos juntas sobre el pecho. *"Introibo ad altarem Dei"*, dicen. Traviesos se aplauden mutuamente el estilo.

Con mucho sudor y poleas los estibadores cargan la cruzhorca. Fuerte madero diseñado a doble efecto que se implantará en la Hispaniola (el objeto, de diseño español, tiene debida licencia episcopal archivada en el Vaticano). Allí culminará el *via crucis* de la Semana Santa y durante el año, y con frecuencia, los sacrificios sin prestigio de ladrones, asesinos y subversivos.

El padre Las Casas, sereno en su marcha hacia una cierta beatificación, se despide de las hermanas y primas. Le trajeron caramelos de azúcar para el viaje y unos calzones rojos (en realidad caseros bombachudos con elástico), de intención ya obispal, que el joven misionero acepta con modestia. Sonríe indulgente.

El fraile Buil controla los ejemplares del *Libro de Procedimientos* de la Inquisición y el material correspondiente: poleas, botas napolitanas con la alcuza para el aceite hirviente, dos docenas de sambenitos en paño crudo, arrancauñas de Solingen, pincillas partedientes, tostatestículos, varias parejas de ratas chinas para reproducción. También picos para las patrullas eclesiásticas que deberán demoler *intihuatanas* y otros ídolos demoníacos.

Agitados, sudando, llegan los padres Squarcialuppi y Bonami:

—*Credevi che non ce la facevamo!*

Traían la caja porta-hostias y dos damajuanas de vino de uva, consagrado, hasta que creciesen las viñas de ultramar...

Y el padre Valverde, atareado y guardando los grilletes del cepo:

—¿No vieron el relicario con la falange de Santa Lucía?

Biblias, catecismos, cinco resmas de bendiciones papales en blanco inicialadas por "Aloysus-Cardenalis-Katzoferratus".

Violines baratos, para apaciguar la indiada en procesión. Tubos para órgano. Altares barrocos, desarmables, con *putti* culoncitos pintados en serie. Abundosa catolicidad, turquesca, ya casi borbónica. El primer gran audiovisual de Occidente, el primer *son et lumière*.

En doble fila, inmóviles sobre el muelle, docena y media de virgencitas nuevas, con sus caritas de cera con una expresión entre obtusilla y picarona, como lavanderitas portuguesas el día de la comunión.

Serán entronizadas en sus santuarios: Canta, Guadalupe, Mutoto, Rosario. Alguna hará carrera: será milagrosa o Comandante de los Ejércitos (y serán llevadas a lomo de coronel compungido —ceñudos con la frente varicosa— junto al Cardenal italiano y el Cónsul de Norteamérica).

Los chicos gitanos les levantan las túnicas bordadas con falsa pedrería de vidrio de botella —*ad usum indianis*— y aunque sólo ven una tabla lijada con apuro, sin calzón, esa primaria desnudez los incita sin embargo a masturbarse como un coro de monitos que imitasen a los violinistas en el *allegro* del *Vuelo del moscardón*.

—No importa, no están consagradas —murmura, impotente, el padre Pane.

Ulrico Nietz y el grupo de lansquenetes tratan de pasar la borda. Ulrico hace señas al Almirante en el castillo de popa, pero finge no ver. Mira sólo lo que quiere.

Se abre camino el doctor Chanca con su armario de medicinas y la miniferretería de su primaria cirugía. Trae dos cajas de lodo con sanguijuelas y al pasar empuja al lansquenete Swedenborg. Se le caen y rompen las ventosas, que estima importantes para detener el pasmo y curar asentamientos de rocío, tan comunes en la noche tropical.

Ximeno de Briviesca, el supervisor oficial, discute con el médico y cuenta, desconfiado, las gruesas de condones belgas, marca *París*, cuya demanda se incrementó harto sospechosamente. Hace abrir las cajas, pese a las protestas, y aparecen esos fetitos aplastados, secos, en talco de arroz. Fantasmillas pálidos como almitas de panadero francés. Eran todavía de tripa de cordero, con un nudito en la punta (pronto llegaría el látex americano). Al principio se llevaron en correspondencia con la teología virgomariana, para burlar la prohibición de "contacto carnal". El auge exportador ahora se debía a la ardorosa difusión de la sífilis (que por un triunfo semántico de la diplomacia española empezaba a llamarse "mal francés" o "mal de Nápoles").

Otro noble blindado proporcionó una de las más divertidas escenas de aquel tercer momento de la partida. Fue Giménez de la Calzada que cayó de la pluma al agua y fue salvado por ocho prostitutas emperifolladas que parloteaban y hacían musarañas con los dedos en el aire. Le pasaron el cordel de un franciscano y evitaron que el noble fuera al fondo.

¿Quién era quién? Había judíos disfrazados de monjes con los calzoncillos repletos de relojes y cucharitas de plata, curas vestidos de mosqueteros que viajaban como agentes de la Inquisición o del Vaticano, no faltaban espías de la Corte inglesa enrolados como bailaores.

Los chulos, tristes con la partida, cantaban saetas que evocaban a la madre o la Virgen de Triana. La Diabla, la Tragasables, se prueban tules, provocativas boinas emplumadas, antifaces.

—¿Quién me sacó mi caja de permanganatos? —rugió la Boloñesa.

Todas sueñan con burdel propio con bar inglés y sala de juego anexa. Cada una de ellas escondía su camafeo de "madama" en la liga desteñida.

El Almirante observa el putarraqueo y la pajamulta con total indiferencia. Sabe que su autoridad se preserva en la distancia.

A su espalda, en la camareta con la puerta entreabierta está Beatriz de Arana que vino a despedirlo.

Habían tenido una muda e intensa tarde de amor sin mayores esperanzas.

El muelle estaba desbordado. Un frenético trajín. Los indeseables se filtraban. ¿Si se enrolaban oficialmente rameras y asesinos, por qué no filósofos?

El Almirante sabía que en *La Gorda* y en *La Vaqueños* se contrabandeaba gente. Sus informantes le dijeron que los leprosos, que ya casi nada tienen para perder, controlaban un nocturno lanchaje por bordas opuestas. Luego los indeseables se escondían entre los fardos de carga, en los improvisados chiqueros.

Por ahí anda el ex soldado manco que fue rechazado dos veces con su pretensión de ser enganchado como escribiente, y el loco francés que ayer pontificaba diciendo que la inteligencia es la cosa mejor repartida del mundo pero que lo que falta es método.

Conseguirán filtrarse por los sollados.

Pero los más terribles y los más vigilados por la Hermandad son esos tártaros de mirada brillante.

Le maravilla al Almirante que la teología haya podido impulsar tanto —y tan benéficamente— el comercio textil.

El desnudo americano entró en culpa.

Colón recuerda un versículo del Génesis que su padre, Domenico, le citaba en las peleas dominicales para convencerlo de no abrazar un destino peligroso: "Y Jehová hizo para el hombre y su mujer túnicas de pieles y vistiólos." Fue al echarlos del Paraíso.

No cabría discutir que el Señor fue el primer sastre. Pero se equivocaba Domenico al no ver los peligros de la sastrería sin moderación y de la vida de los horteras. ¿Qué destino no es realmente peligroso?

Pero era tarde para proponerse esos temas: la pasión del Paraíso ya lo había alejado de toda prudencia. Estaba jugado.

Beatriz se había cambiado. Apareció en el puente con el sayal gris de siempre, con mantilla y su infaltable valijita de premoriente. Le dijo, lacónica:

—Tal vez todavía nos veamos a tu vuelta. Tal vez meses... años... Pero si estoy, me encontrarás en la farmacia. Mientras yo esté, Hernando progresará en latín, te lo prometo. Siempre me parece que eres tú quien parte hacia el más allá. ¿Curioso, no? Y cuando vuelves, me parece que eres tú quien retorna de la muerte...

La vio alejarse por el muelle esquivando cajones y las miradas insolentes de contadores y alcaldes que esperaban para embarcar. Cagatintas imitación señor, con tricornio y faldones cuidando los sellos y plumas de ganso para sus batallas de cortesanos de la Casa de Contratación. Borbónicos antes de Felipe Caña. Sin embargo, el Almirante debe reconocerlo, son el cardumen municipal que necesita el Imperio para salvarse del maravilloso delirio de los descubridores y conquistadores.

Observó que se cedía el paso hasta con zalamería, a los agrimensores y notarios. Desde que se había exportado la categoría de "propiedad y dominio", todos se los disputaban.

Ninguna aventura de conquista valía si la cosa no era debidamente medida, amojonada, catastrada e inscripta.

En una punta del muelle, solos y sin amigos, como leprosos, recibiendo pullas del puterío (que jamás aceptaría contratos con ellos) estaban los dos verdugos, padre e hijo, Capucha y Capuchita, famosos en Sevilla y que ya era indispensable llevar.

No se desprenden de sus mejores aceros y cuerdas. Sus mujeres, vestidas de negro y con tul para no ser reconocidas, emocionadas, se abstienen de besarlos.

Cuando llegó el alba del 3 de agosto de 1492 con sus dedos de rosa, desabotonó la jesuítica sotana de la noche. Amanecía más que un día.

La luz fue recibida por la alegría de centenas de gorriones y golondrinas de agosto que anidaban en la arboleda.

Con jocundia verdaderamente pánica cantaron los viejos marinos:

"Bendita sea el alba
y el Señor que nos la manda.
Bendito sea el día
y el Señor que nos lo envía."

La claridad mostró el desamparo de los tres barquitos, la *Santa María*, la *Niña* y la *Pinta*.

Colón sentía aquella partida en lo hondo, como la primera vez, cuando zarpó hacia Kios (Domenico y Susana Fontanarrosa, la farola de Génova, el escapulario con la pastilla de alcanfor).

Las falúas de los leprosos tomaron los calabrotes de proa y lentamente las naos enfilaron hacia el mar.

Nítida vibró en el aire la campana de a bordo.

¿Quién había ordenado largar amarras? Los Pinzón, los Niño, Juan de la Cosa. Entre ellos se entendían. El Almirante era un extranjero. Le atribuían magia, pederastia, connubio con los diablos del mar, malversación de fondos públicos, hasta brujería.

Oyó burlas cuando apareció en lo alto del puente con su hopalanda de almirante, sombrero veneciano con espejuelos de colores, sus zapatos amarillos. El murmullo y el coro se acallaron, luego siguieron en la tarea.

—¡Botá a babor! ¡A babor!

—¡Iza! ¡Iza, iza! ¡Trinquete!

—Al trinquete. ¡Cazar!

La marinería con los pies desnudos. Calzón y jubones de pescador. Un cuchillo con mango de madera colgado al cuello.

Los primeros embates de la proa contra el mar. Su temblor de fiera contrastando con la lasitud del río.

139

En la costa un dulce paisaje de playas y arboledas. Le pareció ver a lo lejos un niño solo y pensativo en el frío de la mañana. Pero no, era imaginación.

Súbitamente cayó en una dura depresión auroral. Entró en la camareta y se tendió en la cama (conejera). Insoportable sentimiento de desamparo. Ganas de vomitar. Intentó, pero sin resultado. Los ojos se le llenaron de lágrimas bobas.

El movimiento acunado de la nave había alterado su desorden interior. Resurgieron sombras: vio en una noche de tormenta un hombre cavando una fosa, había un hacha y una pálida difunta. Fue como un sombrío relámpago. Una abismación órfica causada por el rolido.

Nuevamente fue acometido por ensoñaciones evasivas. No pudo resistir el agrado de imaginarse traidor y fugitivo: se desliza por la borda y nada hacia la costa. Voces. "¡Almirante! ¡Almirante!" Buscan en la camareta. Encuentran los mapas del Paraíso pero piensan, torpes, que es el derrotero de ingreso en Nápoles. Michel de Cúneo haciendo bocina con las manos: *Cristoforo, dove sei? Per carità!*

Martín Alonso, inflado, comunica que toma provisoriamente el mando. *Propio un irresponsabile. Un grébano!*, protesta Jacomo el Genovés.

Le gusta imaginarlos estafados, enfrentados a su nadería, sin conducción. Defraudados en su ansia de propiedad inmobiliaria, de robo de perlas, de construirse urinarios de oro.

Los crujidos del maderamen y el cabeceo fuerte y parejo denuncian que entraron en mar abierto. Voces rítmicas:

"¡Iza, iza, iza!
¡Mayor! ¡Mayor!
Amarrar burdas
¡Iza, iza, iza!"

Ya era tarde para fugas. Estaba entrando Escobar, el cocinero, que le avisa que son las once (debióse dormir de angustia). Le acerca una taza de caldo y le presenta el saludo de estilo:

—Dios nos de buen viaje. ¡Que buen pasaje haga la nao, señor Almirante!

Salió al puente y respiró el aire puro y salino. Las grandes y serenas yeguas del viento inflaban el velamen y cinchaban de una cuarta a popa.

Después, en el pupitre inauguró con su reconocida caligrafía el *Diario Secreto* que su hijo bastardo, Hernando, dañaría irremediablemente y del cual el padre Las Casas recogería algunas cenizas, sólo pasajes de sensatez.

Domingo 5 de agosto. Hasta Canarias, nada. Llaman a esta mar el "Golfo de las yeguas" por los animales que deben echarse al mar enloquecidos por el rolido. Es por la marejada grande de la Mar Océana golpeando en el frentón de África.

Despavoridas, con los ojos alucinados, nadan las yeguas con sus cabelleras embebidas hasta hundirse en la nada.

Martín Alonso Pinzón, con Quintero y Gómez Rascón, conspiran. Seguramente son ellos los que sabotearon el timón de la *Pinta*.

El Almirante tiene espías y sabe que algunos quieren volverse porque el rumbo que se llevará, desde Canarias al Oeste sobre la línea del Trópico, sólo puede arrimar a tierras calientes.

Ellos, labriegos ambiciosos, quieren tierras verdes y húmedas como las de Borgoña, donde se de bien la lechuga y el puerro. Sobre todo pastos húmedos para la ganadería.

Se mueven por mínimas ambiciones. Pero son tenaces y terribles, como hormigas (¡ay! del hortelano que las subestime).

9 de agosto. La marejada es fuerte. A pesar de la opinión de los contramaestres, el Almirante impide achicar paño. Quiere todo a prueba antes de Canarias, antes del mar terrible y verdadero. Que todo muestre su capacidad, desde la mayor feliz al foque de fortuna, desde el piloto al cocinero.

El Almirante hace poner una tina para baño en la camareta.

El agua tibia no desborda demasiado, salvo en algún bandazo mayor.

El Almirante comprueba su capacidad de flotación. Sabe, por múltiples experiencias, que es preferentemente anfibio.

141

En el mínimo mar de la tina, proyección de la Mar Océana, estudia las leyes del oleaje. Con los ojos cerrados medita sobre los secretos puentes de unidad que sólo los sabios saben transitar. Misteriosos enlaces entre el macrocosmos y nuestro mínimo entorno planetario.

En la bañera el oleaje de la mar queda proyectado —domado, disminuido— a un vaivén que mortifica el tránsito del trozo de esponja a la deriva.

El Almirante adquiere preciosas enseñanzas sobre la costumbre de Dios.

Domingo, 12 de agosto. Por la noche, a lo lejos, los fuegos del volcán de Lanzarote. Torres de fuego. Jehová aún en obra.

Se vio tierra en seis días. Los pilotos están asombrados: es la mitad del tiempo usual entre Canarias y el Continente. Sólo dos velas rifadas.

La *Pinta*, poco defendida por el timón, debe navegar cuidando las corrientes de costa. Será necesario modificarle el velamen y reforzar las hebillas de la barra.

Los conspiradores, Quintero y Pinzón, si pretenden imponer sus rumbos de labriegos ambiciosos, serán enfrentados con los agentes de la *ditta* Spínola, con Soberanis y Riverol. Hasta podría sustituirse la nave.

Labriegos del mar. No adivinan los intereses que se mueven tras las cosas.

Creen, pero no comprenden. Y cuando comprenden algo, dejan de creer.

El dominio de la Dama Sangrienta, decían ahora de esas islas que alguna vez llamaron "afortunadas".

Era una costa dura, de piedras negras y porosas, espuma de minerales, de fuegos coagulados.

Algo enturbiaba la alegría de la marinería con tierra a la vista.

Una vida callada, como subrepticia. Sólo las hogueras de los puestos de guardia.

Hacia medianoche cayó desde lo alto del roquedal, quebrándose en ecos terribles, el aullido de un jefe guanche descuartizado, colgado del muro exterior de la torre de la Tirana.

Advertencia para insumisos e independentistas. La represión contra las fuerzas autóctonas, nacionalistas, estaba en su apogeo.

Las Canarias son la planta piloto del Imperio en expansión. Se experimenta un vasto exterminio civilizador. Primero Rejón, luego Peraza y los obispos asesinos. Ahora manda la Viuda (¿autoviuda?) Beatriz Peraza Bobadilla.

Ya no es aquella adolescente terrible, famosa por sus toneletes y su cincelería íntima. Ya tiene 27 años y es la Dama Sangrienta.

En un justo acceso de celos, la Reina la obligó a casarse con Hernán Peraza y a partir como Adelantados a la feroz conquista de aquella base oceánica que —se sabía— estaba todavía humeando ya que era una de las últimas obras de Dios (según el padre Marchena la terminó el viernes al anochecer).

Tierra viva. Fusión de metales. Grandes animales oceánicos. Vapores minerales. Una vegetación nueva y lujuriante que bebía frescos humores de hierro. Las palmeras alcanzaban la adolescencia en seis semanas.

Toda la tierra que se roba a los naturales, los guanches, se vende en Sevilla a buen precio. Los guanches mismos, domados, se rematan como esclavos. Canarias es, en realidad, la primera de las veintipico parcelas en que subdividirán América.

Como se dijo, Isabel castigó a Beatriz con el beneficio del adelantazgo y el matrimonio con el asesino Peraza por celos tardíos. Porque ya Fernando había saciado en ella uno de sus últimos fantasmones eróticos: poseerla cuando estaba encerrada a llave dentro de la armadura de acero, a través de la bragadura de terciopelo rojo y mostrándole cínicamente la llave entre los orificios de la visera. (Esto ocurrió durante las jornadas del banquete al Conde de Cabra. Fue en la misma noche en que ella contempló al volatinero, el Apolo, que giraba en lo alto perdiendo los cartones dorados.)

Fue una explosión de furia mutua entre Isabel y la adolescente irresponsable, aquella perverzuela, la "golondrinilla", La Cazadora, que animara los corrillos de la Corte con sus carreras nocturnas, cuando pasaba desnuda entre alabarderos y frailes penitentes pidiendo a gritos que la ayudaran a buscar la llave de su mínimo cinturón de castidad.

El odio entre las dos mujeres las uniría toda la vida hasta 1504 cuando en Medina del Campo una de las dos morirá envenenada por la otra.

Fernando no la defendió del forzado privilegio y desde entonces ella cultivó un odio feroz contra el hombre. Su esposo, el cruel Peraza, no pudo escapar a este sentimiento.

Ella vivía sola en la Torre, con sus servidoras y la temible Guardia Galhega. Criaba lobos monteses y leones. Comía carne de jabalí y de venado de las sierras altas. A veces se hacía subir al peñón rayas y aletas de tiburón que marinaba a la japonesa, con limones amargos. Con esto le preparaban densas sopas que alimentaban directamente su lujuria.

Su demonismo erótico tenía fama. Los pescadores que se acercaban de noche a la Gomera, persiguiendo algún cardumen de cazones, contaban de los atroces gritos de sus amantes, víctimas de su severo erotismo. Poleas, látigos, cepos, mucho cuero tachonado, varas de ciprés embebidas en vinagre y salmuera. Acólitos encapuchados.

El amor suele ser rojo o amarillo, en su caso era negro *hard*, retinto.

La mayoría de sus amantes, pescadores, marinos desorientados, jefes guanches capturados, monaguillos con precoz pasión pastoral, terminaban la noche despeñados al mar desde la ventana norte de la Torre (como haría la Condesa de Nesle con su dormitorio sobre el Sena).

Era un verdadero desafío para amadores. A pesar de la fama era difícil rechazar el envite de aquella belleza. En esos tiempos de represión sexual ¿quién se negaría a ser torturado por una mujer desnuda? Tal vez pensaban que era posible enamorarla o domesticarla en la ternura.

Los que sobrevivían a su amor no debían decir palabra so pena de mutilaciones de todos los órganos de comunicación.

Núñez de Castañeda, que por jactancia comentó sus costumbres íntimas, fue nuevamente invitado a palacio y ahorcado. En la plaza del pueblo apareció un asno con el cadáver con la lengua atada a manera de cinturón.

Un verde miedo los dominaba. Los marineros no se animaban a tocar tierra. Los de la *Pinta* entraron en puerto por necesidad.

Se sentían vigilados aunque nadie se presentaba. Era tal el terror que envilecía en las islas que hasta los leprosos tenían miedo de ser detenidos. Los guardias, durante las horas de relevo, se escondían de la ronda de guardias. *Quid custodet custodes?*

Peralonso Niño les preguntó:

—¿Huelen? ¿No huelen el olor a azufre que sale del fondo de la tierra? Hay unas cavernas en los montes del sur: son las puertas del Infierno...

Él había llegado, tres años atrás, en una carraca veneciana para el tráfico de esclavos guanches.

Colón decidió tomar tierra, para animarlos. Quería traerles carne fresca y agua de peña.

Al amanecer destacó una falúa y desembarcó con los genoveses. Sin necesidad de mucha astucia —todavía los animales no recelaban tanto la cercanía humana— abatió un venado de múltiple cuerna y con gran esfuerzo, atándole las cuatro patas, lo bajaron a la playa.

Esto decidió a los hombres. Durante todo el día, hasta que el sol hubo descendido al ocaso, disfrutaron de carne abundante y del vino isleño.

Pero aquel gesto del jefe genovés les pareció más bien disimulo y demagogia.

La tripulación ibérica no dejaba de murmurar. ¿Qué era eso de transformar el velamen de la *Pinta*? Se demorarían un mes en esos parajes de peligro. En ese lugar que olía a azufre, donde la espuma del mar parecía más bien hervor de la tierra, donde las manzanas tenían gusto a ferroníquel.

¿Por qué el Almirante, siempre indiferente, había querido exhibirse como cazador? ¿A quién quería impresionar?

¿Por qué se quedaba horas en el castillo de popa en el puente, aguantándose la resolana, con sombrero de plumas? Ninguno lo dudaba: el Hebreón no veía la hora de poder venderlos a todos atados de pies y manos a la Tirana, dedicaría las naves a la pesca de altura y contrabando de guanches. Se instalaría en lo de la Bobadilla con el rol de Chulo Supremo. ¿Se podía imaginar que un sujeto así despreciaría la vacante?

Dos días después vieron un sordomudo que hacía señales desde tierra. Traía un mensaje: "Almirante, se cena a las nueve. La Adelantada."

Durante una hora se estuvo acicalando. Comprendieron que la inconsciencia del genovés excedía lo calculable.

A las siete apareció en el puente más que vestido, emperifollado; capa dorada de almirante, sombrero ornitológico, sus complejos zapatos con espolines de oro indicativos de su alto rango.

Todos sintieron que abandonaba la *Santa María* para siempre.

—Te matará, te envenenará, Almirante. Ten cuidado: es bruja —le advirtió Escobar, pero él se hizo el sordo.

Durante un instante dudó, pero se resolvió por dejar el mapa del Paraíso en el doble fondo de la petaca. Al bajar a la falúa les dijo:

—Espero que cumplan bien con los aprestos. No carguéis agua amarga... —y mirando a los italianos—: *Mi raccomando!*

Escuchó los insultos anónimos de la plebe marinera:

—¡Mamarracho! ¡Hideputa! ¡Te freirá los cojones, si es que los tienes!

Creían que no comprendía bien el español.

Marchó detrás del mutilado. La marcha hacia la Torre era trabajosa. Se tomaba del brezal. Dos veces quedó colgando de las raíces. Había frívolas lagartijas e iguanas solemnes que lo miraban desde el terciario superior.

Recordó con inquietud un pasaje del Apocalipsis Secreto de San Pablo: "El Ángel me guió por las vías del poniente hacia un lugar donde sólo había tinieblas, dolor, tristeza."

En lo alto tuvieron que pisar el territorio de una leona seguramente saciada de humana carne. Bostezó indiferente como si mirase siempre su Sahara natal y, desde entonces, toda presencia le pareciese barroquismo.

Llegó al portal de hierro de la Torre. Pendían de las almenas los pellejos de los ejecutados. Se veía que la Bobadilla aplicaba la ley con sentido enérgicamente didáctico, ejemplificador.

Se dio cuenta de que el mutilado había desaparecido.

Le entraron ganas de cantar o de silbar fuerte, como si estuviese atravesando un cementerio en una noche sin luna.

Sin embargo el sol todavía pegaba fuerte.

La Guardia Galhega, la *GG* como la llamaban los aterrorizados isleños, no tuvo miramientos con su jerarquía. Lo condujeron a un patio interior, cubierto con bóvedas de laja. No sólo lo desvistieron sino que abrieron groseramente las costuras

147

de su ropa. ¿Qué buscaban? Procedían mudos, serenamente empeñados, como aduaneros que tuviesen denuncias precisas.

—¿Buscan venenos? ¿Estiletes? ¿Qué buscáis?

Pero no respondían. Caras yermas, descampadas. Aburridos espacios, diríase que había una legua de pampa entre oreja y oreja. Ojos rasgados. Parecían estar siempre espiando entre las ranuras de una persiana. En el fondo, recónditas pupilas grisacero, torvamente célticas.

Cuando estuvo desnudo lo baldearon con decisión. Agua de mar con lejía y desinfectante.

Quiso protestar, pero comprendió que era una molesta generalización impersonal. Actuaban con eficacia y silencio que denunciaban experiencia y buen trabajo de equipo. Macizos pero ágiles, baldeaban como ·si fuese la carreta que acaba de descargar el estiércol de abono para la huerta y hay ahora que adornar para· que siga hacia la romería de la Virgen del Castro.

Colón, curiosamente, no se sintió ofendido. Era como el estricto ritual de ingreso a una cárcel o a un cementerio judío.

Lo secaron con una lona, le prestaron un peine de hueso de sepia. Le entregaron unas sandalias y una chilabía de lino bastante fino. Administrativos, aseguraron que sus pertenencias serían inventariadas y —eventualmente— entregadas a los deudos.

Lo ubicaron en la punta de una mesa casi monacal. Los *GG* se establecieron en los pasillos y sólo de tanto en tanto asomaban sus cabezotas inexpresivas, zapallares.

Eran deliciosas las cuatro jóvenes que atendían. Una de ellas le dio un copón de plata donde el vino duro de las islas parecía quebrarse en una frescura amable.

Entonces la vio. Llegó precedida por dos oficiales que desaparecieron en seguida. Bajó la escalera con verdadera majestad. Superaba la fama: producía en torno suyo una especie de silencio acongojado; el apetito, el gusto del vino y hasta el sonido de la flauta dulce en los labios de la adolescente griega que tocaba en lo alto de una tarima, desaparecían.

Grandes caderas. Cintura estrechísima. Muslos planetarios,

148

picassianos, pero tobillos finos, delicados como muñecas de organista vienés.

Cubierta-descubierta, velada-sugerida, por una especie de tul de intención helénica. Sandalias de cuero dorado. Su pelo negro y fuerte, sobre los hombros. Ojos verdes, grandes, que recordaban más la pantera en acecho que la gacela huida.

"Tiene caderas de lacedemonia", pensó Colón intentando finezas que podría decirle en la cama.

Un ceñidor de oro controlaba su pelo en la frente. Hacía juego con las sandalias. Ninguna joya. Apenas un collar como de caracolitos marfilinos, como de higuillos resecos y enhebrados (después supo Colón que eran clítoris de campesinas y burguesas que habían tenido desdichado tráfico con sus amantes —ya sea antes, durante o después de ella—).

Ocupó sin ceremonia el lado opuesto de la mesa. Lo trató, lo miró como si lo hubiese estado recibiendo todos los días de su vida. Era realmente mundana.

Salvo la coraza del finado Hernán Peraza que colgada de la pared parecía esos títeres de latón que se estilan en Sicilia, en aquel ambiente nada recordaba la represividad y los límites medievales. Ánforas con faunos, triclinios, aguamaniles de bronce, un busto de Sócrates o de César (nunca se distingue bien). Mosaicos, mesa de mármol, vasos de oro y plata. Todo más bien romano o griego. Proliferación de pájaros finos en estado de libertad controlada: faisanes, un ibis nilense, cotorras malayas, un águila de cuello dorado.

Entremeses con abundancia de mariscos. Quesillos de cabra en pimienta. Hojas de parra con cuajadas. Vino seco y fresco.

Ella comía indiferente al largo silencio. Colón, en cambio, se empezó a sentir culpable e intentó pasar una información:

—Isabel, nuestra Reina, está mucho más delgada...

La frase quedó colgada, imberbe, desnuda. Se vio claramente la intención de presentarse como allegado a la Corte y hasta como hombre de confianza. Se arrepintió de haberla dicho, pero era irremediable. Ella se limitó a levantar una ceja y musitar una interjección.

149

Colón comprendió que había elegido el peor tema: nombrar a Isabel era nombrar la cuerda en casa del ahorcado.

Otro intento:

—Aquí... ¿Muchos problemas? Políticos... digo. He visto las pieles de los ejecutados...

Ella lo escuchó con serenidad y con una sonrisa receptiva pero irónica. Entonces, por primera vez, se escuchó su voz:

—Cristianar no es fácil, Almirante.

Respondía con gentileza pero mantenía una irreductible distancia.

"¿Aquí colgó a Núñez de Castañeda? ¿Habrá sido antes o después del postre?", pensó Cristóbal. Miró las vigas altas pero no encontró marca alguna de violencia.

Las que oficiaban como sumilleres, llenaron las copas de vino. Otras dos muchachas aparecieron con un cabrito mechado. Ensaladas, puré de alubias, pimentones asados.

Ella lo estaba mirando, imperturbable, cuando él tomó la pata de cabrito e hincóle los dientes con decisión. Después de tres bocados se limpió con la servilleta, cuidadosamente, y tomó un sorbo de vino. Cursi, dejaba el meñique parado hacia afuera para hacerse el refinado.

Ella en cambio no abandonaba su terrible seguridad. Hasta miraba sin juzgar los altibajos del problematizado plebeyo, siempre bartoleando entre lo vulgar y lo chabacano.

—El vuestro es un gran intento, Almirante —dijo condescendiente.

—Indias. La especería. Cipango. El Gran Khan... —enumeró él.

—Está más lejos de lo que creéis. Quien más, quien menos, todos los que viven por aquí saben de esas tierras calientes que buscáis. Muchos estuvieron por allí, el mar los llevó... Nadie supo explicar debidamente las cosas al regresar. Tu mérito no será la originalidad, aunque sí la publicidad... Además... *ellos* se acercaron varias veces con sus raras naves. Son tímidos, delicados, os lo advierto. Están condenados a perder el mundo por delicadeza. Uno de ellos, que los guanches mataron por creerlo un dios, contó que habían descubierto Europa en el 1392. Se acercaron por tres puntos... Parece...

—Tal vez. No lo sé. Seguro es que tocaron Porto, las Azores y Canarias. No les interesó proseguir... Ellos no navegan con el viento, se manejan con el mar. Creen que hay ríos en la mar y que hay que saber seguirlos. Tal vez tengan razón. No les interesamos, se ve. ¿A quién puede interesarle un mundo cada vez más pervertido por la democracia y la instrucción pública?

Acercaron frutas frescas. Ella, golosa, tomó dos platos de natillas casi con el automatismo —más allá de la elegancia o del gesto puramente animal— de una fiera que baja a beber a la fuente.

Cuando iban subiendo la escalera de piedra, hacia el "observatorio", como ella lo llamó, le dijo, irónica:

—Apolo, ¿no quiere ver mi colección de caracolas? —Hizo un gesto con la mano señalando algo que gira. Colón sintió la molestia de saberse reconocido, recordado en una acción de tiempos desafortunados.

Eran continuamente observados por los macizos gallegos que de tanto en tanto asomaban sus zapallos por los cortinados y desaparecían.

Desde el descanso de la escalera ella arrojó un puñado de pistacho a los faisanes que se paseaban por el comedor. Liberó un ratón blanco, como postre, para el águila real que planeó con elegante y discreta crueldad desde su travesaño de hierro.

¿Qué fue aquello que él llamaría "la experiencia más intensa" en sus declaraciones al padre Gorricio, poco antes de morir? (Valladolid, 1506).

¿Se pueden tener por ciertas las notas del grumete Morrison, tomadas cincuenta años después de la boca de un guardia gallego?

Michel de Cúneo dice que volvió "teñido de amor" (*tincto d'amore*), transformado.

Una de las servidoras comentó los hechos al conocerse la trágica muerte de Beatriz Bobadilla en Medina del Campo. Dijo que al verle morder la pata del cabrito "sintióse conmovida por la presencia de una virilidad verdadera, distinta".

Ella subió la escalera delante de él. Aquella luz íntima de las lámparas de aceite y los candelabros de la mesa. El vino que conforta e impulsa. La pasión del ajo y los mariscos de aguas profundas, muy saladas. Aquel temblor de velos movidos por los pasos y el viento que entraba del mar. El tierno recuerdo de un torso de patético Apolo que gira errático sobre el banquete perdiendo las láminas doradas y la coronita de laurel... ¿Ternura? ¿Deseo insatisfecho que quedó agazapado esperando cobrarse la deuda? (Hay que recordar que ella lo espiaba por la visera del yelmo y que estaba encerrada y completamente desnuda dentro de la armadura de acero cuya llave Fernando, al pasar, le había susurrado —pésimo bromista— que la había arrojado al estanque. Todo esto que escapa a la superficialidad de toda crónica, tiene que ver con esa química profunda, inescrutable, donde nacen los deseos y los odios.)

Entraron en un ámbito penumbroso y fresco. Sintió que ella lo rodeaba como una sombra, como un sueño. La deliciosa Tirana era capaz de manejar con verdadera maestría la ciencia de la aproximación y del distanciamiento que renueva el ansia.

Se decía que era sabia en la dosificación de las drogas y en otras artes prohibidas. Colón, prudente, antes de subir a la torre le había hecho preparar a Escobar una infusión de *moly*.

Ella le mostró las caracolas a contra luna: mínimas catedrales de Gaudí. Perfectas y distintas. Le hizo poner la oreja para escuchar el griterío alegre y lejano de las nereidas en el fondo del mar: eran como voces de un colegio de niñas en la nostalgia de un sentimental.

Tomó sus dedos y los guió por la concavidad espiralada de un *Nautilus silurensis* para "hacerle sentir la marfilínea suavidad de esta extraña criatura del Señor...". Colón sintió que empezaba a sudarle la nuca. Un incómodo defecto de su hipersensibilidad.

La cercanía de ella era irradiante. Su cuerpo avanzaba, aplastaba, se imponía desde la quietud y la educada distancia.

Rielar de la luna sobre el mar. Destellos de plata antigua. Luar de la luna ruando el mar.

Sintió que le faltaba el aire, que su espacio estaba amenazado, que la verticalidad de los cuerpos era antinatural.

Al darse vuelta vio que se trataba del dormitorio: había una cama de unas nueve varas de anchura, como para tres parejas jóvenes. Estaba cubierta con una blanquísima piel de corderito que contrastaba con el negro profundo de la seda de las sábanas y de las abundantes almohadas.

Sintieron que sobrevenía una noche cerrada, sin luna y sin tregua. Noche encendida que duraría tres días y tres noches completas. Se sabe, por los amigos de Colón, que no hubo prolegómenos. El genovés tenía la suficiente experiencia portuaria como para saber que lo cortés no quita los calzones.

Se puede imaginar que la sobreexcitación amenazó el placer de los amantes en las primeras horas del acercamiento. (Un toro joven y asombrado corriendo por el dormitorio y las salas hasta que, por fin, cae rendido y resoplante, tal vez desnucado.)

Serios, graves en el amor. Tan graves como dos notarios que estuviesen extendiendo la escritura más importante de sus vidas. (Una risa, en ese ritual, desmoronaría todo como un castillo de naipes. Nada más nihilista que una risa, a veces.)

El relato del guardia a Morrison, aparte de haberse producido cincuenta años después de los hechos, está maleado por la insanable visión bidimensional de la sexualidad que padecía el joven gallego. Bidimensionalidad: sustancial falta de proyección, de *corposidad*, producto de la visión estrictamente virgológica de la época. Además, aunque se viera, se habían suprimido las palabras adecuadas para interpretar y describir las extrañas figuras que Cristóbal y Beatriz iban produciendo en la penumbra. Para el joven gallego aquello eran sombras chinescas proyectadas por un gitano ilusionista. Dragones rugientes. Centauros. El buey de las dos cabezas.

Lo cierto es que Colón se arriesgó. Desafió la fama de aquella autócrata. Decíase que, vulvidentada (con molares y dos poderosos incisivos que surgían en las puertas de su intimidad),

153

solía devorar con horrible parsimonia el sexo de esos amantes que se habían arriesgado en la delicia. También se aseguraba que llegado el tiempo del celo, mantenía trato con el jefe (regional) de la manada de lobos.

Fueron pasando las horas y los GG no fueron llamados a comparecer con su desagradable material de trabajo.

Cada vez más seguro de sí mismo, Colón fue creciendo y ganando espacio en aquel dulce lecho. La rica panoplia de Onán empezó a dar sus más preciados frutos. (De tanto imaginar lo que puede enloquecer a los cuerpos, se termina sabiéndolo realmente.)

Beatriz de Bobadilla se sintió impulsada a abandonar su sangrienta costumbre de sadismo, inclinándose más bien a gozar dominada.[1]

La "envidia del pene" de la Bobadilla esta vez no tuvo que recurrir al aparato de tortura erótica. En el adoradero impúsose sin discusión el *lingam* sin falitosis del Almirante como el epicentro, el *omphalos*, de la ciudad de lujuria en que habían ingresado.

Monumental, maltratado, nostálgico y solitario, el pene se alzaba en la penumbra con ese cierto orgullo o excesiva satisfacción de genio largamente postergado y por fin reconocido.

Más bien fue Colón quien tomó las iniciativas de tinte sádico. Agregó dos "mortificadores" (cordeles marineros con nudos, que se estilaban en los burdeles del Mediterráneo) en la caña de su sexo.

Hacia el amanecer el *lingam* era un puente totalmente coparticipado. Se había producido ese fenómeno que los sexólogos alemanes llamarán *Verfremdung*, el extrañamiento u objetivización del sexo, su despersonalización hasta transformarse en puro instrumento de cópula que se introduce en *ambos* cuerpos y sobre el que ya no existe conciencia de propiedad y dominio.

---

1. *N. del A.*: Los hechos de aquella larga jornada amatoria niegan las arriesgadas tesis de Jean-Louis Cesbron en su publicitado estudio *Coulomb. Aimait-il la Discipline?* París, 1966.

154

Puente carnal y real que une el tú y el yo. Tierra de nadie. Ente a doble propósito. No apropiable. Deja de ser el íncubo por excelencia. Al despersonalizarse del cuerpo del macho cobra valor instrumental también para la hembra que puede operarlo a voluntad, como un demiurgo que no exige adoración ritual alguna, ni fidelidad. Un demiurgo ya desnudo de prestigios.

La novedad de la dominación fue tal que en un momento de la alta noche ella, con pronunciación ya caribeña, le dijo:

—¡Abúsate, tontico! ¡Qué sabroso!

Él intuyó que ella deseaba ser puesta a muerte (eróticamente, se entiende). Entonces multiplicó al máximo su agresividad fálica. (Fue tal vez en esos momentos cuando alcanzaron el grado 8 de lujuria —escala del doctor Hite—.)

Como toda duse, reclamó de su d'annunzio la aproximación a territorios con peligro de muerte. Alcanzar el máximo goce en el umbral de la desintegración física (como aquellas apasionadas y elegantes tísicas que proliferarían en el siglo XIX).

Fue lujuria, pura sensualidad sin mácula de amor. Los cuerpos iban encontrando su propia ley de violencia-ternura sin pesadas invasiones de la metafísica (¡esa vieja beata del Occidente explicando, logorreica, el color de los pájaros!).

Ella tomó como cosa curiosa y tolerable excentricidad que el Almirante se dejase los calcetines.

Esta profunda concordancia erótica está en la raíz de la inesperada clemencia de Beatriz de Bobadilla que se abstendría —durante aquella estación amorosa— de llamar a los terribles GG (que cerca del amanecer se habían dormido en el pasillo, con las cabezas juntas, como sandías cosechadas con apuro, roncando).

En un momento previo al alba, cuando Colón se acercó a la ventana para respirar profundamente y para buscar refrescos y lubricantes vio la lejana luz popera (aceite de colza) de la *Santa María* anclada en la caleta y escuchó la voz del grumete de guardia que anunciaba el paso del tiempo en la ampolleta de arena:

"¡Hora Señor Piloto y Capitán
Buena es la que va
Mejor es la que viene!"

Aquello le pareció lejano. Un mundo conventual con sus ritos, luchas y prestigios. Un mundo pueril.

Fue entonces al regresar al lecho cuando intentaron lo extremo.

Se fue dando una sucesión de figuras felices, bien ligadas. Se sabe que ella creyó enloquecer cuando él, goloso, le chupó y mordisqueó con angurria de can desamparado sus tentadores huecos poplíteos.

Entre las negras sábanas, impermeables a todo reflejo de luz, Cristóbal —no obstante— vio el reflejo de los fosforescentes humores de la Bobadilla. Era como la línea de luces que, vistas desde el mar, anuncian una costa lejana cuya felicidad se intuye sin dudar.

En su goce, ella segregaba una humedad de naturaleza mercurial que se evaporaba en un aroma feliz de almizcle y de almacén de ultramarinos donde predominase el comercio de sal gruesa, yute y hojas de tabaco rubio.

En esa especie de tienda árabe donde estaban tan necesariamente encerrados como en una naranja del Bosco, el Almirante observó que, al emerger de sus inmersiones, de su lanza surgía un vaporcillo blanco que pronto se desvanecía para dejar en las laderas del glande y en todo su galope (por encima de los tatuajes portuarios a los que Colón se había sometido en Thule y en Kios, más por espíritu imitativo que por otra causa) un fascinante depósito de sales cristalizadas. Mínimas gemas que refulgían —efímeras y bellas como luciérnagas— en la oscuridad del adoradero.

(Ninguno de los dos supo que esas gemas son la única prueba conocida hasta ahora del llamado amor.)

Los cuerpos, callados y seguros como dos equilibristas que hubiesen trabajado muchos años juntos, se fueron encendiendo a la manera de dos leños apoyados sobre un fuego. Cuando amanecía, alcanzaron esa máxima figura en cuyo intento había fracasado el poeta Ovidio y se frustraría Casanova: el doble trimesí sin apoyo, también llamado vulgarmente "la faraona".[1]

Anotaría Michel de Cúneo las palabras del Almirante: "Sentí una agradable invasión en los bajos de centenares de hormiguillas (de esas coloradas, pequeñas, que causan cosquillas pero no muerden). Algo único."

Gritos. Gemidos profundos. Tal vez un aullido desgarrado, como de lobo que pisó mal y rueda hacia el abismo.

Lo cierto es que cuando los guardias se precipitaron hacia el cuarto sólo encontraron los dos cuerpos exhaustos, sin conocimiento, con esa expresión de relajada beatitud que sobreviene después de una crisis epiléptica.

Entró la mañana del tercer día. *Really a glorious day.* Quedó tendido hasta las once, cuando el sol le pegó de lleno en los párpados.

Las cuatro doncellas llenaron el dormitorio con sus risas y vocecitas de gorriones. Trajeron frutas, agua de peña en una sudada jarra de plata. Un gran vaso de leche de burra colada con nieve.

Un cielo azul "de porcelana"; abajo un increíble mar de azur. (Las carabelitas, tres catafalcos a la deriva.)

Las cuatro siervas que a todo el quehacer del palacio atendían, entibiaban en un trípode de bronce agua para el baño.

Maravillado, sintió el tiempo se demoraba en un ritmo de gerundios. El habitualmente efímero punto del presente se dilataba como un lago quieto y fresco. Mordió un melón dulcísimo y demoró contra el paladar la leche fresca.

1. *N. del A.*: El trimesí estaría considerado en el famoso *Kamasutra* como la máxima posibilidad de complejidad amatoria (sin acólitos); la mayor sensibilización y hasta exasperación de la serpiente *Kundalini* que recorre la columna vertebral y es el centro generador del deseo y del placer erótico. Corresponde, muy probablemente, a la llamada "posición de Indrani" o "muy alta unión" que va acompañada, por parte de la hembra, con el sonido "Jinn". Pero no hay una definición de esta figura. Dice el *Kamasutra*: "Los amantes siguen con furia, ya sin importarles los excesos. La pasión los ciega. Llega un momento en que la unión se vuelve irregular como cosa de ensueño..."

Se prefirió cafishio, irresponsable, descastado, sin títulos.

Las doncellas lo sumergieron en la tina riendo de su desnudez y de su embobamiento. Hábiles bañaron su sexo con un aceite delgado y frío y luego lo envolvieron en una toallita de lienzo de Irlanda. Cuatro pares de manos jóvenes lo recorrían, traviesas, bajo el agua.

Por momentos se adormecía de delicia, y un hilito de baba, signo de búdica armonía, unía su boca con el pelo de agua de la tina.

Inmensa su felicidad. Ella no solamente no lo mató sino que apareció transformada: con un vestido con volados de *broderie* y el pelo repartido en dos trenzas escolares, atadas con moños azules. Llevaba una capelina de paja con cinta de florcitas. Nada más femenino. Casi la mujer-niña.

Estaba pálida. Sentía que aquel momento estaba engarzado en una larga noche erótica. Sonreía. Tomó una copa de plata y delicadamente se acuclilló sobre ella. Se escuchó el calmo susurro de su orín (¡orín, sí, más orín enamorado!).

Con mágica naturalidad le tendió la copa y él bebió. Se miraban. Más bien se abismaban el uno en la mirada del otro.

Las leyes de la delicia amorosa alteran todos los sentidos. Era una profunda comunión. Aquel líquido estaba consagrado al pasar por la *via triunphalis* del amor sexual que los unía.

Ambos sintieron el delicioso aguijón del deseo. Pero ella, sabia y muy hembra, tomó un cesto de mimbre y preguntó:

—Bajo al mercado. ¿Qué prefieres, centollas o bogavantes asados?

Colón sintió un tremendo orgullo. Aquel gesto de "ir al mercado" —modesta, conchiacontecida— lo hacía sentirse triunfante, como león que acaba de conquistar un territorio con sus hembras anexas. Se quedó con los ojos entrecerrados. Dominador. Chulo. Acabronado. Soñaba con posibilidades felices e inmorales: regentear un gran burdel en Tenerife (él, que entra con una camisa floreada y zapatones altos). Mediodías en la terraza con jazmines y geranios. La brisa del mar. Sedas turquescas. Sólido tráfico de esclavos hacia el Continente. Altas finanzas: abrir una representación de los Centurione y desplazar a Soberanis y Riverol.

—*Prometeo é morto!* —gritó como despertándose (en italiano que era el idioma de su subconsciente, de sus cuentas, de su escasa sinceridad).

Las galleguitas se rieron y siguieron jabonándolo. ¡Qué podían adivinar de sus abismos!

R esulta históricamente inexplicable la falta de decisión de Colón para quedarse en Gomera casándose con la viuda. No hay documentos. Los fracasos y los miedos no se confían a la posteridad.

Raro que un hedonista más bien vulgar y practicón, un trepador (que solía repetir la cita de Cicerón: "No entiendo a quien estando bien pretenda estar mejor") haya cedido tan pronto aquella basa.

Se dice que una de las siervas le susurró: "Nada existe tan perro y terrible como mujeres que en su espíritu traman acciones como hace esta..."

Parece que no era la primera vez que Beatriz de Bobadilla había hecho confiarse a sus amantes con una dulzura entregada. Fingía apapacharse y una vez que el incauto ingresaba confiado en una costumbre mandona, dominadora, machista, ella irrumpía con su horrible poder disciplinario: la trencita y los moños eran sustituidos por metales bélicos, cueros tachonados y los látigos claveteados. Este, en cierto modo, fue el triste caso de Núñez de Castañeda: una vez confiado en su efímera falocracia

159

sobrevino la mortal represión, la instintiva venganza de la araña que devora a su macho.

Michel de Cúneo supuso que el genovés sorprendió algún guiño, algún diálogo subrepticio entre Beatriz y el jefe de la guardia. Es probable que el Almirante, curioseando, haya descubierto las salas de tortura del palacio. Es sin duda la probabilidad más cierta.

¿Temieron —tanto él como Beatriz— la venganza de Isabel?

¿Sintió Colón (astuto al fin) que el poder de las Islas Afortunadas estaba lejos de estar consolidado y que la acción de los guerrilleros era más severa que lo supuesto?

El hecho de haber alcanzado el trimesí al final de la primera jornada erótica ¿no los dejó acaso vacíos? ¿Cuál es el tiempo de un amor, de una relación, de un matrimonio? ¿Cuándo muere lo que siempre termina por morir en la desdichada pareja humana? Es probable que el tiempo del amor sea acrónico, como el tiempo de los sueños. Que aquellos días fueron treinta años y que —se puede suponer— en los últimos diez años Colón y la Bobadilla cayeron en un tedio de cacerolas, bostezos, cuentas de almacén y erotismo desganado, como la mayoría de los matrimonios donde la leche del amor pierde fervor y tórnase lacia y aguachenta.

Lo seguro es que el 6 de septiembre la moranza de amor en Gomera había terminado. Sus hombres, que ya habían decidido continuar la jornada sin el jefe —el extranjero— designado por la Corona, lo vieron bajar por los peñascos laboriosamente, ayudado por el mismo cretino que días antes lo había guiado al subir.

Esperó que le mandasen una falúa (hubo dudas, pero los de la Agencia definieron las cosas) y cuando pasó la borda con los espirales de sus pintorescos zapatos estirados como dos culebrillas amarillas que hubiesen quedado adheridas a la suela, se limitó a decir:

—¡A son de mar! ¡Se parte hoy mismo! —Y a Juan de la Cosa—: Quiero el rumbo previsto: todo a Oeste. ¿Consiguieron buenas hebillas para el timón de *La Pinta*? Me imagino que todo estará en orden. El agua de aquí es excelente...

Su frescura causó indignación. Cuando subía la escalera hacia su camareta escuchó una voz anónima:

—¡Genovés cerdo!

Y él, casi indiferente, con la serena distancia del jefe que aprovecha una grosería para aleccionar:

—¡Sin mí, sin mi astucia, todos hubierais terminado peor que cerdos en esta tiranía! ¡Como esclavos! ¡Tenedlo presente y callar y a la maniobra de velas!

Los atroces grifones. El Octopus. El Orcaferone. Ahora sí, ahora estaba enfrentado. Los abismos de la Mar ignota. Las furias del viento: reino de los demonios.

Sentía, desolado, que ahora el Señor lo había librado definitivamente a su fantasía. Perversidad divina: castigar concediendo. Que tu dolor sea tu triunfo. Tu perdición, tu curiosidad.

Entró Espinosa con un guiso de porotos con chorizo y cecina. Un vaso de vino duro, del que no se pica. De postre, un puñado de almendras y pasas de uva.

—Te será difícil, Almirante, poder mantenerte en este rumbo...

—¿Te pregunté algo?

—No. Pero ellos dicen que esta ruta sólo puede llevar a otras tierras calientes, aunque sean del Gran Khan, o como sea... ¡Dicen que es una locura, que es como preferir tierras

161

secas, ásperas, como las de Trujillo, Badajoz, Extremadura, locura! ¡Tierras que sólo podrían dar olivo y ajos, y con los precios bajos como están! Si Vuesamercé no corrige el rumbo se armará la de San Quintín. Almirante: en las tierras calientes, en los trópicos, sólo hay pobres, gente desnuda, convénzase. ¡Donde calor, pobreza!

Se veía que lo mandaban. Era realmente la opinión de los Pinzón y su gente. ¡Hormigas! ¡Enanos! ¡Qué podían saber de la voz! ¡De la misión secreta de la estirpe de Isaías!

9 de septiembre. Domingo. Los marineros gobiernan mal, recayendo sobre la cuarta del Nordeste. A veces se desvían hasta la media.

Buscan el norte, las tierras templadas y fértiles.

Creen que el Almirante no se da cuenta o que será blando. Se equivocan, es el único punto donde no se puede ceder. Hace reunir las naves y comparecer capitanes y pilotos. Gran reto.

Rodríguez de Escobedo, el Escribano, está citado al puente. Se acicala frente al espejo en el palo de mayor. Se peina las barbas. Solemne, siempre con su Homero en el bolsillo.

Llegan los Pinzón, Niño, de la Cosa, Quintero. También los genoveses y el Veedor real, Sánchez de Segovia. Que quede en claro y en negro sobre blanco ante el Escribano del Reyno: Nadie podrá variar con astucias el rumbo que aquí solemnemente se declara y es el mandado por sus Altezas Reales: Todo al Oeste. Todo al oeste sobre la línea del Trópico.

Caras de descontento. Pero ahora será difícil intentar trapacerías y desautorizadas variaciones.

Se firma el Acta. Se disuelve la reunión.

El Almirante vuelve a su chupeta. Se sumerge en la tina. Medita sobre las fuerzas del mar.

Anfibiología elemental. 10 de septiembre. Palabra del Almirante a sus oficiales: Nada peor que el olvido. Y los hombres olvidaron su naturaleza anfibia, incluidos los marinos. ¿No estudiaron sus pies, sus manos de palmípedos sin membrana? ¿Las nalgas como romos restos de perdidas aletas dorsales? ¿No saben ver la evidencia?

No puede navegarse bien si no se retorna a aquellas esencias.

Los hombres deben olvidar lo que elogian como cualidades marineras.

El Almirante ordenó llevar muy bajado el papahigo de mayor cosa que apenas tire a la nao fuera de las olas. Quiere ver los barcos mezclados en la materia del mar. Que los barcos no anden demasiado secos, como meros visitantes del mar.

Ordena que no se calafateen algunas tablas que hacen agua. Quiere que haya agua en la sentina y que los hombres la oigan correr con el rolido, como él la escucha correr desbordada de la tina, por el suelo de la camareta.

Navegar como gaviotas. Como pescadores cántabros. No apartarse demasiado de la masa marina. No oponerse. No secarse. Recomienda a los hombres que no intenten secarse, que se duerman mojados, si es posible. Evitarán resfríos, aunque no lo crean.

La gaviota —enseña el Almirante— no pretende que cambien los vientos. *Es* en todo viento. Parecidos elogios dedica a la flexibilidad naval de los pescadores gallegos.

Toda otra razón —sentencia— es cosa de franceses.

Juan de la Cosa intenta responder algo, después calla.

Sumerge la cabeza en la bañera y flota boca abajo, como muerto. Sólo emerge su culo fofo y blanco como el trasero de una monja belga ahogada en un canal de Flandes después de una violación bélica.

Aguanta mucho tiempo, asombra.

Después afirma que en la intimidad del agua se comunica con la Mar Océana y que sólo el desafío vence al miedo.

Cantar en los cementerios, recomienda. Silbar en el bosque sin luna.

El viento sopla fuerte y hay mar gruesa de proa. La nao rompe dientes de espuma. Vuelan flecos, encajes, blanca baba de potro en alocada carrera.

Sale el Almirante de la camareta y el viento insolente le sacude los cabellos a voluntad.

Goterones salados. Hilachas de plata disuelta.

Vibran los obenques y las drizas. La cebadera con su lona hinchada tira, valiente, en el bauprés. Es un mulo obstinado, arrebujado en la cinchada, con las orejas recogidas por la lluvia y el torbellino.

Las drizas mojadas, al recibir el tirón del velamen, quedan exprimidas y secas. Humean con el roce de bitas y cabillas.

Las riendas del caballo loco.

Gemidos hondos en las fogonaduras del trinquete, mayor y mesana, exigidos al máximo. Vuelven a ser tallos gráciles en la dura fiesta del temporal.

Golpes de tambor ronco del casco que embiste la mar.

—¡Arre! ¡Arre! ¡Arre! —grita el Almirante. Baja las escaleras del castillo hacia la cubierta. Convoca a los hombres que andan como si no se diesen cuenta, desangelizados. Gandulean como esperando la hora de guardia. Evitan las salpicaduras. Sombríos, aburridos, manejan la baraja—. ¡Vamos! ¡Adelante! ¡Todos, todos! ¡Cazar! ¡Más tensión en las cuerdas! ¡Iza! ¡Iza! —los convoca. Él mismo toma el estay del trinquete.

Vibra la nao. Potra en celo. Es un instrumento de cuerdas en su máximo *allegro*.

Ahora canta con voz ronca el viento que entra por escotillas y pañoles. Los estays, los obenques, son cuerdas de un arpa arrojada a la música.

Gime, gime el viento.

El Almirante, grita, exige. Quisiera tener un látigo y sacudir a los sobones. Desgraciados.

Sube al castillo proel y recibe una bendición de olas deshechas. Espuma fresca en la cara y el pecho. Estira los brazos hacia adelante, el rostro empapado. Siente que es la nave. Grita:

—¡Evohé! ¡Evohé! ¡Evohé! ¡Aleluya! ¡Cazar! ¡Aún más! ¡Vamos: ese papahigo de mayor! ¡Levantar la gavia, sí!

Galope loco por los campos de la mar. Entrega. Fiesta. Éxtasis. Abandono al espacio.

Al volver empapado a la camareta los ve: se intercambian guiños y sonrisas, lo creen loco. La mayoría echados contra los bultos en la toldilla, escarbándose los dientes, soñando con la huerta propia, o con robarse las perlas del ídolo del Palacio Imperial.

La sagrada sensatez.

Espacio y Tiempo. 13 de septiembre. El retorno de Tierra a Cielo deberá efectuarse por el mismo sendero que recorrió Adán en su ignominiosa y merecida expulsión.

El mundo en que creemos vivir es una escritura que hay que leer de revés, frente a un espejo.

Espacio y Tiempo es el nombre de los ángeles exterminadores que nos expulsaron del Edén. Habrá que vigilarlos con astucia. Sólo ellos podrán indicarnos el camino de regreso a las ansiadas Puertas.

(¿Eso es lo que quieres, Adán? ¿Medir? ¿Mesurar? ¿Desmesurarte? ¿La Ciencia del Bien y del Mal? ¡Mesurador obstinado! ¡Esto es el Espacio y éste es el Tiempo! ¡Arréglate tontón! ¡Cuidado que te aplastan! Te laminan, te vacían. Serás como la finada —que Dios la tenga en la Gloria— Felipa Moñiz Perestrello: terminó siendo una lámina que su impío esposo colgó arriba del trinchante del comedor. ¡Adán: enrédate, si quieres, para siempre en la red! Exclúyete si quieres. ¡Mide bien!)

Pero habrá uno, de la estirpe de Isaías, que guiará a todos. ¡Nunca tantos deberán tanto a uno solo! El Héroe.

Los liberará del único sufrimiento.

Cristo fue apenas un demiurgo. Pudo haber hecho mucho más. Salvar los cuerpos, por ejemplo. Salvar en la Tierra. En el dolor de la Tierra. Sólo enseñó el camino del retorno del alma.

Pero se comprende por su naturaleza celeste: su cuerpo era pro-forma, virgen nacido de virgen. Su carne sosa. Cristo no sudaba. (El Almirante anota esto con el mayor respeto. Reconoce que Cristo fue la mayor posibilidad del dios de los judíos para expanderse por el mundo.)

Sigue mar serio. Viento sano. Tiempo variable. Por momentos nubes frescas, de llovizna. Los hombres lamen las manos y los bronces empañados. Algunos exponen las hojas de los cuchillos para recibir el ángel del agua.

Anuncian el almuerzo. Alegría general que se expande en torno al fogón. Los mozos de vino van echando en las jarras.

Los oficiales, el Escribano y el Veedor, en su mesa, junto a la barra del timón la marinería echada contra los mamparos o los rollos de los calabrotes. Ya todos tienen su querencia, su espacio. Son como gatos.

El mozo recorre la nao con la campanilla (¡como si alguno no estuviese atento!):

—¡Tabla! ¡Tabla! ¡Señor Capitán y Maestre y buena compañía! ¡Tabla puesta, vianda presta! ¡Vivan los Reyes de Castilla por mar y por tierra!

Alegría. Alguna carcajada. Desorden de siempre en el fogón y las ollas. Bromas.

Un buen día: guiso de carnero con lentejas. Sopa de arroz y pescado. Pimentones asados. Grandes pedazos de galleta.

El vino duro, todavía no amargo.

Roen los huesos con alegría. Limpian con el pan la última grasa del plato.

Higos secos.

Barajas, siesta o turno de guardia.

14 de septiembre. El ramo de fuego en la mar. Hacia el atardecer el cielo se abrió. Sobrevino la noche estrellada que no se vio en varios días.

Noche cerrada. El tremendo giro de los astros. (Los hombres susurran que muchas constelaciones están como cayendo tras el horizonte. Los pilotos tratan de aclarar las cosas, los calman.)

Esplendor tremendo. Abismo que pueden ver, los humanos, desde el lomo del planeta oscuro.

Hacia el Poniente, durante un largo instante, se vio caer del cielo un maravilloso ramo de fuego en la mar.

Los hombres señalan con temor. Afirman que es una estrella que estalla.

Varios brazos de fuego en torno al centro. Es el giro inequívoco de la espada flamígera. La svástica de fuego.

El Almirante cae de rodillas en la oscura soledad del puente de popa ante esa tan clara y directa manifestación de la divinidad.

—¡Señor! Tú nos arrojaste de la Casa y ahora nos indicas el camino del retorno. ¡Alabado seas!

Cierra con unción los ojos y ve, en la noche del espacio sideral, el movimiento inequívoco de la espada, justo a proa, casi como proyección de la línea de crujía.

"Luminosa, te inviste,
la gloria del Señor,
Sobre ti
el Señor es lámpara."
(Isaías, 60, I y II).

La mar se hace cada vez más honda y presagiante. Su calmo ritmo no alivia a nadie de sus temores.

El Almirante, consciente del temor de los hombres ante el riesgo y la desprotección, anota datos falsos. Cada mañana les comunica la singladura con varias leguas de menos. Es imprescindible vendar los ojos de los caballos cuando se pretende enfrentarlos al fuego o a un toro salvaje.

Ya no es el mar de siempre, el *mare nostrum*, que el hombre surca con relativa confianza. Éste es el *Mare Tenebrarum* en toda su grandeza.

Es un animal vivo que sólo la ingenuidad del humano puede creer domesticable. Que no necesita especial maldad para destruir a los hombres: le basta simplemente su costumbre de gigante, de dios salvaje.

Al amanecer vieron hacia proa dos o tres orcas seguidas de una clientela de tiburones.

Es una presencia amenazadora. Se forman grupos que susurran historias terribles, supersticiones portuarias. (¿Los monstruos están en las aguas o en las almas?)

Reino de demonios que no conviene despertar. El Almirante recomienda discreto silencio. Omitir las jactancias y naderías de tierra: las carcajadas, las riñas. Tiene poco éxito. No comprenden.

La araña, el alacrán, la sierpe, son conscientes de su maldad. Las bestias del mar, que conservan las dimensiones de otros tiempos del mundo, ejercen el mal automáticamente, como niños bobos, como holandeses, en suma.

Los grifones, que vuelan desde islas ignotas y devoran carne de marino, son mezcla de águila y león. El Octopus gigante, que tantas veces arrastró las naves hacia su abismo, es un calamar de ocho tentáculos. Es sabido que emerge preferentemente en luna llena y que si devora a los hombres es por hambre extremosa, por falta de algo bueno.

Ingresan en una región espacio-temporal no visitada antes por el humano, salvo accidental o inconscientemente. El Almirante comprende que es natural que en esta zona intermedia entre la nada y el ser, entre lo conocido y el misterio, hagan su irrupción —a veces con verdadero descaro— los muertos.

El Almirante tiene experiencia y sabe verlos. Continuamente pasan entre las horas de los vivos, pero es al anochecer cuando su color lechoso se define.

Sabe que hay que despreciarlos y que si se los deja avanzar ganarían todo el espacio y el tiempo de los vivos haciéndolos hasta enloquecer. Tratarlos como a perros: no considerar sus bravatas, jamás mostrarles miedo.

Son pegajosos. Presencias opalinas. Protoformas astrales con mala nostalgia terrenal, nada más.

Los muertos, de cerca, tienen un aroma a encerrado, parecido al de las monjas de clausura, que huelen a caracolas no resecadas del todo.

El Almirante se niega a intimar con los muertos y a reconocerlos. Aunque sabe que están. Los presiente desde su camareta: sentados en las jarcias, con las piernas en el aire; sardónicos, exigentes, más bien malintencionados. Incapaces, en el fondo, de decir lo que vieron, si algo es que vieron. Explotadores impúdicos del prestigio sombrío de la muerte. Siempre con un torvo deseo de sembrar signos y premoniciones.

Pero el Almirante no los mira. Vence su curiosidad con su capacidad de miedo. Sabe que los muertos raptan, que nunca liberan. Que contagian miedo y desprecio a la vida; cuando ellos lo único que tienen es una rabiosa envidia de los cuerpos sanos, de los sentidos.

El Almirante mira al suelo. Si es de noche cierra con fuerza los párpados. Trata de dormirse recordando escenas luminosas y pobladas.

Cuando presiente que será vencido e irrumpirán con su resplandor lechoso, abandona rápidamente su camarote, baja corriendo la escalera y se pone a hablar con los timoneles de turno.

Es la única ocasión en que se expresa con desenvoltura y dice cosas amables y hasta divertidas y sinceras.

Es por miedo a los muertos.

En su creciente desamparo los hombres creen encontrar signos propicios, a la medida de sus deseos.

Le llevan al Almirante hierbas marinas que trajo la corriente y le muestran un cangrejo vivo que anidaba en ellas. Lo ponen sobre las tablas de cubierta y lo empujan para que marche. Le dan migas. Lo mojan con agua de mar. Lo adoptan. Lo sacralizan, para conjurar sus temores.

Estiman que la costa, la que ellos buscan —las parcelas fértiles— está muy cerca. Creen ver multitud de aves migratorias (el fasto 18 de septiembre). Recibieron con gritos exaltados la llegada de un alcatraz viejo, seguramente perdido o abandonado por su tribu.

El día 20 vinieron al navío, en amaneciendo, dos o tres pajaritos de tierra cantando y después, antes del sol salido, desaparecieron.

Es tal la ansiedad que los ojos de muchos brillan como los de los embrujados.

La brújula noruestea: prueba inequívoca de que se acercan a una región del mundo donde se corrompen los esquemas espacio-temporales habituales. Las brújulas piden siempre la verdad, por eso son inquietantes.

Se levanta mucha mar. Un mar oscuro, pesado como sustancia mercurial. Mucho mar y sin viento, cosa que inquieta a los pilotos que se consultan gritando desde las cofas de las tres naos.

No comprenden. Nunca habían visto fenómeno parecido. Pero el Almirante lo recibe como otro signo callado e inequívoco: es el Señor. Como en los tiempos en que Moisés salió de Egipto con el pueblo judío, se levanta la mar en murallas de agua aunque no sople el viento.

El Almirante agradece con los ojos entrecerrados. Continúa el Diálogo, eso es lo principal.

25 de septiembre. Las ínsulas falsas. Tanto deseo tenía que terminar en ilusión: por fin gritaron desde *La Pinta*, con Martín Alonso Pinzón a la cabeza, que veían costa.

Visiones del miedo. El Almirante aprovechó la oportunidad. Aceptó el espejismo y se agregó a la exultación. Se arrojó de rodillas, patético, sobre el puente y encabezó el coro que entonó el *Gloria in Excelsis Deo.*

Los hombres trepan a las jarcias. Saludan con los sombreros en la mano. Todos ven las ínsulas de arena dorada. "Como las de Guinea." Ven palmas. Nombran varias especies de árboles ilusorios.

Aprovechan la súbita calma y algunos se zambullen desde las jarcias. ¡Dejaron atrás el *Mare Tenebrarum*!

Abusan del mar como de un león dormido, chapotean. Realmente están convencidos.

Retornan a un lenguaje de intereses y de prestigios costeños.

Hasta los más excitados se durmieron con calma. No piensan ya en el motín sino en plantaciones (en mar, quieren ser agricultores rutinarios; en los campos y sastrerías, sueñan con el mar...).

Pero al amanecer no se ve costa. Se sigue.

La desilusión no es tan grande: imaginan que pronto verán otro archipiélago.

En las regiones por las que se aventuran el viento responde a leyes distintas.

San Pablo anotó con razón: "Mueve el Demonio las potestades del aire."

Nada puede aterrorizar más. El temporal precede a la probable ruptura y caída de los cielos.

Truenos. Fogonazos de rayos. Dios esplende más en su furia que en su calma.

Cuando empieza el tifón el Almirante recuerda a Dios —al Dios Padre— como a la furia de su abuelo que cuando borracho perdía al chinchón en la aldea de Quinto, arrojaba las botellas y las sillas por la puerta. Rugía babeante. Debían calmarlo echándolo en un zanjón de agua fría.

Los vientos vencen la costumbre de la mar: levantan trombas y oleaje.

Las navecillas galopan las terribles montañas a la carrera. Con sus velas blancas parecen papelitos a la deriva.

"El trueno rueda su peñón."

¡Correr el temporal! ¡Correr! ¡Galopar con el oleaje! ¡No temer! ¡No protegerse, sería inútil!

Pero no entienden. Pretenden dejar las naos a palo seco. Hacer maniobra de aceite. Echar anclotes flotantes. En suma: transformar el efímero espacio de las tres naos en tres ínsulas firmes y seguras. ¡Imposible!: desaparecerían de un manotazo de mar.

El Almirante logra imponerse y los insta a que se entreguen con alegría a galopar el océano. A transmutar la violación en un acto de amor triunfante.

Para conjurar la furia de los aires, la marinería anuda todo lo que encuentra, hasta la cola de las ratas.

Hipnotizados rezan la oración *Ad Repellendas Tempestatis*.

Llegan en delegación al Almirante. Hasta osan subir la escala sin permiso. Saben que él tiene una bolsa de nudos que le vendió una adivina en Escocia. Quieren que los emplee arrojando puñados hacia los cuatro puntos cardinales.

Dicen: "El trinquete y el mayor se doblan como juncos..."

El Almirante les retruca: "Ilusos, cuando el humano se cree en lo peor, tengan la seguridad de que sólo está a mitad de camino..."

Le piden que implore a Tata Pancho y que se vista con el hábito franciscano. Tradiciones del mar.

Los pilotos se resisten a gobernar en dirección al centro de la tormenta, esa fragua de truenos y rayos que arde sobre el horizonte. Usina del fuego de los cielos. Volcán apuntado hacia tierra.

Los pilotos más bien tuercen la barra para alejarse, compelidos por un ingenuo miedo animal.

El Almirante grita al del gobernalle:

—¡Sólo allí hay que ir! ¡Donde duermen los demonios! ¡En su cueva! ¡Sólo allí uno podría salvarse! En la capital del Mal. ¡En el centro del cual parten las sucesivas rondas de diablos...!

En el núcleo del ciclón, cuando se llega, hay calma, un silencio dulce. En torno se ven girar nubes negras, cargadas de hielo y fuego persiguiéndose como Erinias.

El Almirante, laboriosamente, sube a la cofa desafiando la borrasca y desde allí arroja puñados de papeles rotos para estudiar sus giros espiralados. Grita su enseñanza hacia Juan de la Cosa que está al pie del mayor pero el temporal mezcla y barre las palabras.

El Almirante sabe que el viento gira espiraladamente, como las estrellas del espacio infinito y las aguas cuando son absorbidas por el terrible abismo del *Maëlstrom*.

Crece, se agranda el Almirante en estas pruebas terribles, en estas dimensiones nuevas donde aventurarse sin amparo.

Ventaja grande suya sobre el común: cree más en el desamparo original que en la protección. No le pide rebaja al temporal, ni que el mar se haga río de pradera.

172

Cree que una dificultad no cesará o que le seguirá otra mayor, por eso soporta cuando otros enferman o se lamentan.

A su lado los hombres —que lo desprecian— se van rebajando hasta ponerse del color y de la estatura de sus miedos. Esplende el Almirante en su soledad. Ahora —ya cerca de lo que sólo él presiente— son muchas las horas que pasa en el puente. Cuando escampa y sólo hay lluvia de rayos, aparece en el castillo de popa esperando el fuego de San Telmo.

Como muchos genios y, en gran parte, debido a incrustaciones de sal y de plancton en su piel, es inconstantemente bioluminiscente.

Al oxigenarse las enzimas de su frente y de su cara surgen destellos visibles en la noche cerrada (a veces como los de un faro intermitente, como esos que ponen los ingleses en la boca de sus puertos para guiar el pesado retorno de su flota de saqueadores y piratas).

Sus detractores y enemigos dicen que se enciende por la luciferina que segrega su ser, rico en luciferasa.

La marinería simple no lo ama pero lo respeta. Con temor lo espían detrás de mamparos y mástiles.

A veces les llega a parecer una luciérnaga de proporciones atroces.

27 de septiembre. Pasan cosas raras. Pérez, el zapatero, se apersonó al Almirante con el Veedor real, Sánchez de Segovia.

Ocurre que Pérez dice haber visto en la alta noche, mientras defecaba en el "jardín" de babor, un grupo de luces. Varias hileras superpuestas de luces horizontales en movimiento. Dice que era una enorme nao, de proporciones espantosas, tan alta como la catedral de Sevilla. El mástil iluminado era la Giralda cuando la procesión de la Virgen del Agua, dice.

Sabe leer la escritura (es visionario y místico como casi todo zapatero). Afirma que leyó en la popa de ese monstruo que pasó echando chorros de espuma fosforescente, las palabras *"Queen Victory"*.

Sánchez de Segovia le cree y por eso lo trae a la Superiori-

173

dad. Dice que él mismo nota que pasan cosas raras. Cree que no están solos y se arriesga a sugerir que mejor sería volver a España.

El Almirante no responde a la insolencia.

El Veedor afirma que en las naves hay un clima de maledicencia y sospecha.

"Esto es un barril sin fondo, un tonel de sierpes." Muchos, parece, ya empiezan a ver a los muertos que se aparecen por las jarcias. Algunos no quieren pasar la borda para hacer sus necesidades porque hay demonios burlones al acecho. (Cuenta dos anécdotas de mal gusto.)

Los más advertidos observan que los días ya no duran 24 horas sino 32 o hasta 33 y que cada legua en esta región de miedo puede ser de casi cuatro millas.

Se afilan cuchillos. Hay encuentros subrepticios. Dice el Veedor que se le atribuyen al Almirante cualidades demoníacas. Que los más osados hasta hablan de quemarlo —untado en pez— en el palo mayor.

Hay mucho de verdad. Los hombres, ante la mutación, se refugian en el retorno, incluida la violencia.

El Almirante solicita al Veedor, oficialmente, una más amplia y profunda investigación, por escrito. A Pérez de Cádiz, místico y zapatero, le regala un terrón de azúcar como a un caballo noble. Él mismo se lo acerca al hocico.

Aquella navegación durará, en realidad, diez años, tanto como la zarpada.

El Almirante pronto comprendió que su propósito significaba una ruptura flagrante del orden espacio-temporal establecido. Que la apariencia del mundo quedaría seriamente inferida.

Era un hecho nuevo y surgían nuevas circunstancias.

El horizonte espacial-histórico fue quebrado por la proa de la *Santa María*. Fue como rasgar una de esas bolsas de regalos-sorpresa que se rifan en las tómbolas de *Ferragosto*. La Caja de Pandora de la realidad.

Por la rajadura del velo espacio-temporal empezaron a deslizarse seres, naves, escenas humanas, que el Almirante tuvo, como visionario que era, que aceptar sin tratar de buscar explicaciones que excederían las modestas posibilidades de la época.

Le fue posible pasar del puente de la *Santa María* al de la *Maríagalante* (que zarparía en 1493 al frente de una flota de quince naos grandes y varias menores), y al de la *Vaqueños* y a *La Vizcaína* (1502).

Su tarea se complicó enormemente. Su escepticismo y paciencia ante el misterio y lo inesperado le ahorraron las peligrosas fatigas del asombro y la consiguiente búsqueda de explicaciones.

El sábado 6 de octubre le fue posible observar la marcha de las tres carabelas (navegando hacia el famoso 12 de octubre de 1492), desde el puente de la *Maríagalante*, con un tubo de lentes que le había regalado en Barcelona, en su triunfal regreso, el óptico de Flandes, Monsiú Zeiss, que los promocionaba y ofrecía a la Corte reclamando exclusividad de la patente de invención.

¡Él mismo estaba en el castillo popel de la *Santa María* tratando de ver en la bruma del futuro el perfil de la *Maríagalante*!

Los hombres de la tripulación se amontonan en las bandas, se cuelgan de los obenques. Tratan de ver entre los mantos de niebla.

Dicen haber escuchado relinchos en el mar y el inequívoco y grave bramido de un toro. Al amanecer, el cacareo de un gallo.

175

A bordo de las tres navecitas sólo hay hombres y ratas fugitivas.

Hablan de demonios, del mítico caballo marino.

En realidad se trata del toro, que cuida Joan Velmont a bordo de *La Colina*, programado para el festejo del 12 de octubre. El bicho se libró de su improvisado toril y siembra el terror y la fiesta (a la española) con sus corridas por la cubierta. Aquello parece un San Fermín. Vocerío con olés a cada fracaso de Joan Velmont para hacer pasar la fiera al sollado. Los relinchos son de la caballada que suma el terror que sienten por el mar al que les despierta el abismo de la fiera.

En las jarcias, con la gritería, hay revoloteo de palomas, de gorriones y de perdices para cría.

Es pisoteado un grumete valiente que quedó encerrado ante el mamparo de proa.

El toro brama excitado. Huele las vacas lecheras a bordo de *La Gallega*. Protesta de labriegos enardecidos: el astado ha estropeado los almácigos de plantas útiles y productivas que transforman las bordas en jardines flotantes.

Por fin el torero cita con valentía a la entrada del sollado, a pie firme. Cuando el bicho embiste, hace un garboso afarolado y el animal cae en la oscuridad de la sentina. Festejo general. Palmas. Lo levantan en hombros.

Velmont es invitado a comer a la mesa de pilotos y oficiales.

Son varios ya los que dicen haber visto extrañas naves iluminadas, como Pérez de Cádiz.

El Almirante las estudió con cuidado. Son grandes barcos sin velamen que transportan gran cantidad de humanos y de cosas. Algunos tienen chimeneas enormes, de metal, y dejan una estela de humo curiosamente pareja, como si no fuese un incendio.

Una de ellas, la *Rex*, pasó dejando un velo de música feliz. Era al atardecer y se vio nítidamente, junto a una especie de alberca con sombrillas de colores vivos, a varios jóvenes con sombrero de paja, ranchos y chaquetas blancas, de hilo. Ellas con deliciosas capelinas con cintas de florcitas. Aperitivos con rodajas de limón y pajitas. Música sincopada (el Almirante no puede saber que se trata de la rumba *"El manisero"* tocada por Lecuona). Mira fascinado, como un campesino pobre al borde de la fiesta, con un vago acecho de envidia ante la vida frívola y desenvuelta de la burguesía feliz y liberal de las primeras décadas de un siglo futuro.

Por intuición el Almirante se evita tomar demasiada conciencia de estos fenómenos. Reacciona ante el abismo de estas peligrosas futuraciones con la misma salud instintiva de las mulas en alta montaña.

Sabe que se podría perder la razón para siempre. Es prudente.

Pero la frecuencia con que aparecen estas naves caídas del futuro es realmente inquietante. Cruzan el rumbo de la *Santa María* por popa y proa, con insolencia y sin el debido homenaje.

Pudo comprobar que en ningún caso superan el punto de proa de la *Santa María*. Es como si necesariamente dependiesen de la acción de su fatigada proa de madera cortando el velo del tiempo. Por momentos, en los calmones y bordadas —cuando se contradice o demora el rumbo normal— las naves de la futuración quedan como errantes.

Así vio el bajel *Mayflower* cargado de puritanos terribles que iban rumbo a la *Vinland*, dando vueltas a la *Santa María*, como si tuviesen el timón averiado o un timonel tuerto y distraído cayese obsesivamente a babor, igual que burro de noria.

Parecido fenómeno ocurrió con las naves de los piratas ingleses, el Guatarral y el Candelín Hawkins, los amantes de la reina virgen.

Tanto hacia el norte, hacia *Novaia Gorod*, como hacia el Plata, van naves sombrías cargadas de emigrantes sicilianos, genoveses, extremeños, irlandeses.

Carne de labor, de mestizaje y bastardía, movida por modestos sueños subsistenciales.

En la noche del mar, la canción de los hebreos *askenazin*. La *canzonetta* del napolitano que seducirá a la hija del rabino húngaro y engendrarán al gerente neoyorkino. La turca de Ankara que parirá un hijo del extremeño solemne que sueña con un vástago notario, dueño de estancia o cafetal.

La brisa mueve palabras que el Almirante no podría comprender: *fox-trot*, Andes, Hotel de Inmigrantes, Río de la Plata, milonga, "¡Hay oro en el Oeste, Jim!"

Una noche apareció un gran velero de holandocristianos dedicados al tráfico de negros que serían rematados —con garantía notarial y al mejor postor— en Hispaniola y Portobelo.

El hedor, la *catinga*, era tal que las ballenas decidieron abandonar la región entre la línea del Trópico y los 35 grados de latitud norte.

Se oía surgir de ese bajel trágico, a pesar de todo, la melopea indestructible, el canto rítmico y profundo.

Aquella realidad se debería a una humanitaria recomendación del padre Las Casas: "Si los negros habían sido siempre esclavos y de poca alma ¿por qué no importarlos de África y ahorrarles a los indios un tan mísero destino?"

9 y 10 de octubre. "Toda la noche oyeron pasar pájaros." Oscuridad cerrada. Se oía el aleteo de aves seguramente migratorias.

Están en el rumbo de los pájaros, y eso es bueno. Al atardecer ya se habían posado un grajo, un ánade y un alcatraz.

Esto salvó probablemente al Almirante de la desesperación de la gente ante las visiones y presencias. Los conspiradores se dividieron: muchos de ellos creyeron que la tierra estaba definitivamente cerca y valía la pena esperar unos días más antes de amotinarse.

El Veedor real ha traído su informe debidamente sellado por el Escribano. De lo que pasa a bordo, la mitad es conspiración, la otra mitad misterio.

El funcionario, que valora el orden por sobre todo, está consternado. Es como si hubiese comprobado que el mundo se mueve bajo los pies. Que se perdieron las referencias al orden de la metrópoli.

Pero en todo caso todo parece momentáneamente conjurado. El mismo Pinzón se acercó con la *Pinta* hasta casi abordar y le gritó al Almirante:

—¡Arroje Vuesamercé media docena de esos revoltosos! ¡Y si Vuesamercé no se atreve, yo y mis hermanos se los mataremos!

Simplicidad ibérica. El Almirante, siempre ambiguo, responde:

—Cálmese Martín Alonso. Sigamos bien con estos caballeros. Dentro de unos días más, en caso de no ver tierra, reconsideraremos el rumbo...

Pero hay otras conspiraciones que preocupan. El Veedor tiene listas de nombres, verdaderas vetas de subversión que crecen en todas direcciones. Explica:

—No se confíe Vuesamercé. Tienen hombres en la Corte. No se enrolaron para seguir como Dios y los Reyes mandan, sino para traicionar todo el sistema. ¿Cree el Almirante que vienen en nombre de España? ¡Se equivoca!: ¡en realidad vienen huyendo de la civilización y de la cristiandá! Huyen de España y de Europa. Son saboteadores de nuestro Sistema...

Desenrolla y lee la lista de nombres:

—El Comendador Bobadilla, Margarit, el cura Buil. Guevara y Riquelme. Ojeda, que hasta está preparando una flota y lleva, para colmo, un gerente de la casa Berardi llamado Américo Vespuccio, el pariente de La Bella... Los hermanos Porras, Francisco Roldán, el boticario Bernal, Fonseca...

Estos por un lado. Aunque parezcan inocentes, llevan la subversión en el tuétano. Por el otro, mucha gente extraña, como los lansquenetes, que no se les entiende el habla y es por lo tanto difícil analizar la intención.

Hay uno temible, Mordecai, que se esconde en las sentinas de la *Vaqueños* y de la *Correo*. Vive en la penumbra, sobre los nidos de ratas. ¡Les dice a los hombres que son iguales, que se unan, que la propiedad es un robo! ¡Se ve que es un mal lector de Santo Tomás y del pobrecito de Asís! ¡Hasta dice que la religión es el opio del pueblo! ¿Se da cuenta el Almirante?

—¿Mordecai?

Y el Veedor:

—Es como llevar una infección. Algunos de los suyos intentaron serruchar el codaste de la *Vaqueños*. Estamos seguros: encontramos el aserrín. Por suerte mis agentes llegaron a tiempo. Una nao con el codaste serruchado se deshace como flor en el viento.

Hay también una familia de gitanos flamencos, los hijos de Jégel, que se esconden en sollados últimos. Sólo salen para hablar con la hez: los resentidos, los enfermos. Les prometen el paraíso...

—¿El Paraíso? —preguntó alarmado el Almirante. Y Sánchez de Segovia:

—Bueno... en sentido figurado. Dicen que el hombre debe tener su paraíso en la tierra y que ellos lo guiarán hacia él...

El Almirante se puso fuera de sí:

—¡Traerme a ese Mordecai y a los otros! ¡Buscarlos en las sentinas! ¡Doblar las guardias! ¡Torturarlos! ¡Echarlos al mar!

La noche de calma tropical sucede a un día de infernal calor. Sol a pique, las velas muertas, como cirio derretido en torno a los palos.

Tanto calor que los cueros resecos se ablandaron y hasta se derritieron. Sólo los campesinos gallegos se quedaron arropados en los sollados. Los hombres y los animales buscaron con desesperación el exterior. Pero sólo solazo y aire hirviente. Las gallinas, atolondradas, daban unos pasos por cubierta y caían fulminadas, con los ojos abiertos.

En su desesperación los labriegos, viendo dobladas las plantas de los almácigos, humedecieron —insensatos— las hojas sedientas con agua de mar. Fue como poner sal en los labios del febriscente. Las hojas tiernas se retorcieron por el salitre.

Se dilata y ablanda el hierro dulce de los clavos, escoplas y escobenes de las naos. Las bombardas queman como recién disparadas contra enemigos invisibles.

Anotó con fecha 13 de julio: "Los barcos están a punto de encenderse en llamarada, reventaron los barriles de agua y de vino, el trigo quema como fuego, el tocino y la cecina se asaron, para nadie."

Un potrillo enloqueció y hubo que echarlo a la mar. En su locura —contrariando el instinto— se echó a nadar hacia el Sur, hacia la línea del Ecuador, prueba de que su desvarío era total porque por instinto los animales avanzan o retornan, en el rumbo de certeza que lleva la nave. (¿O es que olió tierra hacia el Sur?)

Vimos sus crines bayas en la mar inmóvil y después ya nada.

Sabe el Almirante que en el punto cósmico de apertura que han alcanzado, el tremendo calor es un signo positivo. Proviene del fuego de las espadas flamígeras que guardan las Puertas.

A partir de la medianoche el clima se modera. El aire toma la temperatura del agua y empieza a correr con suavidad de gamo.

Pero no será viento apacible. El que llega es la terrible traconchana.

—¡Sopla de traconchana! —grita el guardia desde la cofa.

Avanza denso, húmedo, nupcial como un *sirocco* que hubiese envuelto una noche de amor de adolescentes venecianos.

Es un viento que levanta subterráneas inquietudes. "Trae hembra", como dicen en Nápoles.

Sabe el Almirante que su efecto será terrible en estos iberos

profundamente heridos en su sexo. Hay luna llena y recuerda el
proverbio de los marinos catalanes:

"Luna llena y traconchana
Pagarás tus pecados mañana."

Es dulzón y salino a la vez. Es un viento sudado. Envuelve
los rostros en un rocío lechoso. Baja a los sollados, donde la
marinería está echada, como una novicia loca, sólo vestida con
tules.

La sexualidad de la marinería ibera es como la de perros encerrados y en celo. Estalla inesperadamente, en general a través
de formas delictivas: estupro, abuso deshonesto, sodomía, violación; en síntesis —es duro decirlo— una sexualidad católica.

No escapa a su conocimiento que se arriesgan en la aventura
atlántica para conseguir hembras, para "soltar el perro" (o "para
lavar el sable", o "para verle la cara a Dios") como dicen en su
jerga de sentina.

Noche calma. Las velas hinchadas apenas para impulsar las
naos a la velocidad de nadador. En efecto, algunos se zambullen
desnudos (cosa infrecuente porque siempre se dejan puestos sus
sudados calzones y camisetas de frisa catalana). Nadan, chapotean, los más osados pasan bajo la quilla. Retornan izándose
por el gran calabrote que echaron por popa y que aprietan con
los muslos, como negros de Guinea trepando a una palmera
cimbreante.

Las velas henchidas en la noche de luna. Grandes senos opa-
linos. Ahora las naos son tres nodrizas portuguesas que van hacia el mercado.

Como otras pocas veces algunos suben a las jarcias y la cofa
y desde allí saltan hacia el seno de lona de la vela y se deslizan
hasta el pujamen, como en tobogán, para caer riendo en la cubierta. Vuelven a subir por las escalas de gato hasta los mastele-
ros para repetir, riendo, el juego.

Grandes ubres que contienen el viento. Triunfo taoísta de la
inacción que selecciona y conduce el impulso. Las velas con-
centran el poder femenino de las naves. Grandes hembras ma-
ternales, distantes. Serenas, señoriales madrinas.

Como quien no quiere la cosa muchos marinos maduros se acercaban a la borda que da a las regalas de babor y estribor (los llamados "jardines") para ver orinar a los jóvenes grumetes. Es un punto de reunión, de diálogo.

El Almirante comprende que están bajo el dominio de Afrodita la ineludible, diosa del amor nacida de las entrañas del mar. Esmerando el oído se puede escuchar el rítmico canto de las sirenas. Por proa, riendo y zambulléndose como delfines, pasan tres de ellas con sus tetas alabastrinas en el plenilunio. El Almirante ordena esquivarlas echando un borde. La Bobadilla le advirtió que debían huir de la voz de las divinas sirenas y evitar el territorio en que dulcemente cantan. Sabe que Afrodita les mira y les llena los corazones de dulces desvelos.

El Veedor, moralista, sugiere se repriman los desmanes: en La Correo algunos se acoplaron con las vacas, que mugen malamente.

Las treinta prostitutas que se consintió embarcar en Sevilla se ofrecen, contra lo terminantemente prohibido, al pie de los mástiles, en plena cubierta.

Muchos indeseables y clandestinos suben de los sollados con disfraces, a veces impúdicos. Aparecen inesperadas pelucas de hembra, calzones con bordados, hasta un traje de bailaora gitana.

El filósofo Jean-Loup Vasselin, el autor del Traité de la Modération, se suma a los que merodean por la primitiva pissotière del barco.

A medida que crece la noche se afirma el mercado sexual. Su primario, eterno, toma y daca.

Incansables, aumentan los que hipnotizados ruedan por el seno del velamen.

El Almirante no cede a las sugerencias represivas de Sánchez de Segovia y del Escribano. No oye las protestas demasiado prepotentes del padre Buil (Squarcialuppi y otros novicios pánicos y putones se le escaparon de los mamparos del sollado conventual armado a proa de La Colina y se mezclaron con la marinería. Dice que es fácil reconocerlos: abataclanados, desnudos, con las casullas por suerte no consagradas).

Hay susurros y jadeos. Se cargó la penumbra.

Uno de los indeseables de la aventura de Occidente camina por la borda, abrigado excesivamente con un paletó y oliendo a farmacia, hablando con el grumete Pérez, desdentado aragonés de camiseta agujereada y cuchillo colgado al cuello, que nada entiende de ese francés refinado refiriéndose a su "tante Léonie" y al campanario de la pequeña iglesita de Saint-Marcel-ès-Deux-Braguettes.

El amor perseguido y execrado debe recurrir a posiciones y lugares excéntricos. Algunos se demuestran como verdaderos acróbatas anales.

¿Dónde estaba, quién era, esa manola alocada que zapatea en el trinquete de la *Santa María*? ¿Es posible que sea Rodríguez de Escobedo, el Escribano?

El viento de traconchana saca hembra. Los hombres exudan mujer. De bajo la piel aparece la hermana, la enfermera, la prostituta, la monja núbil, la tía amable y laboriosa.

Desde el puente de popa el Almirante pudo ver a los cuáqueros y puritanos de la *Mayflower* que reman con las miradas brillando en la noche. Obstinados, tratando de desconocer el vejamen de sus irreductibles erecciones. Himpla, amenazador, el sexo de los pastores luteranos desde el fondo de sus multiabotonados pantalones.

Este molesto *rigor vitae* tampoco ahorró al padre Las Casas que solloza arrodillado frente al botalón de la *Maríagalante*, soportando las humillantes risotadas de los grumetes de turno.

El Veedor, con cuatro alabarderos fieles aprovechó la noche de traconchana para acechar y tratar de prender a Mordecai y los suyos.

Prueba de la conducta y la abnegación revolucionaria de esos subversivos fue que no salieron, no se dieron a la fiesta erótica.

Antes del amanecer vieron en el mastelero de *La Colina* la levítica, mesiánica, figura del barbudo Mordecai con su paletó manchado de sopa, haciendo señales luminosas, seguramente en clave secreta, a dos veleros ingleses con conspiradores que navegaban hacia el hemisferio Sur (eran la *George Canning* y el *Avon* que llevaba el perfil de Bolívar).

Lo vieron tarde: Mordecai, que tiene cómplices entre la marinería, la tropa, los indeseables y las putas, se escabulló hacia la sentina. No es raro que haya pasado de allí a *La Gorda* donde opera la central de copistas de los libelos subversivos que tanto mal están haciendo.

V isible es la puerta de tránsito hacia lo invisible, el Almirante lo sabía.

En su camareta consultó el mapa secreto, producto de tantos años de búsquedas, violaciones de correspondencia e intuiciones. (Todos pudieron leer las mismas cosas en los textos sagrados y profanos, pero sólo el elegido —el de la estirpe de Isaías— podría recibir la síntesis final...)

Se imponía navegar una cuarta al Sur, para mantenerse en la línea entre el Trópico y el Ecuador. Se avanza, indudablemente, por las zonas donde el abate Brandán, en el año 565, logró *transcender*.

No duda el Almirante que, a pesar de los desvíos y calmones, están en la zona de Apertura.

¿Será abandonado quien fuera merecedor de tantos signos indubitables? Las frutas extrañas, los pajaritos cantores, el inaudito calor y —sobre todo— el aroma inefable en la brisa nocturna: como de jazmines huidos, como de azahares robados. Signos que premiaron su arrojamiento cuando se desprendió —de puro temor al Demonio— de la encantadora perdición de la Bobadilla y del dominio de sus tierras sulfúreas (es sabido que la Boca de los Infiernos está cercana de la puerta de la salvación. Dante lo sabía, pero grave su error cuando aseguró que las Islas Afortunadas, las Canarias, eran el Paraíso terrenal. Irresponsabilidad de poeta).

Son largas, obsesivas, las horas del Almirante en el puente. No lo abandona ni al anochecer. Ordena que se mande a lo alto, a las cofas, a los grumetes de mejor vista. (Aunque sólo él, lo sabe, podrá tener el privilegio de la plena visión.)

A la luz titubeante del candil leyó sus anotaciones:

—"Más allá del Océano que rodea los cuatro costados del Continente interior que representa el área del Tabernáculo de Moisés, hay otra tierra que contiene el Paraíso que los hombres habitaron antes del Diluvio" (de Cosmas Indicopleusta en su *Topographia Christiana*).

—Coincidentemente: "Hay cuatro estrellas, en el otro Hemisferio, que sólo vio la primer gente" (Dante, *Divina Comedia*, "Purgatorio", canto I.)

—¿Por qué no hablaron Isaac y Jacob y describieron sus visitas al Paraíso? ¿Cuál fue el secreto que los obligó a callar?

—"Al ser expulsado, Dios consintió que Adán se llevara azafrán, nardo, palmitos dulces, canela y muchas semillas de frutales."

—"Hay en el Paraíso siete puertas de oro y setenta tronos de oro y diamante para los elegidos del Señor. La Tercera Casa del Paraíso es enteramente de oro y plata." (Joshua Ben Levi que logró entrar al Paraíso mediante la conocida e infame estratagema. Su testimonio, certificado por los rabinos de Génova, fue decisivo para los avales extendidos por la *Banca San Giorgio* y para el préstamo del financiero Santángel.)

—"*Más allá del Trópico de Capricornio hay una tierra habitable que es la parte más alta y noble del mundo, es el Paraíso Terrenal*" (Abate d'Ailly en *Imago Mundi*).

Pero no es oro, ni diamante, ni perlas, lo que el Almirante

busca. (No es su fin robarse las puertas de oro del Paraíso como si se tratase de un *casolare* abandonado en las afueras de Génova.)

Alto y grande, realmente inefable, es su propósito. ¡Volverá habiendo vencido a la muerte! Arrojará eternidad a los pies de la Reina Isabel. Descargará en esas costas afortunadas toda la moribundía del jadeante Occidente, como toneladas de pringoso carbón que palearán las rameras descaradas, los asesinos y los ambiciosos campesinos de sus naves.

(Como escribirá a los gerentes de la *Banca San Giorgio*: "Ningún hombre, desde los tiempos del Rey David, recibirá gracia parecida a la mía.")

Sintió que la cercanía del objetivo tornaba adecuado participar a algunos de los anuncios del Secreto. Hizo comparecer al rabino de a bordo, Luis de Torres (hasta ese momento enrolado como traductor), al zapatero proclive a las visiones Alonso Pérez de Cádiz y al Veedor Real.

El Almirante dijo:

—Caballeros, aunque de distinta condición sois, os convoco parejamente dada la especial naturaleza de lo que os debo comunicar. Es inminente la llegada a tierra. ¿Qué tierra? Naturalmente de Indias, de Oriente, probablemente Cipango u Ofir. Pero, y esto es lo importante, es probable que se trate de algo mayor. De algo grande... No sería extraño que alcancemos aquellas regiones inaccesibles que visitó el abate Brandán...

Tierras que tendrán un contenido distinto que el de su mero valor geográfico, productivo, terrenal... Confío en vosotros y en vuestra lealtad y os pido que estéis preparados: no siempre le es dado al hombre soportar la visión de Lo Grande...

El disimulado rabino, que fue el único que pareció haberlo comprendido, se echó de rodillas y murmuró, devoto:

—Eretz Israel! Se confirma la palabra de Jacob: este mundo es la antecámara del mundo por venir. ¡Debemos prepararnos en la antecámara a fin de poder entrar en la sala de recibo! (Talmund). —Y sollozó soplándose los mocos.

12 de octubre de 1492. Guanahani. El Almirante pasó la noche en el castillo de proa. Por fin, antes de la medianoche se produjo el signo de la espada flamígera (pero apenas perceptible, muy lejano, efectuado seguramente por un ángel desganado después de milenios de guardia rutinaria). "Era como una candela que alguien moviese de arriba abajo", anotó en el Diario.

Viento suave, de popa. Indica a los del gobernalle el punto del horizonte pero dicen no ver nada. Pero el repostero real, Gutiérrez, afirma que sí, que a él también le parece ver algo.

El Almirante, ante la inminencia, se encierra en la camareta y medita.

Siente temor. Miedo de desilusión. Miedo por la realidad. ¿Otra vez la realidad? ¿Y si fuera realmente sólo el Cipango o Cathay u Ofir con todo su oro?

Y ya grita Rodrigo de Triana desde la cofa de *La Pinta*. Son las dos pasada la medianoche. Amanecer en el Trópico: el alba con sus dedos de rosa va sembrando las más alucinantes tonalidades.

—¡Tierra a proa! ¡A proa, Almirante! —Agita la camisa. La voz andaluza rueda por el mar en calma y se quiebra contra la borda de la *Santa María*.

Se trepan a las jarcias. Salen de los sollados. Gritan, ríen, rezan. Cantan el *Salve Regina*. Se afeitan como preparándose para un domingo de toros.

El Almirante rehúye la torpe exultación. Se recoge en la camareta. Comprende que no hay en esa costa, que ya se ve nítida, un monte eminente. Tampoco hubo la violenta marea que absorbería las naos hacia el centro del Paraíso.

Aquello no puede ser otra cosa que sus luminosos arrabales. Las tierras por donde anduvo el abate Brandán.

Sentía que todavía les esperaban duros trabajos de mar y de Corte. Que aún no le había sido concedido pasar de la periferia al *omphalos* del Edén. Que todavía vería a los hombres desencadenando la misma vida, la repetición, la misma desdicha, el quebranto de los sueños, el aburrimiento, la muerte.

188

Sabía que debería seguir por los senderos del mar, confiando en el buen rumbo, a la espera de la verdadera Apertura.

Pero todo esto no puede decirlo, calla. Anota este famoso pasaje de su diario:

"Amañaron todas las velas y quedaron con el treo, que es la vela grande, sin bonetas, y pusiéronse a la corda. Era una isleta de los Lucayos que se llama *Guanahani*. Luego vinieron gentes desnudas y el Almirante salió a tierra en una barca armada con Martín Alonso Pinzón, Vicente Yáñez Pinzón, Rodrigo Sánchez de Segovia y el Escribano Rodríguez de Escobedo, para que diera testimonio de que tomaba posesión de la isla para su Rey y su Reina, sus señores. Para mantener amistad con los desnudos les di a alguno de ellos unos bonetes colorados y unas cuentas de vidrio que se ponían al pescuezo y otras cosas sin valor con las que tuvieron mucho placer..."

4 de agosto de 1498. El omphalos. En la verdadera vida del Almirante, el día que sigue al 12 de octubre de 1492 es —curiosamente— el 4 de agosto de 1498.

Eran días y días de resolana. Los desiertos del mar. Las aguas ardidas. Noches de húmedo rocío.

Jadeo de las tierras tropicales. Aire de América que es aliento de perro febril.

La costa de la península de Paria, a lo lejos. Monótona cinta dorada. Ribete de espuma de mar feliz.

Refulge en la noche la cabeza del Almirante, es debido a las incrustaciones de sal y corpúsculos marinos que al corromperse fosforecen. Es una gran cabeza, similar a esos cráneos de cristal de roca con que se entierran a los jefes en las exóticas tierras que están bordeando.

El sol de la mañana lo enceguece. Su vista está ya peligrosamente disminuida, fatigada por la obstinada búsqueda de signos de apertura, de epifanía. Sus párpados entrecerrados como dos cueros resecos que lo protegiesen de la resolana.

El viento es casi nulo en esos días. La proa de la Capitana

avanza en un agua clara y quieta. A lo lejos, el hilo blanco de las playas. Verde de palmas. Espuma.

Hace treinta y tres días que el Almirante no duerme. Apenas come. Durante el día divaga, murmura perdido en el resplandor caliente y enceguecedor. Por momentos delira o grita. Confunde los seres reales con los imaginarios.

Los hombres, a lo largo de estos años le han perdido el respeto. Se burlan. Le dedican trompetillas cuando está de espaldas. Le desean la muerte; pero temen que muera (como suele ocurrir con todos los autócratas). Desde la borda de *La Vaqueños* las prostitutas se mofan.

Ni siquiera es bien atendido. Vive como preso en el castillo de proa o de popa. Sólo se acuerda de él el lansquenete Ulrico Nietz que en las horas de infernal calorón trepa la escala para acercarle el botijo de agua fresca. El lansquenete anotó unos versos que compuso conmovido por la grandeza del Almirante:

"Abierto es el mar. En su denso azur
Húndese mi proa genovesa
Sólo tu ojo —infinitud—
Que inmenso, me vigilas."

Por fin llegó el día ansiado, el día al que estaban destinados todos los sacrificios: el 4 de agosto de 1498.

Narra el Almirante en su carta a la Reina Isabel: "Al Paraíso Terrenal no puede llegar nadie, salvo por voluntad divina.

"Alonso Pérez vio montes, tres puntas de montes, y bauticé el lugar *Trinidad*.

"La navegación ya no transcurre en el plano meramente horizontal, como pueden creerlo los pilotos y la marinería. Estamos ascendiendo por el sendero de mar. La estrella del Norte se alza, al anochecer, cinco grados. Estamos en zona de gracia. Hallé temperancia suavísima y se ven en la costa árboles verdes y hermosos como en las huertas de Valencia. La gente que se va viendo tiene linda estatura y son más blancos que los antes vistos. Sus cabellos muy largos y lisos...

"Nos alzamos porque la tierra no es redonda. Estamos en el extremo del mundo, debajo de la línea equinoccial y en el lugar del planeta más próximo al Cielo..."

Durante los tres días últimos estuvieron casi inmóviles, esperando. El Almirante dormitaba al pie del trinquete.

Con la voz reseca, le había dicho a Luis de Torres: "El espacio se abrirá. Las naves tendrán que ser arrastradas por una violenta corriente de agua o viento, o ambas cosas. ¡Es la Apertura! La unión. ¡El lugar de la transcendencia!"

Y así fue. El 4 al atardecer vieron que avanzaban grandes corrientes de agua que abrían la mar como canales. Como continuación de un gran río de tierra.

Anotó el Almirante en su relación: "Llegó una terrible marea. Una gigantesca ola avanzó desde el sur con un espantoso rugido y levantó al navío por el flanco suscitando un terrible griterío de miedo y varios heridos entre los escépticos."[1]

Agregará el Almirante, estando ya en Sevilla: "Hoy mismo al escribir esto siento la misma sensación de horror. Se levantó una cresta de agua tan alta como una montaña."

Se arrodilla en la camareta. La emoción del elegido del Señor. Llora con abundancia y los lagrimones dulces abren surcos en la máscara salina de su rostro. Lavan sus ojos heridos por la luz y el insomnio.

Debe controlar su pulso cuando escribe a la Reina: "El Señor hizo el Paraíso Terrenal y en él puso el Árbol de la Vida. De él nace una fuente de la que nacen los cuatro ríos principales del

---

1. *N. del A.*: El relato del Almirante coincide notablemente con el de otro buscador, protagonista de otra memorable navegación, pero metafísica, René Daumal. Escribe en el *Monte Análogo*: «Estábamos echados en la proa del barco. Se levantó de pronto un súbito viento o, mejor dicho, una poderosa aspiración que nos empujó de repente hacia adelante. El espacio se hundió delante de nosotros en un hueco sin fondo, en un abismo horizontal de aire y de agua enlazados en círculos. El barco crujía en todas sus cuadernas lanzado al centro del abismo.» (Cap. IV «Ingreso en la dimensión del Monte Análogo».)

Paraíso. ¡Bogamos en este momento en las aguas de la fuente original!"

Hace un rápido croquis en el margen de su famosísima carta y agrega: "Como he dicho antes, el mundo no es redondo sino que tiene la forma de pera, muy redonda salvo allí donde tiene el pezón que allí tiene más alto. O como quien tiene una pelota muy redonda y en lugar de ella hubiesen puesto una teta de mujer y que la parte del pezón fuese la más alta, cercana al Cielo y por debajo de él fuese la línea equinoccial. Todo esto que digo, en el fin del Oriente. Y llamo 'fin del Oriente' adonde acaban toda tierra e islas del mundo..."

Oye que las aguas se van calmando. ¡Ingresan!

Ahora, menos asustados los grumetes, las prostitutas, los frailes, los asesinos liberados en Cádiz para civilizar América, los indeseables filosóficos, los labriegos esperantes, osan acercarse a las bordas y respiran el aire dulcísimo.

Están en el *omphalos*.

El Almirante, imponente y ahora sereno, con toda majestad se para en el castillo de popa y como ejecutando un ritual que todos comprenderán, procede a desvestirse hasta quedar completamente desnudo.

¡Esta vez hasta se quitó los calcetines!

Cuatro

LA TIERRA

Cronología

1498
Aire dulcísimo. Seres bellos y simples. El lansquenete Swedenborg y el habla angelical. Desnudez paradisíaca. Anacaona, Siboney, Bimbú.
"Llegaron los dioses barbados y transmarinos."

1499
Ordenanza de Desnudez y *Ordenanza de Estar.*
El fin de la Culpa. La última misa. Ulrico Nietz
y el nacimiento de la suprahumanidad. Colón
religado. El padre Las Casas y la evidencia del
Dios Ausente.

1499
Roldán: la primera revolución americana. El
burdel de La Diabla. Fiebre del hacer. Los ángeles en cadenas. El fin de un trágico error teológico. El saqueo del Paraíso.

11 Ahau
Informe a Technotitlán: "Llegaron los grandes
amontonadores de piedras para construir." Sus
mastines bravos. El fin de un ciclo solar.

1500
La muerte vuelve a Castilla. El fin de la Secta.
Fernando firma la orden de captura del Almi-
rante. Rebelión de los perros. Colón en cadenas.
Las Puertas del Este desmontadas y enviadas a la
Universidad Católica de Bruselas.

194

Magnífica mañana de abril. La Corte había acampado desde una semana atrás en una pintoresca vega, no lejos de Almagro, en su marcha entre festiva y administrativa, hacia Barcelona.

Al amanecer salían los caballeros, los peones y las jaurías capitaneados por Fernando. Acechaban jabalíes manchegos en los pantanales del lado de Alarcón. Codornices y pavos de monte víctimas de los dardos de ballesta. Para Isabel y las damas era una fiesta de guisado de vaca con ciruelas, migas, huevos a la flamenca, tocinillos del cielo, cochinillos lechales, perdices a la sidra. Por unos días se liberaban de la dictadura de los cocineros francos y piamonteses con su refinamiento prepotente. A veces ellas mismas cocinaban asesoradas por las viejas del lugar. Las risas rodaban por la vega de agua fresca hasta las mesas donde trabajaban, ceñudos, los funcionarios.

Ahora era un Imperio. No más un reino agrario-colonial. Había un Departamento de Cartografía y los pobres especialistas alemanes y portugueses trabajaban al aire libre protestando por las hojas que caían y por las frecuentes cagadas de los gorriones insolentes que hacían correr la tinta de las Tierras Nuevas.

Casi sin darse cuenta, aquellos hombres que conversaban en las mesas cubiertas con brocatos, en torno al Rey Fernando, manejaban lo que ya era la primera potencia mundial. Resolvían las cuestiones globales entre anécdotas de caza y lecturas de informes de sus embajadores.

195

Isabel había salido corriendo de su tienda con la Marquesa de Moya, para capturar a *Diana*, la perra perdiguera que no resistía la tentación de arrimarse a la jauría cazadora de Fernando que aullaba de lujuria frustrada.

El informe que los mensajeros habían traído al amanecer era harto importante. Cambió el humor de Fernando. Logró enfurecerlo y ni el Cardenal Cisneros ni Andrés de Cabrera, el más fiel de los *SS*, podían distraerlo.

Lo desesperaba la posibilidad que se insinuaba en la importantísima carta del Almirante: que un Imperio como el que dirigía pudiese ver alienadas sus mayores tierras, su potencial, en territorios sagrados, intangibles como el recinto de las iglesias y de los cementerios debidamente consagrados. Gritó:

—¡Maldito genovés! ¡Se le manda por oro y tierras y él nos devuelve una caja con moñito llena de plumas de ángel!

"¿Es posible que sea el Paraíso Terrenal? ¿Cómo es posible que haya ido a dar justo allí? ¡Sansirolé! Con su sanata de místico de afición. ¡Demagogo celeste!

Se hizo leer nuevamente algunos pasajes de las cartas.

—Eso del seno de mujer...

Isabel ya lo oía. Llegaba arrastrando a *Diana*, a la retranca, con una cadenilla que le tironeaba del cogote. Dijo:

—Majestad, la verdad es que nuestro Almirante nunca creyó que la tierra era redonda. Estábamos juntos en Santa Fe cuando nos comunicó sus últimos secretos geográficos: que la tierra es plana para la instancia humana, pero esférica, aunque no perfectamente redonda, en el orden cósmico, como lo son la mayoría de los planetas... Ahora no se contradice cuando nos explica que tiene forma de pera o de pelota con teta de mujer, perdonen vuesamercedes la expresión. Pero si es cierto lo que nos comunica, todo el orden del mundo cambiará, desde ya Roma no podrá seguir siendo sede del Vaticano, sólo tendrá sentido la mística, nadie tendrá derecho a seguir privilegiando la banalidad de las cosas terrenales... —Bajó los ojos, en significativo recogimiento.

Fernando, cada vez más impaciente, dio disimuladamente

una mala patada en el costillar de *Diana* que se había acercado cariñosamente a husmearle la bragueta.

A su lado la Aldonza Alamán, vestida con llamativo traje de *condottiero* y con un antifaz negro donde sólo brillaban sus ojos pícaros, gozaba con el trasfondo de la discusión de los reales cónyuges.

—Pero ¿es posible que se trate realmente del Paraíso Terrenal? ¡Padre Talavera, por favor!

Avanzó el padre Talavera que hasta entonces se había mantenido entre los cortesanos de segundo rango, apoyado contra un chopo (ése era su sabio modo para estar siempre en la primera línea para los asuntos de Estado).

Fernando siguió:

—¡Quiere decir que desde 1492 hasta ahora, en seis años y a pesar de los centenares de personas que pasaron a América, al Almirante no le interesaba otra cosa que dar con el Árbol de la Vida...! ¡Sólo le interesaba el centro del Paraíso y no sus formas exteriores! Por eso abandonó las islas, la Hispaniola, que están como están. ¡Para seguir buscando! Nos metió en gastos increíbles. ¡Si es como él dice habría que mandar la factura al Vaticano! ¡Padre Talavera!: ¿es realmente el Paraíso Terrenal? ¿Es posible?

El padre Talavera duda. No sabe qué responder. Es como cuando una vieja beata informa que la Virgen María le pasó un mensaje. Nada más molesto para la rutina de un cura que la evidencia de lo divino. (Todas las religiones y prédicas nacen de la incredulidad y la nostalgia que buscan respuestas forzando los géneros literarios establecidos.)

El padre Marchena, que estaba a su lado, habló:

—Es evidente que hay cierto aroma de Paraíso... Algunos detalles coinciden con la palabra de los Padres de la Iglesia. Hay frutas exóticas y flores... ¡Un aire delicadísimo, grandes ríos, seres desnudos y blancos!

Y Talavera:

—Sí padre, es verdad. Pero ¿cuál es la interpretación teológica aceptable para la Iglesia? ¿Qué significa hoy el lugar donde *estuvo* el Paraíso Terrenal? ¿Podría el hombre entrar en él, labrar sus tierras y explotar sus riquezas? ¿Es tierra consagrada, tierra de Dios? Creo interpretar la justa preocupación que noto en Su Majestad el Rey. Que sean tierras útiles o tierras imposibles para el tráfico humano... ¿Es *res derelictae*? ¿O es *todavía* residencia, aunque fuese discontinua, del Señor?

La serie de interrogantes agrava la inquietud de Fernando:

—En realidad el Vaticano no tendría por qué rever la cuestión. El Papa Alejandro fue claro en Tordesillas: todo lo que hay a partir de 350 leguas al Oeste de Cabo Verde, pertenece a España.

(Fernando recordó el secretísimo acuerdo de Löches [Torrejón] que el Pontífice había honrado enteramente al acceder a la cátedra de Pedro.) Miró al Nuncio que asintió con visible prudencia. Comprendió que su argumento, demasiado profano, casi torpe, no convencía ni doblegaba las graves cuestiones que planteaba la carta del Almirante.

Para colmo Isabel tomó las misivas en sus propias manos y se puso a leer:

—..."Es una arboleda de maravilla, las islas son verdes, las hierbas crecen como en Andalucía en abril. Es tal el cantar de los pajaritos que el hombre jamás querría partir de aquí. Hay bandadas de papagayos que oscurecen el sol y aves y pajarillos tan diversos de los nuestros que es maravilla... Por su parte esta gente es muy mansa y muy temerosa, desnuda anda, como he dicho, sin armas y sin ley. Tienen el habla más linda del mundo; siempre con una sonrisa. Aman a sus prójimos como a sí mismos..."

Fernando notó que la Reina se conmovía. Era evidente que estaba ingresando en una de sus peligrosas zonas místicas. La Corte la escuchaba embobada. Había que interrumpir:

—Pero enantes habla del oro. ¡Casi no hay página donde no hable del oro! ¡Ahora sabe que en las islas no hay casi oro y abandona los proyectos y sigue con su búsqueda sin debida autorización!

El padre Marchena se atrevió a decirle:

198

—¿No es lícito que quien haya ido por el tigre nos entregue la piel del ángel? Puede tratarse de un acto de honestidad... Sin osar contradecir a Su Majestad, no hay que olvidar que el oro, como testimonian tantos Padres de la Iglesia, es también señal del Paraíso Terrenal. Sus Portones, sin buscar más lejos, son de oro, lo dice la Biblia.

Muchos sinceros católicos entre los cortesanos, sintieron con cierta desesperación que el genovés no dejaría ni las bisagras. Ninguna fidelidad al Rey podría consentir el saqueo del Paraíso.

—Oro y perlas y algunas piedras preciosas pueden ser signo indudable del territorio del Paraíso. Como así también la proliferación de azafrán y de culebras. Ningún teólogo serio lo negaría...

Fernando, furibundo, fulminó con una mirada al padre Marchena. Isabel asentía al prelado. Se la veía ganada para la causa del Paraíso.

Fernando se lamentó para sus adentros de no haber recomendado a Aguado detener al genovés y su parentela antes de que zarpase de Hispaniola. Fue un error. Con su instinto político —que Maquiavelo elogiará— intuía que se estaba iniciando un expediente de muy peligrosas consecuencias: ¡un Imperio mitad poder y mitad aire celestial!

Además, con las cartas del Almirante, los curas se agrandaban. Podían entrometerse. Pretender que la cosa de América sea cosa teológica.

Isabel dijo:

—¿Acaso no esperamos durante todas nuestras vidas la liberación de las cadenas de lo terrenal? ¿No será que el Señor nos ha dado el supremo privilegio del retorno?

Era evidente que en su voz había ecos de las divagaciones secretas del Almirante.

—Una vez que hay evidencias, tememos. En la crasa cotidianidad, buscamos. ¡No neguemos la presencia de Dios! ¡Haya grandeza! ¡Tierras más, tierras menos, qué importa! ¿No fenecen y se olvidan los imperios? ¡Coraje! ¡Eso os pido! Coraje para estar a la altura de la epifanía. ¡Amén!

Cerró los ojos y después, ante el acongojado silencio de los sermoneados, se puso a buscar a *Diana* que traveseaba debajo de la mesa y se retiró con la Marquesa de Moya y sus damas. Era ya hora de preparar los tocinillos del cielo.

Se podía iniciar una grave crisis de Estado. Fernando llamó a Santángel. Esta vez el genovés había golpeado duro: descolocaba a la judería que quería tierras para terminar la diáspora, burlaba los intereses de sus banqueros y quebraba la unidad —terrenal— del Imperio.

Santángel recibió todas las preocupaciones del Rey. Eran justas. Fernando preguntó:

—Qué dicen los de la *Banca San Giorgio*? ¿No ven el peligro? ¿Se dejarán embaucar?

Y Santángel sumiso, realmente convencido de la gravedad del problema:

—Escribiré hoy mismo. Advertiré hoy mismo.

A ire dulcísimo, sol alto, mar fresco y salino. Sus olas corren suaves, se escurren y quiébranse en una playa de arena blanquidorada. De una palmera cayó un coco que se abrió, invitante, con su leche sabrosa que conserva la temperatura del rocío, como es sabido. En lo alto, un mico juguetón hace dos piruetas, saluda y desaparece en la fresca espesura.

Imponente, avanza el Almirante. Completamente desnudo, con su melena del color y en el estado de la de un león con muchos años de tráfico circense. Su vientre blanquecino y laxo cae en tres sucesivas ondas sobre un pubis canoso (señal de madurez, de años no vividos en vano). Sus piernas largas y delgadas sosteniendo su cuerpo voluminoso, diríase un mosquito que se hubiese atragantado con un garbanzo.

—Esta es tierra del Señor —dice con unción.

Está rodeado por la oficialidad y el clero con sus trajes de ceremonia. Estandartes de Castilla. Trompetas y tambores. Suenan siete disparos de bombarda cuando el Escribano lee el Acta de posesión, de estilo. (Está molesto por la circunstancia. En 1492 el Almirante la había firmado vestido con capa dorada, sombrero emplumado y espuelas de oro.)

Bandadas de loros. Papagayos azules, amarillos y rojos. Algunos silban a coro, otros protestan en una lengua indescifrable pero dulce.

Aves del paraíso, nunca vistas. ¿Cómo nombrarlas? Referirlas a las de España sería degradarlas al color sepia de los libros de ciencia.

La marinería se sumerge en la baja marea para observar peces con colas abiertas como biombos tailandeses. Son pájaros submarinos. Se ve que en esas tierras los colores no se ahogan ni se destiñen como ocurre en los mares fríos. Peces de visible bondad: se acercan para besar los tobillos de los extasiados bañistas que ríen del cosquilleo.

La brisa que sopla del mar cosecha para los hombres: aquí cae una papaya madura, más allá una piña, un mango, un aguacate.

Sabido es que los ángeles, como se lo explicó al Almirante el lansquenete Swedenborg, no andan del todo desnudos sino en el cielo más recóndito.

Los que vieron aparecer a la luz del mediodía, entre resplandores enceguecedores de arena dorada, estaban completamente desnudos, salvo algunos de ellos, mujeres, que llevaban una nagua brevísima y no del todo opaca.

Alegróse el Almirante. Aquello era la prueba definitiva Exaltóse en su convicción, ya sin retorno posible. Sentía como la ebriedad poética de Dionisio.

Le dice Swedenborg:

—Los que habitan en lo recóndito del cielo están desnudos, pues han morado siempre en inocencia y lo que a este estado corresponde es la desnudez. Le hago notar que el lenguaje de los ángeles suena como una melodiosa y suave corriente continua de palabras donde predominan las vocales *u* y *o*. ¿Los escucha Vuesamercé? La cantidad de vocales que acumulan en los fonemas depende del estado afectivo...[1]

Pero el Almirante no presta mucha atención. Le dicta al Escribano un pasaje de su "Diario":

—"Luego que amaneció vinieron a la playa muchos de estos hombres, todos de buena estatura, gente muy fermosa: los cabellos no crespos, salvo corredíos y gruesos como sedas de caballo y todos de la frente y cabeza muy anchas y los ojos muy fermosos y nada pequeños. Ninguno es prieto, tienen más bien el color de los canarios. Traían ovillos de algodón hilado y papagayos y azagayas y todo daban por cualquier cosa. Y yo estaba atento y trabajaba para saber si había oro. Se asomaron algunos viejos y daban grandes voces para llamar a los tímidos hombres y mujeres y decían: *¡Venid a ver los hombres que vinieron del Cielo! ¡Traedles de comer y beber!*"[2]

El Almirante no tenía dudas: estas eran las tierras que había evocado, en una lejana y lluviosa tarde de Génova, el padre Frison. Dijo al Escribano:

—Es notable, pero aquí no hay miedo. Ni siquiera en los pájaros, mire, se posan en los hombros de la gente. Observe allá: ¡los peces se dejan tomar con la mano! —Y le dictó—: "Había perros que jamás ladraron (curiosos perros mudos incapaces de creer que algo se pudiera robar). Había maravillosos aderezos de redes y anzuelos y artificios de pescar. Árboles y

1. *N. del A.*: Estas y otras comprobaciones del lansquenete Swedenborg que se leerán aparecen en su conocido libro *Del Cielo y del Infierno*.
2. Este malentendido de raíz teológica tendrá trágicas consecuencias. En 1492 había en la Hispaniola unos 250.000 indios. En 1538 sólo quedaban 500. La población indígena de América pasó del 100 % en 1492 al 5,9 % en 1942. Véase Ángel Rosenblat, *La población indígena de América 1492-1950*. Buenos Aires, 1954.

frutas de muy maravilloso sabor. Aves y pajaritos y el cantar de los grillos en toda la noche, con que se holgaban todos. Ni frío ni caliente: los aires sabrosos y dulces. Grandes arboledas, las cuales eran muy frescas."

El Almirante comprueba que sus hombres, ya alejándose de la sórdida querella de cada día, sonreían con placer. Los asesinos y salteadores con sus terribles cicatrices y los rictus de maldad, las maceradas prostitutas, los traficantes y los curas, sonríen embobados. En ese ambiente de calma y distensión muchos ya tienden a la desnudez: se bañan en el mar sólo con pantalones.

El lansquenete Swedenborg le hace notar que el aire del Paraíso está beatificando incluso a los más infames:

—Poco a poco cesará en ellos la gula, la ambición, la lujuria...

E l *tecuhtli* de Tlatelolco estaba un tanto alejado, junto al cacique Guairanex y otros jefes tainos observaba desde el palmar a los dioses venidos del mar.

Después decidióse a acercarse disimulándose con un grupo de amaestradores de papagayos. Los estudió de cerca. Los recién venidos tenían todos los signos de las profecías, eran los anunciados por Quetzalcoatl. Preparó un mensaje para enviar inmediatamente a Tenochtitlán:

"Los tan esperados, han llegado a estas islas de los tainos. Con infinita bondad regalaron bonetes coloreados, cascabelitos de inefable son y piedrecitas brillantes, seguramente de un carísimo mineral de otro mundo. Son barbados, de un blanco que más blanco imposible, huelen hondo y conocen el uso del fuego y de la rueda.

"Parecen humanos. Pero son más que humanos. (Poco se parecen a los humanos blanquiñosos que habitan en las lejanas tierras tristes y enneblinadas del Oriente.)

"Es tanta su bondad que parecen lelos: se quedan mirando los colores de los pájaros más corrientes y se zambullen, hasta quedar sin aliento, para observar a los peces. Todo los maravilla, todo los asombra. Y nada miran con más éxtasis y dulce entrega que las mujeres: se amontonaron en torno a la princesa Anacaona, uno pellizcó —pero sin maldad alguna— a la cacica Siboney.

"Hay dioses jefes, de primera, y dioses menores y traviesos que deben rendir obediencia y servicio.

"Sin duda alguna, no son los *tzitzimines*, los demonios que se cobijan entre las sombras del cielo de Oriente."

Tomado el mensaje, el *tecuhtli* retornó al palmar cuando Guaironex ordenaba a las vírgenes alinearse para iniciar la danza de bienvenida.

Los iberos chapoteaban en esa agua irresistiblemente pura y fresca. Algunos se secaban a la sombra del palmar que murmuraba a la suave presión de la brisa.

Enceguecía, en realidad, la luz del mediodía. El Almirante debía fruncir la frente como el miope que busca una moneda en la penumbra.

De la arena y del mar se levantaban vapores. Todo se contoneaba. Los finos troncos de las palmeras parecían bailar, menearse, cuando ya se oían los tamboriles y caracoles que traían el ritmo sensual, espeso, del malleón.

Y allí, entre esos velos calientes del aire, donde la forma humana parecía esfumarse en resplandor, vieron avanzar la hilera de vírgenes precedidas por las princesas. Caonabó, Siboney, Anaó, la deliciosa Bimbú. Con gracia seguían el ritmo de los tamboriles.

En la tropa se instaló un silencio denso, similar al que anega a los cortesanos cuando entra el Papa. Las voces se cerraron. Quedaron enredados en el encanto, mudos, concentrados en la vista.

Empujaron de mala manera al lansquenete ciego Osberg de Ocampo que seguía monologando cuando ya todos estaban mortificados en aquella delicia que obligaba al cerrado silencio.

—¡Cállese, carajo! ¡Huevón!

—Caram-ba, caram-ba —murmuró el lansquenete, siempre ausente de la realidad de los otros.

Anacaona, de maravilla. Piel canela y cobriza. Giraba con las piernas abiertas siguiendo el *areito*. Por momentos el son se aceleraba, cumbanchero, y ella movía las grupas con una rapidez que no le costaba gracia. Una verdadera protomulata de fuego.

Desprendió los cintillos de su tanga y quedó completamente desnuda. Ritualmente desnuda: para simbolizar delicadamente que recuperaba su doncellez ante los dioses nuevos, ante el nuevo ciclo teogenético.

El Almirante, despojado de toda banal sensualidad, con majestad pontifical de verdadero descendiente de Isaías, se alejó y ascendió a una duna. Allí se hincó.

—¡Aleluya! ¡Aleluya! —Y tuvo un recogido recuerdo para Isabel, su cómplice en la aventura del Paraíso.

Sintió que había llegado al final de la tribulación. En sus rodillas, el calor acogedor de esas arenas del Paraíso de Abraham, de Isaac, de Jacob y, sin falsas modestias, de Colón.

Las naos fueron ancladas en el puerto natural.

Empezó un intenso lanchaje de desembarco. Bajaban herramientas para poder trasladar y reconstruir un mundo en otro.

Laboriosamente bajaron la gran cruz que traían amarinada a proa. La falúa casi se tumbó.

La plantaron sobre una duna —imaginando un agradable monte-calvario— entre la espigada y grácil población de palmeras. Era la cruz-horca.

205

El Almirante, algo retirado del resto de su gente, juzgó necesario llamar al padre Buil y a Las Casas. Los vio cruzar la arena dorada. Con sus renegridas sotanas parecían dos murciélagos equivocados, humillados por la luz.

—Ha cesado la muerte —les anunció—. Estamos en tierras de eternidad. Esta es la Casa, o mejor el Jardín, de donde Adán fue expulsado por su error, por la malicia connatural de la hembra. Tal como decía la profecía sólo siguiendo a un descendiente de Isaías podríamos lograr el retorno. Hemos transcendido. Este hecho cambia nuestras vidas y seguramente el destino del mundo. Tratad de guardar la calma y de comprenderlo. Sed prudentes, como ministros de Dios que sois. Los hombres de nuestra grey no están preparados. Pero poco a poco sus nubladas almas se irán abriendo a la verdad. Ya hay signos... Es importante que les enseñéis que sean prudentes con los ángeles... Que no confundan su mansedumbre con estupidez. Como alguien ha dicho, todo ángel puede ser terrible...

El lansquenete Swedenborg, uno de los indeseables, que tanto los curas como el Veedor real miraban con desprecio, se puso a asentir moviendo la cabeza con descarado entusiasmo. Estaba echado en la arena, a pocos pasos del Almirante, con un casco escandinavo de hierro pesado hundido hasta los ojos.

Buil lo observó con tentación inquisitorial. El Almirante prosiguió:

—Dijo el Apóstol: "Por un solo hombre entró el pecado en este mundo y por el pecado la muerte y así la muerte pasó a todos los hombres." Es una gran realidad. Pero ahora nos es dado retornar por el camino, desde la mortalidad hacia la beatitud de la no-muerte, el mundo sin muerte. El Señor ama la simetría: uno nos perdió, Adán, uno nos reconduce al Jardín de eternidad, creo que soy yo...

"No olvidemos la palabra de Dios: 'Al que venciere le daré de comer del Árbol de la Vida que está en el Paraíso.' Y nosotros hemos vencido al mar tenebroso y ya estamos gozando el premio...

"Pero no os equivoquéis: este no el lugar de las almas justas, de los difuntos salvados. No. Este es el primer ámbito del hombre antes de su caída y de su condena a muerte. Es el Jardín de las Delicias. Recordad a los poetas... No se trata del alma eterna sino de la maravillosa eternidad de los cuerpos. ¡No hay Culpa! ¡No hay pecado! ¿Habéis visto a la marinería?: hasta el más canalla sonríe y entrecierra los ojos extasiado ante los ángeles desnudos, el trinar de las avecillas, el color de las cacatúas y las travesuras de los monitos que nos ofrecen bananas pero nos tiran cacahuetes... ¡Alabado! ¡Alabado sea Dios!

Y el Almirante, ya con la impudicia del justo, se arrodilló exhibiendo la palidez notarial de su trasero a los frailes descentrados por la severa intromisión de lo divino en la rutina del valle de lágrimas. El Almirante, al revelarles la realidad del Paraíso Terrenal descolocaba a los profesionales del delirio que quedaban como chingolos perdidos en la niebla ante la teología invadiendo la realidad. Sintieron una ráfaga de pavor al pensar que Jehová podría estar próximo.

Noble y joven, de reacciones sinceras, Las Casas se hincó y se puso a orar con devoción, detrás de Colón.

Fue entonces cuando pudo enterarse del secreto que hasta entonces sólo conocía Susana Fontanarrosa y que Colón había ocultado siempre tras la densa malla de sus calcetines: entre el segundo y tercer dedo de cada pie había una membranita unitiva, como la de los patos y otros animales de ambiente acuático-terrestre. El Almirante era palmípedo y —ya no cabían dudas: preferentemente anfibio—.

El padre Buil veía en el lansquenete Swedenborg un atroz herético, uno de esos teólogos independientes e inconscientes que van solos hacia la hoguera y hasta llevan el yesquero.

Mientras que el espiritual Las Casas se inclinaba a aceptar la revelación del Almirante, él —hombre del aparato de la Iglesia, sin más pretensión religiosa que la investidura obispal— mantenía sus reservas. Se resistía a aceptar una evidencia no literaria del Misterio.

Sentía una eclesiástica repulsión ante el desnudo, aunque fuere el de un místico. Comprendía los malos comentarios que había escuchado en la curia de Sevilla sobre Colón. Y entendía el peligro de su relación con la Reina. Era una convergencia de alumbrados, de iniciados de la secta del Paraíso.

Nada peor para la estabilidad de la Iglesia que los iluminados, más papistas que el papa. Tanto Isabel como Colón se ponían más cerca de Dios que el clero reconocido y titulado. Se indignaba.

Y para colmo Swedenborg que se le dirigía con insolencia, sin guardar distancia de raza ni respeto ante la ortodoxia:

—"Sí, son ángeles. Y los ángeles sólo hablan y andan desnudos en la parte central del Paraíso." (En los arrabales del Edén andan con vestiduras esplendentes.) Nosotros, padre, no podemos comprender ni sus códices ni sus palabras. Pero si quisieran que comprendamos, lo lograrían...

—Es cosa suya tenerlos por ángeles. No creo que los ángeles anden orinando sin buscar rincones, ni que muestren la rasgadura de Belcebú, como éstas, las ángelas, cuando se agachan... —dijo agresivo el cura Buil. Y Swedenborg:

—Fornican y comen. No se equivoque, padre, es absolutamente normal. Lo dice el mismo san Agustín, que usted respetará seguramente como dogma de la Iglesia: "Allí, en el Paraíso Terrenal, el hombre seminaría y la mujer recibiría el semen cuando y cuanto fuese necesario, siendo los órganos de la generación movidos por la voluntad, no excitados por la libido..." Y observe, padre, lo que agrega el de Hipona: "¡Dios nos libre de

208

sospechar que engendraron sus hijos con intervención del torpe apetito!"

La insolencia del lansquenete le pareció insoportable. El cura, por mucho menos había visto quemar gente en España. Le interrumpió:

—¿Pero no se entera de nada de lo que pasa aquí? Hemos encontrado sodomitas acoplados sin vergüenza entre las palmeras, formando el nefando animal de cuatro patas y dos cabezas. Mis informantes lo vieron. Varias veces. ¡Dos de ellos no tuvieron vergüenza de exhibir sus acrobacias rectales ante mí, hombre de Iglesia! ¡Y ni hablar de esas bestias sanguinolentas, los caribes, que desembarcan de noche para capar y devorar a los tainos! ¿De qué ángeles me habla?

Y Swedenborg, siempre sereno, desde la altura de su teología liberada:

—Me extraña que un prelado de tan alta versación desconozca los pormenores de lo informado por Enoch, vástago de Caín, que fue el primer hombre al que le fue permitido retornar, temporalmente pero *in corporis*, al Edén del que fuera expulsado su abuelo. (Seguramente el Señor le permitió la licencia para retirar algún importante recuerdo de familia.) Bien. Enoch pudo comprobar que los ángeles del Paraíso, en contacto con las perversas hijas de Adán, ¡siempre la hembra!, cayeron en espesa lujuria. Y como suele ocurrirle a los chulos, por exceso de carne de fémina, pasaron al homosexualismo y al bestialismo. ¡Parece increíble que esto pudiere haber ocurrido a pocos pasos del Árbol de la Vida! Pero las palabras de Enoch están en la Biblia.

—Le recuerdo esto, padre, para que no se apresure en sus juicios. Los sodomitas que sorprendió con sus informantes son simplemente descendientes de esa especialísima orden de ángeles caídos que de tanto abusar de hembra y de tanto buscarla terminan hasta por encontrarla bajo la piel del hermano. Recordará, padre, las cosas que hemos visto durante la navegación cuando se puso a soplar de traconchana.

"En cuanto a los caníbales que castran, engordan y devoran

a los tainos, que son la belleza, aspiran a reencarnarse con sus formas perfectas y atractivas. Prefieren los testículos, es verdad, y los asan y comen como manjar, porque presienten en ellos el origen de la simiente de perfección. ¿No devora el católico al Cristo hecho hostia para aprehenderlo junto al corazón, en su entraña? ¡Hemos visto mucho católico repulsivamente goloso de Dios! ¿No es verdad?

"Hay también muchas serpientes que los marineros cazan asombrados. Ellas también son animalitos del Jardín del Señor, como los caníbales y los sodomitas...

No les fue posible continuar ese diálogo que se espesaba amenazadoramente. El Almirante se había puesto de pie laboriosamente y miraba hacia la costa. Ordenó a Buil (que se sintió molesto pero no osaba revelarse ante el representante legal del poder imperial):

—Padre, que los hombres crezcan y se multipliquen. ¡Pero que lo hagan sin goce vergonzoso y sin piruetas! Aquí cesa ya toda urgencia. La lujuria es un subproducto de la frustración. ¡Sí, que crezcan y se multipliquen! Y sería conveniente, padre, que les recuerde que el Señor recomendó que coman frutas. Frutas que purifican la sangre en lugar de esos guisos de carne que desvían los apetitos. Recuérdeles la palabra del Señor: Génesis, II, 16...

Después, tal vez sublime como un viejo eremita (ya en la etapa unitiva), avanzó hacia la floresta, hacia el bohío de casucas con techo de palma que se veía a lo lejos.

Las Casas y Buil se miraron de cura a cura. Sentían que estaban dividiéndose y tal vez no intuían que ese hecho tendría capital importancia para la historia de la Iglesia católica. (Buil no soportaba la actitud de vicario de Dios que Colón se atribuía desplazando las funciones tradicionalmente programadas por la Iglesia.)

Entre los religiosos no hubo más que aquella mirada espesa que interrumpió el Almirante cuando ordenó a todos los que lo rodeaban:

—¡Ponerse desnudos! ¡Todos desnudos! No mancillemos el Jardín de Jehová con vestimentas que sólo recuerdan la miseria de la caída y el castigo de la vergüenza. ¡Desnudos! ¡Y transmitan la orden hasta el último grumete y los miserables! Cesó el pecado. Que cese la ropa.

Las Casas, con sumisa obediencia, pero con el rostro mortificado, se sacó la sotana y apareció con toda su atroz blanquecinidad eclesiástica, sólo vestido con sus abombachados calzoncillos de muselina roja que le habían regalado las tías de provincia, indestructiblemente convencidas de su destino obispal y hasta cardenalicio.

Buil se sintió vejado. Le pareció obsceno pensar que debía exhibirse en pelotas en ámbitos del Señor (en el caso de confirmarse lo que aseguraba del genovés). De no ser así, era imperdonable solicitarle desvergüenza a un hombre de iglesia.

Tenía una sotana lujosa, cortada en Sevilla, en Triana, por las mismas modistas que labraban las monteras de los más afamados toreros. Traía por delante una hilera de diminutos botones forrados que iba desde la nuez de Adán hasta la punta de los pies. Por diplomacia, o por obediencia ante el poder terrenal, se desabotonó sin entusiasmo la primera docena. El Almirante le preguntó con curiosidad:

—¿Cuántos botones son?

—Cientocincuenticinco —respondió hosco el cura. Colón, proclive siempre a la Cábala y al encanto de las cifras murmuró:

—¡Cientocincuenticinco! Justamente los años que le faltan al mundo para llegar a su fin, que será por el fuego...

Después siguió caminando hacia la arboleda. Encontró un indio mozo, o un ángel, que lo miraba con atención, y el Almirante le preguntó con su español aporteñado:

—Dígame, che, un árbol grande, muy grande, un gran árbol... —Y dibujó en el aire una generosa frondosidad.

El mozo se tornó sin dudar y señaló un lugar preciso donde se veía la selva tropical, en el que una familia de tucanes producía un saludo de castañuelas con sus picos amarillos.

—Agrak. Agrak —contestó el mozo.

—Gracias, buen hombre —dijo el Almirante y sin dudas ordenó:

—¡Derecho, siempre derecho! ¿Ve, Las Casas?: ¡hablan hebreo! Hice bien en traer el rabino Torres...

El indio mozo, el atlético ángel, que había oído de boca del cacique Becchio la buena nueva sobre la naturaleza divina de los recién llegados, emocionado cayó de cara sobre el arenal en gesto de entregada adoración.

Poca gente seguía al Almirante en su imprudente avance hacia lo desconocido: sus servidores, Quintero, Escobar, algunos marineros aburridos, los curas Las Casas y Buil y dos o tres prostitutas capitaneadas por la Boloñesa que estaban seguras de encontrar perlas tamaño huevo de perdiz.

Iban también algunos indeseables que preferían la cercanía del Almirante a los peligros de la marinería sin jefes: Jean-Loup Vasselin, el manco que el Escribano no quería de amanuense, Ulrico Nietz y un grupo de campesinos que habían oído que Paraíso adentro se cosechaba azafrán del profundo, de ese que en la Bolsa de Amberes se cotizaba a diez mil maravedíes la media libra.

El Almirante caminaba delante con la mirada prudentemente dirigida al suelo. Temía ceder a la tentación de la visión frontal. Se repetía continuamente las palabras del Éxodo: "No verás mi rostro. El hombre no puede verme y seguir viviendo."

Se fueron internando en la espesura. Orquídeas como los pájaros y los peces, pero con pintas de corbata de mafioso o con sobrios decorados griegos. Mariposones que parecían nacidos de la corrupción de la paleta del Tintoretto; iban bartoleando entre las lianas y troncos ebrios o agobiados por el propio color. Macacos confianzudos o francamente hostiles que se masturbaban al igual que gitanitos o arrojaban bellotas verdes. Arañas más que aterciopeladas, sedosas, como si se hubiesen criado de niñas en la cabellera de María Félix. Cacatúas silbadoras. Bandadas de loros color limón sutil. Gorjeos de mil pajaritos. Elegantes deslizamientos de yaguaretés que el Almirante sabía que no había que irritar pero tampoco temer, puesto que sólo comerían hombre a falta de hiena.

"Subía de la tierra un vapor que bañaba tòda la faz de su superficie." Diríase que era como aliento de perro con fiebre.

Y entre tantas especies y por esos fangos salpicados con brillos de amatista, aguamarina y lapislázuli, un horizonte de perritos silenciosos, pelados, que según la tradición de los locales eran capaces de embeberse del alma de los difuntos con dificultades para pasar al Todo. Eran los únicos seres vivientes en que el Señor se había mostrado escaso o avaro de color. Hecho notable en esa parte de la creación donde el Autor había perdido todo control frente a la tentación romántica y barroca.

El Almirante sabía y se lo dijo a Las Casas (pero no en el sentido vulgarmente comercial como lo entendieron ciertos autores), que sin duda alguna encontrarían piedras de oro fino —signo indiscutible del Paraíso— y también piedra ónix y resinas perfumadas.

—Génesis, II, 12. ¡Importantísimo!

Buscaba confirmaciones, señales, no vulgar rédito.

Antes de la noche observaron que los árboles eran mayores y de madera dura y fina.

Vieron una maravillosa anaconda negra y amarilla y por su tamaño y su lujo no dudaron que era la que le había hablado a Eva. Por suerte se escurrió en la manigua.

Por fin en el faldeo de una colina suave dieron con un claro donde prevalecían un mistol ancho y una gigantesca, imponente, ceiba. En el anochecer su ramaje tenía una presencia serena y terrible. Era el Árbol.

El Almirante dio una vuelta en torno al tronco y luego ordenó se acampase. Hizo colgar su hamaca de las ramas bajas. Aconsejó al séquito que preparase tinglados para aguantar los frecuentes chaparrones.

—Aquí las aguas originales están mezcladas en un solo continuo. Estamos en el borde del Principio —explicó.

Se metió en la hamaca, cobijado en la intimidad del Árbol de la Vida. En la red de junco, el blanquecino descubridor parecía un mono albino caído en una trampa, o un monstruoso fruto de la ceiba violada por algún insolente níspero.

El Almirante descansaba no de un penoso viaje sino de la fatiga de siglos de moribundia. Se durmió profundamente. Había retornado. Pero mucho más allá del seno de Susana Fontanarrosa. El Paraíso era el fin de la entropía, de la degradación, de un tiempo de humillante ser para la muerte.

Dos ángeles gentiles, dos locales ansiosos de agasajar al dios venido del mar, le espantaban los mosquitos con abanicos de palma.

L a *Ordenanza de Desnudez* llegó hasta la playa dictada por el Almirante bajo el Árbol de la Vida.

Estaban ya trabajando en la construcción de la Aduana (y almacén), la iglesia, el cuartel y la cárcel, cuando el pregonero leyó el documento fundamentado, con brevedad, en la evidencia del retorno a la tierra del Origen, sin mal y, en consecuencia, sin innecesaria vergüenza ni pudor.

Aquello se transformó en un aquelarre de excarcelados y prostitutas. Una zarabanda. La jauría de deseos reprimidos malamente invadió la costa.

Interpretando con vulgaridad la nueva disposición, la Tragasables capitaneando a las otras, organizó una ronda. Por desnudo no entendieron el total, que puede ser puro, sino el burdelero: calzones transparentes, portaligas y corsés de esos que usaban los cardenales romanos.

Algunos extremeños y andaluces se lanzaron sobre ellas a

violamonjas. Las ropas iban cayendo a lo largo de la playa como zorrinos aplastados.

Muchos no se animaban a cumplir la ley: les parecía que sin ropa eran igual que bananas peladas.

—A más libertad, menos goce —murmuró envidioso el cura Squarcialuppi que miraba sin descanso las vicisitudes del pecado—. ¡Al freír será el reír!

La gente sensata y conservadora se horrorizó. El Veedor real perdió el control. Rodríguez de Escobedo, el Escribano, comentaba con los pocos señores de la nobleza, como Núñez de Mendoza, que no sólo no se había aliviado de ropas sino que aguantaba el calor tropical sin destornillarse la coraza toledana.

—¡No somos salvajes, coño!

Aquel frenesí sorprendió a los locales. No comprendían la súbita excentricidad de los dioses. Se prestaron gentilmente a los requerimientos. No entendían la curiosidad de los barbados ante obvias partes naturales. Tampoco la efusión jadeante con que abordaban las relaciones más cotidianas.

Les parecía gracioso que en la exaltación de los contactos imitasen a los animales exóticos que habían traído en sus galerones: resoplaban como cerdos, lanzaban patéticos rebuznos en la culminación, temblaban como jacas con pasmo.

La *Ordenanza* conllevaba una necesaria consecuencia: se celebraría la última misa con *Te Deum* de agradecimiento final al abandonarse la etapa humana, la mortalidad. El sacrificio de la misa carecía de su justificación esencial (no se celebran misas en el Paraíso).

De mala gana, y como era justamente domingo, el padre Buil se dispuso a la misa final ante las protestas de los jóvenes curas y novicios:

—¿Salvados estos pecadores? El genovés no tiene perdón. ¡Hereje! ¡Todos andan acoplándose como conejos!

A las once se celebró. Había un ambiente regocijado de general despedida de la Culpa.

El *Salve Regina* y el *Te Deum* se transformaron en protorrumbas. El coro de seminaristas, educado por los timbales de

hueso y los *areitos* de los ángeles. Verdadera *Sonora matancera*.
El *Te Deum* terminó en una deliciosa invasión de princesas y
doncellas moviendo las caderas detrás de Anacaona, la espectacular, abrigada con una breve tanga de plumitas de cogote de
quetzal (un lujo que entre los tainos equivalía al tapado de visón
de los europeos).

Los monaguillos y seminaristas del coro, golosos, perdieron
el hilo de la voz ante aquella maravillosa docena de culitos de
ángel vibrando con el ritmo.

Los seminaristas extranjeros, Tisserand, Danielou y Caggian, lloraban desconsolados dentro del cajón negro que se había improvisado como confesonario.

—*Finis Eclessiam* —murmuró Caggian.

Pero a pesar de las protestas, la *Ordenanza* no daba lugar a
discusiones teologales; terminaba el texto con una afirmación
decisiva: "Estamos religados."

Además se suspendió, por las mismas razones teológicas, la corrida de toros programada para la tarde. ¿Qué eran los toros sino
una consecuencia espectacular de la Caída, del Pecado Original?

El toro estaba bajo un tinglado de hojas y de nada valieron
las protestas de Joan Velmont ante el Veedor. Debía destinarlo
a la reproducción o faenarlo.

La *Ordenanza de Estar* llegó una semana después. Causó
gran sorpresa pues modificaría en profundo el proyecto
ibérico. Llegó también desde el Árbol de la Vida traída por un
emisario y cantada por el pregonero.

Era más difícil de comprender que la primera.

El Almirante aseguraba que estaban en Lo Abierto y que todo hacer humano carecía de significación. La actividad, que los blanquieuropeos habían erigido en paroxística conducta era, según la *Ordenanza*, un signo de condena, una secuela pòstparadisíaca. (Adán no hacía nada hasta que fue echado por erotómano inducido.)

El trabajo además había dejado de ser sustancial y se había erigido en los europeos en intento de emulación divina, resentida muestra de habilidades, orgullo babélico, demoníaca lacra de rebeldía.

El Almirante condenaba el trabajo, pura y simplemente.

La disposición obligaba al Veedor a incinerar las ruedas, martillos, hoces, palas, cuerdas, poleas, tornos, cuchillos, pesas y medidas oficiales, balanzas, papeleo administrativo, armas, material de tortura inquisitorial, instrumentos de música, etc.

Esta vez la resistencia fue grande, las protestas casi subversivas. Era más que la desnudez: era vivir en horas desnudas, quedar cara a cara con la realidad de la existencia sin el refugio de las distracciones habituales.

Sólo los ingenuos y los vagos declarados entregaron sin problemas las herramientas. Los labriegos, *kulaks* irreductibles, escondieron las hoces y las piedras de afilar bajo tierra, igual que perros con hueso disputado.

Los pocos elementos de trabajo abandonados fueron recogidos por los especuladores que pronto los revenderían ya a precios de mercado americano, a "precio de importación".

Supieron que el Almirante les recomendaba entregarse a la armonía. El ocio apacible y conversado. La meditación, las artes que elevan y alegran (nada de pascaleos y kafkerías). Y el amor, pero sin angurria. La desdramatización de la vida, la distensión.

Les pedía que aceptasen con naturalidad los dones del Paraíso. ¿Para qué acaparar piñas y mangos como hacían los que ya mostraban vocación de verduleros? Se prohibió hacer dulce para conservar. ¿Para qué más de una mujer? ¿Por qué media docena de langostas, si bastan dos y un buen limón?

¡Estar! Apreciar con serenidad los fáciles frutos del Edén. Estar y dejarse estar. La hamaca del Almirante se transformaría en el símbolo de aquella etapa de feliz retorno a las madres. Admirar el suave canto de las aves, aprender los mil matices de esos concertistas. Apreciar el dulce vivir de las orquídeas. ¿Por qué ahuyentar con tizones a la pantera que sólo busca el venado suyo de cada día?

Les recomendó el tabaco, vicio novísimo. El consumo de leche de coco y una dieta preferentemente vegetal, pero sin obstinación. Aunque prevenía: "Eviten las carnes rojas, son el alimento de la maldad."

Después de dos semanas empezaron a sentir que sin el Mal las cosas carecían de sentido. Se les desteñía el mundo, las horas eran nadería. En realidad el tan elogiado Paraíso era un antimundo soso, demasiado desnudo, diurno —porque la noche ya no era la noche—. Andar desnudos y sin Mal era como presentarse de frac a la fiesta que ya acabó.

Habían nacido y sido educados para edificar el bien. Para caer y rescatarlo.

El estado de salvación decretado por el Almirante los descolocaba física y metafísicamente.

—¡Estar! ¡El aburrimiento, el opio...!

Los curas vagabundeaban por la playa con malhumor. Con las sotanas arremangadas y desabrochadas, buscando caracolas exquisitas. Se aburrían, nadie se confesaba. No obstante, los campesinos los seguían, desnudos, reclamando misa y catecismo. Alguna prostituta, en aquella degradación, osaba invitarlos a "echarse un pasecito".

La marinería, ni desnuda ni *estando* perdía las inquietudes que traían de la realidad, del mundo de la caída. Merodeaban por el campamento desde las diez de la mañana. Formaban grupos para ir de los cocoteros hasta la rompiente y volver. Sin alegría. Desnudos, no parecían más que estar en la antesala de una masiva revisión médica.

Bostezaban. Preguntaban cien veces a qué hora se come. Y

sin salsas, sin ají, sin vino ni carnes rojas, ni fabadas, ni guisos, aquello les resultaba comida de sanatorio.

El canto de los "mil pajaritos" elogiado por el Almirante, no les decía nada. Ni siquiera reían ya de las acrobacias de los monos.

En el ocio, en el bostezo, descubrieron la posibilidad de fabricar gomeras con el látex de caucho y empezaron a bajar centenas de jilgueros, pechitos-colorados, gaviotas y bichofeos. Era para probar puntería.

Pero la máquina del *hacer*, pieza esencial de la desdicha y diversión de los hombres de Occidente, continuaba su acción con disimulo y nocturnidad. Los campesinos dormían durante el día colgados de las hamacas pero de noche iban a sus parcelas a desbrozar y carpir hasta la madrugada. Terminada la preparación de las huertas llamaban al agrimensor y al Escribano para que labrasen y anotasen las correspondientes escrituras de dominio que pagaban al doble del precio oficial.

Los curas Buil, Valverde, Colángelo y Pane, francamente subversivos, amasaban hostias —ya de maíz— sin ocultarse y con entusiasmo.

Los mismos Colones (hermanos, hijos, sobrinos y primos de Colón) andaban alzados maldiciendo la evidencia paradisíaca. Habían llegado desde Génova traídos por la fiebre de notoriedad y riqueza que el Almirante había definido así en una famosa misiva a los Reyes: "Ahora hasta los sastres quieren descubrir."

Jácome Rico y otros genoveses de la Agencia transnacional veían que pasaban los días sin renta apreciable. El Paraíso daba por tierra con todo razonable criterio de *marketing*. Estos técnicos objetivos comprobaron que se había llegado a un indeseable y alarmante "crecimiento cero". Por el momento se abstenían de comunicarlo a la Central.

Un amplio sector de empresarios disconformes, desde el quesero Bavarello hasta los buscadores de oro, empezaron a agasajar inmoderadamente a los lansquenetes, capitanejos y sargentos. Se conspiraba. Hasta se le arrimaron al verdugo "Capucha", que traía *jetta*.

219

Francisco Roldán, un guardia de Bartolomé Colón, sujeto morocho, de bigotazos y crines lacias, empezó a ser figura de predicamento.

Descaradamente se atribuyó el cargo de "coronel" (título italiano de poco uso en aquella España). Desafiante, empezó a vestirse con chaqueta abundosa de alamares y con un casco de lansquenete prusiano de esos que culminan en punta de lanza.

Estaba liado a La Diabla y conspiraba en el tinglado-burdel que ésta había obligado edificar a los ángeles en la restinga que llamaban Cabo de Piedra.

Recibía Roldán echado en la hamaca, fumando grandes cigarros de hoja y bebiendo aguardiente de mango, aguantándose el sudor para poder lucir sus grandes charreteras hechas con las borlas doradas del cortinado del altar mayor desarmable, ahora en depósito.

Fue allí donde Roldán empezó a hablar de "patria y dignidad".

En poco tiempo se había transformado en el hombre fuerte. Su ascenso parecía irresistible.

A pesar de la resistencia, las *Ordenanzas* se fueron imponiendo. Nadie se atrevía, todavía, a discutir el poder legal.

La desnudez celestial establecida por el Almirante se fue abriendo camino en la barrera de pudor ancestral. Lentamente fueron llegando al desabrochamiento colectivo. Parecían recién paridos por sus corazas y trajes. Más que desnudos daban la sensación de seres incompletos, gallinas desplumadas. Mostraban una agresiva palidez de años sin luz. Algunos daban la sensación de verdaderas catacumbas violadas por rayos de sol.

A las dos semanas dejaron de sonrojarse al mirarse mutuamente. Como suele ocurrir, surgió una vanguardia de impudicia obscena y una retaguardia conservadora francamente hostil a las *Ordenanzas*. Entre estos Buil, Núñez de Mendoza y los nobles, el coronel Francisco Roldán que ya se presentaba a las reuniones —debían aguantarlo— del brazo de La Diabla que iba vestida de negro de pies a cabeza y con el camafeo de "madame" colgado al cuello con una cinta de seda negra. (Ya no ejercía, hablaba de "la pareja" y les había enseñado a las sobrinas del cacique Becchio algunas artes de aplicación masiva: el estilo "perrito" y la "Duc d'Aumal".)

Pero en realidad era que el amor sin resentimiento ni voracidad recomendado por el Almirante y explicado por el lansquenete Swedenborg se había degradado a obscena bacanal. Había manía de repetición y de cantidad. Nadie estaba a la altura que debería prevalecer en el Paraíso. Hombres de buena voluntad, como Las Casas, esperaban que el desmadre volvería al cauce normal. Aquello era un torrente de perros del deseo liberados todos en un mismo lugar y en el mismo momento. (¡No se habían desnudado ni accedido al amor libre desde la conversión de Constantino!)

En pocos días quedaron exánimes, vaciados. No obstante se alzaban tambaleando para correr una vez más a las ángeles y tumbarlas entre las dunas.

Conocieron la rabia y la desdicha del límite orgánico. Algunos, exasperados e incautos, avanzaron por el abismo de los sentidos ensayando las más exóticas posibilidades, pero igualmente desembocaron en la nada, en la flaccidez. Recurrieron a infusiones y pomadas de brujos locales, pero fue alivio efímero. Padecieron el castigo del saciamiento, una de las más solapadas y terribles armas del Creador, "el antídoto del placer pecaminoso", como diría, resentido, el padre Buil.

Este estado de cosas afectó también a la Iglesia. El padre Squarcialuppi, hasta entonces tan apegado a la jerarquía, apoyado en textos de san Agustín y de santo Tomás, colgó la sotana de un sauce. Seguido por cuatro seminaristas se agregó a la bacanal. Al principio interesaron al aportar su imaginativa perversidad de seminario, después también se diluyeron en la repetición.

La deserción de Squarcialuppi, a la que no era ajena la tolerancia de Las Casas, siempre apegado al Almirante, fue motivo de violencias teológicas entre los eclesiásticos. Caggian y Pane sostenían que debían ser excomulgados porque un ministro de Dios no se debe desnudar ni en el Paraíso. Squarcialuppi distinguió, para defenderse, entre el Paraíso Celestial de los bienaventurados que renacen en cuerpo pero sin apetitos vergonzosos, sean carnales o de gula (santo Tomás), y el Paraíso Terrenal, al que habían llegado conducidos por el Almirante, y cuya naturaleza fue fehacientemente descrita por san Agustín en *La Ciudad de Dios*. Aquí tenía plena vigencia el "creced y multiplicaos" de Jehová en el Génesis, I, 28. Versículo del que se había impulsado Squarcialuppi para zambullirse en su aventura erótica. Concordaba con Swedenborg.

La Jerarquía, que escuchó el alegato con rencor, los acusó de judaizantes y de atroces milenaristas. La Sentencia fue dejada *in suspectis* y la tortura y el fuego inquisitorial demorados hasta que se declarase, como lo esperaban, la nulidad de las *Ordenanzas* del genovés.

Roldán tuvo que ser contenido por el padre Buil: quería proceder sin más trámite.

Los iberos enfrentaron algunos problemas concretos: ¿Cómo poner en valor esos maravillosos cuerpos desnudos que se ofrecían con una sonrisa? ¿Cómo transformar en deliciosa violación la sosa entrega, tan natural?

Después de unos días la nostalgia del pecado y del Mal hizo que todo resultase aburrido. Era una mecánica intrascendente. No valía la pena ni contarlo. El tradicional juego sado-masoquista carecía de espacio.

Del interior seguían llegando caravanas de adolescentes dispuestas a darse con gentileza a los dioses recién llegados del mar.

Se produjeron los primeros hechos extraños, las primeras violencias eróticas que proliferarían hasta ese punto descrito por Las Casas de su puño y letra: "La gente no podía abstenerse de atropellos, cometían raptos de insulares a la vista de sus padres, hermanos, esposos, dándose a estupros y rapiñas."

Los ultramarinos empezaron a vestir a las ángeles con "enaguas y ropas europeas" aunque a veces ellos mismos seguían desnudos según la letra de la *Ordenanza*.

La Diabla, que tenía olfato para los negocios, vistió a dos de sus pupilas con indumentos de monjitas de la Caridad de Dios y a otras locales —que nada comprendían— como señoras europeas o de alegres ordeñadoras vascas. En dos días multiplicó las ganancias. Había que anotarse con setenta y dos horas de antelación. Aunque afuera de los tinglados del prostíbulo había docenas de naturales desnudas, fue tal la demanda que se hizo necesario colgar un cartel sobre el mostrador del bar: *Se advierte a la distinguida clientela que está terminantemente prohibido hacer dos sin sacar. La Dirección.*

Aparte de la ropa, la otra violencia a la que empezaron a recurrir fue la de los golpes. En el grito lograban un reencuentro con un machismo que había quedado suspendido por falta de objeto dominado. Ayes, latigazos, gemidos. Por esa pendiente pronto llegaron a la muerte: una madrugada, la primera que pareció nublada en esos trópicos siempre azules, encontraron a la graciosa princesa Bimbú desfigurada por las torturas, colgada del brazo izquierdo de la cruz-horca.

Suspendido del Árbol de la Vida, el Almirante descansaba de la viejísima fatiga de Occidente.

Dormitaba, se deleitaba con la independiente armonía de la pajarada, aprendía el olvidado diálogo de las plantas. No se preocupaba de las bromas pesadas de los monos ni de la curiosidad de los ángeles que llegaban incesantemente en peregrinaje para ver a los dioses venidos del mar. Le dejaban pan cazabe, como ofrenda, y le acercaban cocos recién partidos.

Por su parte el lansquenete Swedenborg los interrogaba en hebreo y andaba feliz de poder comprobar sus teorías sobre las originalidades de la parla angelical.

Las Casas, angustiado, trataba de coordinar la teología terrestre que había aprendido en el seminario con las realidades del territorio celestial.

Pero quien sacaba mayor provecho de la gran aventura era Ulrico Nietz, que hacía dos décadas seguía la huella del Almirante, desde su lejana llegada al Vico 'de l'Olivella. No había sido en vano. Había logrado alcanzar el único territorio donde le sería posible poner a prueba, definitivamente, esas intuiciones filosóficas que había sostenido a riesgo de su vida, excitando la furia de la "gente sensata" y el rencoroso fuego de la ortodoxia inquisitorial.

Sabía que su subversión ideológica era la más arriesgada desde los tiempos de la aventura de Cristo. Les había dicho a los hombres que Dios había muerto.

Aquel Viejo Sublime, a la vez irresponsable, juguetón, autócrata, cruel por distracción, que podía ser encantador al pintar mariposas o diseñar leopardos, había fallecido.

Dios ha muerto. Y los hombres seguían viviendo disminuidos, como gusanos en torno a un gran cadáver.

Nietz veía en esos indios desnudos y simples en su relación con la naturaleza, que estudiaban con sano asombro sus bigotazos y sus ojos marrones con estrías amarillas, al hombre sin los desvíos y la humillación impuesta por el Tirano difunto. Ulrico sabía que Jehová, el dios que ocupó todos los espacios del Occidente judeocristiano, había sido en realidad un demonio triunfante, un aniquilador demiurgo.

Pero había llegado el tiempo de la prueba definitiva. El lansquenete exultaba de alegría, se preparaba. Al amanecer agradecía con su alemán ronco y se bañaba en la cisterna sagrada de los tainos. Emergía imponente, con la mirada alzada, exprimiendo los bigotes embebidos.

Sin entrar en polémicas con su admirado Almirante que permanecía postrado, seguro del inmanente retorno o visita del Señor a su jardín abandonado, Ulrico Nietz preparó una expedición de importancia decisiva. Fue una excursión gnoseológica, por así decirlo.

Con la ayuda del cacique Guaironex que le proporcionó los guías y con la colaboración del rabino Torres, que hablaba corrientemente hebreo e inglés, se internó en la selva en busca de las huellas de Jahvé.

Marcharon por esteros que se sublimaban en altos árboles de madera fina cubiertos con mantos de orquídeas. Tuvieron que negociar con iracundas familias de macacos. Aceptaron las condiciones de tránsito impuestas por un pueblo de yaguaretés. Por fin alcanzaron la Colina Sagrada que era como una piedra roma, un sorprendente domo en medio de la feraz floresta.

En su ladera encontraron un pórtico de piedra blanca devorado por las lianas. El lansquenete no tuvo duda alguna: se trataba de la famosa Puerta del Este por donde Adán y su hembra habían salido cabizbajos a buscar trabajo.

Torres tuvo que darle toda la razón al alemán (entre ellos se entendían laboriosamente en griego de universidad). Aquello era prueba del abandono secular de un jardín cuyo propietario había fallecido. Las indias de la cercanía tenían la conducta, la desidia típica de chicos crecidos sin disciplina y sin padre. No había ni rastros de una presencia fuerte y ordenadora.

Sin embargo, con paciencia de entomólogos, se quedaron dos noches al acecho de la Tierra Suprema, o de algún signo de su poder o de su supervivencia. Pero no ocurrió nada.

Decidieron convocar a Jehová por el lado de su reconocida

iracundia: el judío Torres defecó sobre una cruz y el alemán Nietz orinó sobre la estrella de David. Pero no convergieron las nubes negras de estilo, ni se cerraron los cielos ni cayeron horríficos rayos. Amaneció un día estupendamente claro, saludado por centenas de calandrias y bichofeos.

Nietz lanzó aullidos de pánica alegría. Había nacido el hombre sin la opresión del Tirano. El superhombre.

—¡Grecia! ¡Grecia! —gritó.

Se volvió hacia el rabino Torres y le pareció insignificante y mezquino con su barba sefardita y su tímida desnudez reglamentaria. No pudo resistir el impulso de tumbarlo de un bofetón. Arrepentido, él mismo lo alzó y le pidió disculpas mientras Torres buscaba sus espejuelos en el fango.

Ulrico Nietz sabía para siempre que el hombre es una cosa que debe ser superada. ¡Era ya el tiempo de reencontrar las costumbres de sus ancestros: ser ocioso y brutal, vivir peligrosamente, recuperar el espacio hurtado por los adoradores de la muerte!

El golpe estaba en el aire. Fue el primer bolivianazo. Las *Ordenanzas* habían creado el clima necesario. La hartura erótica y los altos precios del burdel de La Diabla "crearon las condiciones históricas" (como diría el indeseable Mordecai comentando los hechos).

La parálisis del estar fue sustituida por el ir y venir de los conspiradores. Los intereses económicos y eróticos conjugados estaban en la base de la acción.

Era lunes y las ocho de la mañana cuando salió el coronel Roldán con sus entorchados y con las botas lustradas por las pupilas. Se trasladó desde Cabo de Piedra hasta la protocatedral. Iba seguido por Adrián Muxica (el futuro y temido ministro del Interior), Diego de Escobar, Pedro Valdivieso, el boticario Bernal que defendía ahora el principio de libertad de mercado y se estaba enriqueciendo con la venta de hierbas y medicamentos de los brujos locales en forma de comprimidos. Los hermanos Porras daban también apoyo a Roldán. Lo más importante era la actitud de la jerarquía eclesiástica, los señores feudales y los representantes de la *Banca San Giorgio*.

El discurso fue patético, nacionalista, previsible. Roldán habló desde los troncos de la base del campanario. Aseguró la libertad de los indios (con la consiguiente "responsabilidad individual que conlleva la doctrina cristiana"). Afirmó el restablecimiento de la moral y las buenas costumbres, condenando en forma implícita el desnudo paradisíaco y el erotismo libre que no transcurriera en las discretas casas de tolerancia. Prometió un pronto y justo desarrollo económico. Fue el primer discurso "occidental y cristiano" que se pronunció en América.

Esa misma tarde se dictaba la norma creando el sistema de inconfesada esclavitud de "encomiendas" y "repartimientos" y se permitía el uso de las indias como concubinas y criadas, sin distinguirse jerarquía ni rango.

Y a la noche, el apesadumbrado Las Casas anotaría en el Libro I, cap. CLX: "Se vio a los desorejados y gente vil de Castilla, desterrados por homicidas, tomar a los reyes y señores por vasallos para los más bajos y viles trabajos. Sus mujeres, hijas y hermanas eran tomadas por fuerza o por grado." A estas señoras las llamaron "sus criadas". Roldán dijo cínicamente: "Aprovechaos cuanto pudiéredes porque no sabéis cuánto esto durará."

Juan Ponce de León, noble melancólico y erotómano, fue favorecido con la hija del cacique Guaironex. Cristóbal de Sotomayor, señor halconero, recibió a la hermana del cacique Agueybana.

Pedro Mártir, el cronista, anotó que, terminada la arenga, Roldán guiñó el ojo canallescamente a los labriegos, todavía indecisos de dar apoyo al grupo revolucionario, y les dijo textualmente: "¡Apoyadnos! En vez de la azada os encontraréis con las manos llenas de dulces tetitas. Trabajará la indiada, vosotros reposaréis" (*Décadas*, Libro V, cap. V).

Después se dirigieron todos al espacio de la proyectada catedral y ante la cruz-horca entonaron un emocionado *Te Deum* con el restablecido coro de seminaristas y monaguillos.

El cura Buil, que estaba a la derecha de La Diabla emperifollada como una verdadera evita, subió al cajón del púlpito (que con el tiempo será sustituido por el de petiribí "labrado por los indios de la Misión con escenas del Gólgota, que hoy se contempla en Santo Domingo") y señaló pastoralmente:

—La caída es nuestra esencia, la culpa nuestro signo. Nuestra vida no tiene otro objeto que la búsqueda de la salvación a través de los sacramentos de la Santa Madre Iglesia. ¡Que no digan los aventureros que hay otro Paraíso que el celestial, el que nos espera tras la muerte, después de una vida de obediencia! —Y concluyó—: Como dijo el coronel Roldán en su discurso histórico, somos libres, pero no debemos olvidar la palabra de san Agustín: "El libre albedrío es la causa del pecado."

Los colones, encabezados por Bartolomé Colón, el gobernador, no estaban dispuestos a una resistencia frontal. Ellos también esperaban el pronto restablecimiento del hacer.

Optaron por mandar dos emisarios a Cabo de Piedra, para negociar, sin pedir autorización ni informar al Almirante que permanecía en el Árbol de la Vida.

Roldán estaba tomando aguardiente en su hamaca. Sus soldados lo anoticiaron:

—Mi coronel, llegaron unos emisarios de los Colones...

—Fusilar —dijo Roldán con el sombrío laconismo de quien inaugura un estilo. Se escuchó la discordia de los disparos de los trabucones. Al rato, picado por la curiosidad, llamó al sargento Carrión y le preguntó—: Che, ¿qué habrán querido los emisarios esos?

La cosa no pasó a mayores. Bartolomé Colón había perdido dos sobrinos vagos. Al día siguiente mandó a La Diabla, que era golosa, un fuentón de *frittelle* espolvoreadas con azúcar. El padre Buil organizó el subsiguiente *statu quo*.

Fue un verdadero golpe de Estado. Roldán tuvo que ser nombrado Alcalde Mayor, pero en realidad tenía todas las riendas del poder, era el hombre fuerte: se había adueñado de las llaves de la armería y de la pólvora. Esta escandalosa apropiación pretoriana será el delito de acción continuada más largo que conocerá América.

La gente exultaba. El comercio no cerraba ni de noche. Como prueba del restablecimiento de la teología española en todas sus formas, el domingo a las cinco en punto de la tarde se lidió el toro de Joan Velmont.

El matador estuvo estupendo: mató recibiendo, de una estocada entera.

Los representantes financieros y los hombres de empresa pudieron impulsar el espíritu de creación nublado por la delicia paradisíaca y el consecuente dejarse estar.

El hacer retornó con furor demoníaco. La playa se transformó en un enloquecido panal.

Roldán, que como era sabido tenía intereses en la Empresa Gran Catalana (tejidos, sargas, textos) dictó una reglamentación por la cual todos debían presentarse vestidos dentro de las setenta y dos horas.

Las breves *naguas* fueron sustituidas por delantales de trabajo. Todas las locales, hasta las princesas, parecieron monjas o mucamas.

Proliferó un perverso comercio de ropa interior "de señora", con diseños aprostibulados que respondían al fetichismo vengativo de aquellos iberos que se habían sentido agredidos por la natural desnudez de los locales.

Fue una verdadera orgía de *culottes* negros con cintillos

rojos, de ligas de goma envueltas en seda fruncida, corsés con cordones infinitos y ojales imprevisibles. Se retornó a la deliciosa tortura del desabotonamiento angustioso. En esos tiempos sobraba voluntad y faltaba materia prima europea. Ocurrió que robaron la sotana del padre Buil que los perros de policía descubrieron tirada en la playa arrugada como un cuervo asesinado, pero sin ninguno de sus 155 botoncillos que habían ido, sin duda alguna, a una fábrica clandestina de ropa fetichista.

Los actos de desnudismo y las "exhibiciones deshonestas" fueron duramente reprimidos y condenados desde el púlpito. El burdel de La Diabla parió dos sucursales. También la Boloñesa y la Tragasables accedieron al rango de madamas.

Siboney, la princesa, se negó al absurdo del delantal gris y a las medias de muselina blanca. Se presentó en plena Plaza de la Catedral, a la hora de la vuelta del perro, completamente desnuda, con su majestuoso paso de reina y su sonrisa de arroz.

Fue detenida, vejada y procesada. (En el Archivo de Indias de Sevilla todavía se conserva la carátula del sumario policial: "Siboney y otros s/desnudismo en la vía pública y drogadicción." Documento núm. 5.885. Estante 72.)

El clero dictaminó que no eran ángeles ya antes que llegaran instrucciones de España. Los padres Buil, Valverde y otros mantuvieron una sesuda Conferencia Episcopal (aunque aún el Vaticano no había designado obispo). Con eso desmintieron al Almirante. Acusaron de loco —y pidieron su internamiento— al lansquenete Swedenborg.

Aclararon que no eran ángeles ni preadamitas que habitasen un supuesto Paraíso Terrenal sin caída ni muerte verdadera. Eran mortales. Había que determinar si tenían alma, y qué cantidad tenían de ella en caso positivo. Mientras tanto correspondía tratarlos con cariño, como animales domésticos.

Con consecuente equidad se estableció en las instrucciones parroquiales que la violación de las indias era pecado venial: se recomendaba a los curas confesores otorgar el perdón con el cargo de rezar tres padrenuestros y tres avemarías (más o menos lo mismo que para la confesión de masturbación motivada en el recuerdo o el retrato de mujer española).

Aquellas aclaraciones eclesiásticas eran indispensables para orientar la conducta de los empresarios en aquel momento de entusiasta *take-off* económico.

Se iniciaron los envíos de indios para ser vendidos como esclavos en Sevilla. El primero fue de quinientas unidades. Pero aguantaban mal el viaje: morían de pulmonía o de tristeza, sin tener ese alivio invencible que es el ritmo musical de los negros de África. Mal negocio.

Empezaban años de frenesí empresarial. Sobraba mano de obra y comenzaba a saberse emplear la materia prima local. Por ejemplo, los cigarros de hoja, de uso ritual, se impusieron rápidamente en Europa. El doctor Nicot, basado en el informe científico del milanés Francesco Montani, universalizó su uso demostrando que la nicotina, aparte del placer, curaba el cáncer. La industria transformadora funcionó a pleno: las hojas de tabaco empezaron a volver de Europa, muchas veces contrabandeadas por los piratas holandeses, en forma de rapé y de tabaco para pipa en cajas de colores con etiquetas con paisajes de cacería.

Pero, es justo decirlo, el impulso motor para el desarrollo económico provino de la industria textil. La primera labor del hombre, desde el corte de las hojas de parra hasta los tapados de piel de carnero que Jehová confeccionó para la primer pareja de pecadores, antes de mandarlos a la intemperie.

Los Colones, a pesar de su lealtad teórica al Almirante, crecieron en este rubro. No olvidaban su pasado de hilado y tijera. Giovanni Colombo puso la sastrería principal (en un tinglado que pronto se transformaría en "Casa de Modas", con modisto francés y pederasta).

Llegaban los primeros muestrarios de sargas y casimires "tropicales". La competencia fue despiadada desde un comienzo.

Se veía a los caciques del interior, con esa serenidad que sólo puede dar la sabiduría y la jefatura hereditaria, inmóviles bajo el sol, resignados al manoseo de los horteras tomando las medidas con premura. "Espalda 76. Sisa 27. Largo 95."

De este auge —reglamentario— del vestido, el anhelo del capital no tuvo descanso y se volcó a otros campos.

Los estudios de *marketing* fueron minuciosos. Se logró que quien tomaba yerba mate, como los tupí-guaraníes, terminasen bebiendo café etiópico en tazas de Talavera (el Alcalde Mayor y el Obispo, en pocillos de Limoges).

El cacao originario, la "delicia de los dioses", retornó por el Atlántico en barritas de chocolate suizo, según el método inventado por el señor Uhlich, un relojero fracasado.

Para pagar menos y vender más caro generalizaron el uso de la moneda. En la *Casa de Contratación* de Sevilla establecieron los términos de intercambio que, unas décadas más tarde, se regularían en forma privada y no estatista en las Bolsas de Amsterdam, de Novai Gorod o de Londres. (Astucia de los piratas que con el tiempo terminaron tecnificándose.)

Crecieron los importadores de luz para uso nocturno que al principio se publicitó para las noches sin luna, después se generalizó como un vicio. Los traficantes de salvación. Los inventores de diversiones físicas y metafísicas de todo tipo: carreras de caballos, filosofía alemana, balompié, teología de Lovaina.

Fueron generosos, educaron a los naturales para que gozasen del mismo grado de bienestar de los europeos.

Importaron los primeros métodos para conservar la escarcha. Se podían hacer refrescos de leche de coco y cócteles de cacao al ron. Las horchatas y achilatas se vendían caras. A todos les parecía haber entrado la furia del fresco. (En la industria del frío, como en tantos otros ramos, los iberos pronto serían desplazados por piratas rubios que desembarcaban sus aparatos con nocturnidad y los vendían a precio de *dumping*. En este tráfico se destacaron William Westinghouse y Jan Philips, grandes mayoristas de temperatura.)

La ojota fue sustituida por alpargatas. Las bellas plumas se exportaron masivamente para uso de bataclanas, diplomáticos y almirantes europeos. Se embotelló el agua de los manantiales y se vendió a precio de oro con receta médica. Y el médico, el doctor Chanca, inauguró un sanatorio privado con botica.

Hasta hubo una industria del paseo colectivo (el pirata Cook desplazaría a los iberos también en este negocio). Los dioses, huacas y pirámides se transformaron en piezas de museo o en sitios de excursión.

La industria de la fe ocupó desde el comienzo un lugar preferencial. Se importaron masivamente altares, sotanas y casullas de Gamarelli, incensarios, imágenes sacras en color o en blanco y negro, biblias, crucifijos y ediciones de todo precio del catecismo. Había que aprender de memoria la esencia del monoteísmo. Se despellejaría a quien no supiese a la perfección el "Sólo hay un Dios verdadero" y el "No tendrás otro Dios más que a mí."

El obispo Landa que quemó casi todos los códices mayas, sintetizaría la esencia de aquellos años de frenético hacer en el Epílogo de su famosa *Relación*: "Han ganado mucho los indios con la llegada de la nación española. Ya tienen y se acrecientan muchas cosas que andando el tiempo aprenderán a gozar por la fuerza: caballos, mulos, perros, asnos (se dan mal), gallinas, naranjos, melones, higos, granadas, el uso de la moneda y otras muchas cosas que, aunque los indios habían pasado y podido pasar sin ellas, viven más como hombres teniéndolas. Sobre todo las que se les otorgó gratis sin paga: Justicia, Cristiandad y Paz."

Las plantas, los grandes árboles, los tigres fueron quienes primero descubrieron la impostura de los falsos dioses.

Las familias de monos, tan neuróticos y vivos en sus reacciones, también comprendieron que los campesinos y los herreros hacían de su hoz y de su martillo los instrumentos de un exterminio. Era absurdo, pero derribaban la arboleda con su complejísima vida tramada desde el origen de los tiempos. Arrancaban las yerbas y lianas, quemaban el follaje, hasta que aparecía una especie de desierto cuadrangular de tierra calva. Después los blanquecinos labraban día y noche, sacrificando la alegría de sus mujeres e hijos y el tiempo para los dioses y el amor, con el fin de volver a plantar. Esta vez endebles plantitas de almácigo que levantaban la indignación de la floresta antigua.

Eran las "plantas útiles", regimentadas en hilera, cuyos frutos se cotizaban en mercado.

Los monos, casi simultáneamente con el coronel Roldán, encabezaron la primera conspiración americana. Aunque se vio que no tendrían poder suficiente, rodearon la ceiba gigante que los humanos llamaban el Árbol de la Vida. Aullaron sin respiro. Arrojaron excrementos.

Pero ese hombre rosado y desnudo, el Almirante, no supo entenderlos. Con su vanidad de siempre, prefirió creer que se trataba de una especie de homenaje.

Los monos buscaron entonces el apoyo de los jaguares y de los indios caribes (eternos y belicosos resentidos por causa de su reconocida fealdad). Los felinos despedazaron una familia de pioneros asturianos y malhirieron a un vasco que plantaba ajo y tabaco (ya agente del gringo Dunhill). Pero las cosas no cambiaron.

Fueron diezmadas las alegres palmeras. Los bárbaros blanquiñosos no comprendían que son simples y alegres como todo grupo de muchachas junto al mar.

Dos virarós de respeto y con prestigio sacral fueron hachados para el mostrador y las banquetas de la tasca que puso Domingo de Bermeo, que vendió el excedente de madera para una fila de reclinatorios de la catedral.

La gran vera, el árbol hembra más importante de la región (las plantas tienden a cierto matriarcalismo), hizo comprender que sería una batalla perdida: los pálidos venían signados por una pulsión de exterminio, se habían olvidado de su relación primigenia con el Todo, eran traidores a la hermandad original de lo existente. Perversos, pero perversos sin alegría. En cuanto al Jefe, el Almirante, que vivía cobijado en la ceiba grande, advirtió: "Es un iluso. No se puede confiar en él. Ya no ve más la realidad."

Donde los blanquiñosos avanzaban, el orden natural quedaba quebrado. Hasta desviaban los torrentes para irrigar vides, sin saber que esas delicadísimas cintas de plata que corren por la selva son sagradas, son cintas de vida que exigen el mayor respeto, arterias del cuerpo del mundo.

Por todas partes empezaron a proliferar espejos de agua muerta desvinculados de la Gran Madre de las Aguas (que armoniza los cielos con lo más hondo de la tierra). Eran meros estanques sin pureza ni latido de fluencia y vida. Al poco tiempo daban mal olor, se transformaban en criaderos de sapos y provocaban en los iberos epidemias de colitis.

Fue patético el éxodo de los felinos hacia las colinas boscosas. Los pueblos de monos iban hacia el exilio en largas marchas nocturnas. "¡Volveremos! ¡Hasta la victoria siempre!" Pero ¿quién podía creerles?

Tan grave era la agresión que hasta los frívolos guacamayos y las aves del paraíso, hartos de que les robasen las plumas largas para adornar chambergos de espadachín italiano, emigraron hacia el interior renunciando al placer de dormirse escuchando el rumor del mar en la noche oscura.

Después del asesinato de Bimbú y de las repetidas violaciones, ejercicios de travestimiento y acciones sádicas, entre los jefes locales se afirmó la convicción de que habían incurrido en un deplorable error teológico al evaluar la naturaleza de los barbados transmarinos.

No les cabían ya dudas sobre la naturaleza genocida de la invasión. Eran los nuevos caníbales, capaces de comerse al caníbal.

En la Vega Real y en la Xaragua los supuestos dioses demostraron que eran en realidad los temidos *tzitzimines*.

Desde el primer día en que descubrieron Europa y los barbudos, el 12 de octubre de 1492 (según el calendario —no venusino— de los blancos), se habían sometido con docilidad a las malolientes "divinidades".

Aceptaron con resignación la esclavitud, puesto que el Cuarto Sol había muerto y la banda de ensotanados les explicó que "la vida es un valle de lágrimas".

Cuando los brutos encomenderos les daban latigazos y palos ellos trataban de incorporarse como les fuese posible para ofrecerles la otra mejilla y las partes no magulladas del cuerpo, tal como les había recomendado el padre Valverde.

Cumplían, de su parte, estrictamente con la palabra cristiana. Después de la tortura (hasta les arrancaban los ojos y los testículos para hacerles confesar depósitos de oro y perlas), recogían sus ropitas, se inclinaban y agradecían. Expresaban con ortodoxia evangélica:

—Te perdono señor lo que me has hecho. ¿Quisiéredes pegarme aún más?

Los otros escupían semillas de girasol, tomaban un sorbo de aguardiente y decían:

—¡Vete de una vez! ¡Idiota!

Violada que era alguna de sus hijas, diligentes y cumpliendo con un mandato de renunciación franciscana, iban al bohío para buscar las menores que temblaban acurrucadas de terror, y las llevaban a los violadores a cambio de nada.

Sin embargo aquella ortodoxia severa de los primeros tiempos empezó a ceder espacio al descubrimiento de que estaban entrampados en el más craso error.

"Si éste es Cristo, Cristo es un delincuente", pensaron los caciques viejos.

Anacaona y Siboney, más hábiles y mundanas que otras, empezaron a jugar con la lujuria voraz de los iberos y de algunos genoveses. (En la Vega Real, Bartolomé Colón creyó que la había conquistado para siempre.) Pero casi todas ellas cayeron en esclavitud sexual y de labor.

Las danzas, tan graciosas y sanamente eróticas, como el *areito* y el *naual*, se fueron degradando a rumbones y milongas de burdel (ya no interesaban los finos movimientos de las manos ni las sugestivas posiciones de los ojos, sólo apreciaban el torpe y continuo temblor de las nalgas desnudas).

El asesinato de la bella Bimbú fue una advertencia. La evidencia del futuro de horror se tuvo cuando el pregonero leyó la ordenanza de Roldán sobre «Marcas y señales de cuadrúpedos de trabajo y de naturales." Los esposos, los padres, debían ir con sus mujeres e hijos, incluso niños, para ser herrados frente a la catedral. A los humanos se les ponía una "G" probablemente derivada de la palabra guerra. Los encomenderos reconocidos podían agregar un signo distintivo previamente registrado en la "Oficina de Patentes y Marcas".

Esto contribuía a hacer más estable el tráfico de concubinas y siervas e impedir disputas cuando se jugaban las princesas al mus. Ahora todas las transacciones serían serias, mediante intervención de escribano. Esto contribuía a dar estabilidad y seguridad a los indígenas.

La guardia de los galpones de trabajadores fue confiada a los perros, generalmente alanos alemanes. Eran implacables en la caza al fugado y para evitar movimientos sospechosos. Tomaron tal importancia que hasta se escribieron biografías de algunos de estos celosos guardianes del orden cristiano. El cronista Oviedo escribió así del perro *Becerrillo* destacando sus cualidades moralizadoras: "Era ferocísimo lebrel defensor de la fe católica y de la moral sexual, descuartizó más de doscientos indios

237

por idólatras, sodomitas y por otros delitos abominables, habiéndose vuelto con los años muy goloso de carne humana."[1]

Empezaron los suicidios colectivos. Fueron registrados en las "Hordananças para el Tratamiento de Indios" (Zaragoza, 1518).

Se encerraban por grupos en las chozas y producían humo venenoso. Se arrojaban a los torrentes con piedras atadas al cuello, siguiendo al más viejo de cada familia. Se colgaban de los árboles con propiedades sagradas.[2]

Pero nada indignó más que la conducta del capitán López de Ávila, hombre del coronel Roldán, con la princesa Anaó.

Durante una acción represiva Anaó fue hecha prisionera con vida. Había prometido a su esposo, guerrero alzado contra los marcadores de mujeres, que no toleraría ser poseída por otro hombre.

El fraile Landa que contempló los hechos con franciscana tolerancia anotó así en el capítulo XXXII de su *Relación*: "Las mujeres locales eran apreciadas por lo buenas. Y tenían razón, porque antes de que conocieran a nuestra nación, España, lo eran a maravilla —según los viejos hoy lo lloran—. De esto traeré un ejemplo: el capitán Alonso López de Ávila, cuñado de Montejo, prendió una moza india, bien dispuesta y gentil mujer. Ésta había prometido a su marido, temiendo no ser matada en guerra, no conocer otro hombre más que él. No bastaron con ella los métodos de persuasión para que no se quitase la vida por no quedar ensuciada por otro varón. Por lo cual la dieron a los perros (aperrear)."

El lansquenete Todorov, que presenció esta atrocidad, creyó enloquecer de impotencia. El filósofo Jean Loup Vasselin, quien ya había mandado a la Academia Real de Francia su

---

1. *N. del A.*: Fernández de Oviedo, *Historia General y Natural de Indias*, tomo X. También merecieron justas biografías el hijo del anterior, *Leoncico y Bruto, Amadís, Calisto y Amigo*, de la pluma de Juan José Arrom, Herrera, Chalevoix, etc. El coronel Roldán organizó una comisión de canes, guardiana de la moralidad pública y la censura. En esto también fue un precursor.

2. *N. del A.*: Corresponde reiterar la nota de la pág. 202.

Traité de la Modération, se hizo repatriar con el primer cargamento de palo brasil que partía para Cádiz.

Poco tiempo después del hecho, el cura Landa era promovido a obispo del Yucatán.

Era necesario alcanzarle la verdad al *tecuhtli* de Tlatelolco que se había embarcado con el sereno orgullo de haber comprobado el cumplimiento de la profecía: el retorno de Quetzalcoatl y sus divinidades menores.

Los poetas escribieron el texto del informe que enviaron con el mejor emisario:

"Todo está terminado.
La madre dice levantando al
recién nacido: ¡Ah chiquito! ¡Ah criatura!
Ahora venido eres al mundo a padecer:
¡sufre, padece, calla!
Del Oriente vinieron los barbudos,
los falsos mensajeros de la señal,
los extranjeros,
los hombres rubicundos.

¡Ay! Entristezcámonos porque vinieron,
porque llegaron los grandes amontonadores
de piedras, de vigas para construir,
con fuego en el extremo de sus brazos.
¡Entristezcámonos porque llegaron!
¡Nuestros dioses ya no volverán más!
Este "dios verdadero que viene del cielo"
sólo de pecado hablará,
sólo de pecado será su enseñanza.
Inhumanos sus soldados
crueles sus mastines bravos.

Solamente por el tiempo loco,
por los locos sacerdotes de sotana negra
fue que entró en nosotros el cristianismo.

Fue el principio de nuestra miseria,
el principio del tributo,
el principio de la limosna.

Estamos seguros. Hemos hecho la experiencia.
Ha comenzado la era del Sol en Movimiento
que sigue a las edades del Aire, el
Fuego, el Agua y la Tierra. Este es
el comienzo de la edad final, nació
el germen de la destrucción y de la
muerte. El Sol en Movimiento, el Sol
en la tierra, eso pasará."
(*Libro de los Linajes* del
Chilam Balam de Chumayel.)

El emisario taino no alcanzó al *tecuhtli*. Lo despedazaron
los mastines bravos antes de embarcarse.

El texto citado, recuperado por los hombres de Roldán, está
en el Museo Histórico de Viena, en la misma vitrina donde se
contempla la corona de plumas del emperador Moctezuma.

Nada alteraba el sosiego del Almirante convencido de que
los desórdenes graves de que le informaba el padre Las
Casas no eran más que conducta pasajera, el arrastre de gentes
que no se podían acostumbrar a la beatitud del Paraíso después
de siglos de bajeza. Vivían todavía la estropada de la nave, ya
sin velamen, del Mal.

—Ya pasará, ya pasará. *Tutto finisce* —murmuraba sin dejar de prestar su atención a los movimientos y susurros de la fascinante intimidad de la selva.

—¿Escucha, padre? ¿Escucha?: es el gemido de las orquídeas alzadas...

Las Casas se sentía impotente, parecía no creerle las violencias que ocurrían en la costa:

—¡Están exportando ángeles! ¡Ayer embarcaron quinientos! Los venden en Sevilla... —Pero era inútil seguir.

Además el Almirante no congeniaba con el futuro obispo. Sus delirios razonables quedaban cortos para su propia imaginación. Cuando le hablaba de teología siempre tenía la sensación de que el cura pretendía controlar y estudiar la Mar Océana metiéndola en botellas vacías de agua mineral.

Las cosas se habían complicado en esa última etapa. El Almirante moraba en el tiempo como un gato junto al fuego. Estaba despatarrado en el Ser y poco a poco todo lo humano volvíasele ajeno.

Las Casas se sintió completamente solo cuando escuchó el informe de la expedición de Ulrico Nietz. El lansquenete parecía liberado de un terrible íncubo. Andaba con la cabeza alzada, dispuesto a bajar a la playa para arengar con su tremenda enseñanza.

Osó decir así de la constante fe de Las Casas:

—"¿Es posible que este joven santo no haya oído decir en este bosque que Dios ha muerto?"

Se estaban produciendo tres actitudes de muy significativa importancia: el Almirante, en su moranza contemplativa, ya salvado, por decirlo en el lenguaje tradicional; el lansquenete Nietz, resurgido de los abismos de la locura y dispuesto a moverse hacia los hombres para hacerles ocupar el puesto del Gran Viejo fallecido; y Las Casas, judeocristiano incorregible, que no se disponía a vivir sino a morir con entusiasmo por la visión de Dios.

Los tres hombres se desinteresaron mutuamente (Roldán y Buil podían dormir tranquilos). Lo único que los mantenía unidos era el hecho de vivir bajo el mismo follaje, el Árbol de la Vida, nada más y nada menos.

La gente que los acompañó al comienzo ya los había abandonado. Preferían la pajamulta de la vida. Las modestas alegrías y frustraciones de lo cotidiano.

Los perritos mudos permanecían fieles. Merodeaban entre las hamacas y los tinglados. ¿Qué adivinaban en aquellos hombres extraños?

Los locales, desorientados por la poca acción de estos tres dioses venidos del mar, después de la adoración, habían pasado a la indiferencia. Les llegaban rumores de lo que estaba pasando en la playa y veían el éxodo de la gente de los bohíos cercanos que seguían la huella de los monos y yaguaretés (estaban en los inicios de ese retraimiento físico y psicológico que ya lleva cinco siglos).

El Almirante salía a veces de su sopor de religado y platicaba con desgano.

—¿Se da cuenta, lansquenete Nietz?: los días se hacen cada vez más largos. La red del tiempo aquí se desteje. Casi nada significa ya hablar de día, de noche, de semana, de año... Esas palabras no eran más que ilusiones. Trucos para medirnos, administrarnos, doblegarnos. ¿Qué quiere decir ahora juventud, vejez, muerte? Por ejemplo, ¿qué me diría usted si le pregunto cuántos días hace que estamos aquí?

—¡Cuatro años! —interrumpió con impaciencia el padre Las Casas.

—¿Qué quiere decir, padre, con eso de "cuatro años"?

—Cuatro años.

—¿Cuatro años?

Las Casas no supo qué contestarle. Se veía que el Almirante se había fugado —con éxito— de los sistemas métricos, de los calendarios, de las distancias usuales.

Colón prosiguió:

—Cede también la malsana ilusión del supuesto conocimiento del espacio... ¿Es ésta la continuación del mismo mundo donde estábamos? ¿Se podrían sumar estos miles de leguas de tierras nunca holladas, a las del territorio de España, de Andalucía, digamos? ¡No! Sería como pretender sumar cuatro gallinas a cuatro guayabas...

Las Casas lo escuchaba impotente. Concluyó Colón:

—Estamos en otro espacio. ¡Por fin estamos dentro del mundo, *en* el mundo y no ante la realidad, como eternos mirones tristes con nuestro metro de sastres!

Resultaba evidente que el Almirante había sufrido una mutación ya probablemente sin retorno. La conciencia racional, característica de los "hombres del espíritu" de Occidente, lo había abandonado.

Sin saberlo, como para apenarse o jactarse vanamente, se había transformado en el primer sudamericano integral. Era el primer mestizo y no había surgido de la unión carnal de dos razas distintas. Un mestizaje sin ombligo, como Adán.

Los sabios tainos y el cacique Guaironex analizaron la evolución —o involución— de aquel dios venido del mar que no mostraba la misma conducta que el resto de los transmarinos. Pensaron, con acierto, que sería el primer producto de la humanidad del nuevo ciclo naciente, el del Sol Negro.

Aquel ser vivía en un estar sobón, sin grandes expectativas ni desesperanzas definitivas. Prometeo lo había abandonado.

Se entregaba sin prudencia al ocio de la hamaca. Se alimentaba de lo que llegaba del entorno o caía de los árboles, sin mayor nostalgia por las carnes rojas —y en su caso por las pastas—. ¿Qué comía?: ananás, camote, hormiguillas saltadas, leche de coco en cantidad, jugo de mango.

Sus días eran largos y sin sobresaltos. Ni la subsistencia ni la existencia lo ponían en movimiento. Algunos bostezos le duraban veinte minutos. ¡A ese punto había llegado a perder la noción del tiempo en que se había criado!

En su mente, vencidos los corredores y andariveles racionales, el recuerdo y la realidad se le mezclaban como en los sueños, en un solo continuo de modo que los tiempos verbales

—del pasado, presente y futuro— se hacinaban en el olvido de un museo gramatical.

Los hechiceros tainos juzgaron que no necesitaba drogas: su capacidad interna de secreción de delirio era perfecta, tal vez de un nivel tan alto como la del rey-poeta Nezahualcoyotl. Omitieron en su caso el *peyotl* y la *ayahuasca*, que tan útiles suelen ser para evitar el embrutecimiento racionalista de los humanos.

El río de pensamiento y ensueños que invadía al Almirante, también había tomado una coloración americana. Los paisajes góticos de la Castilla en blanco y negro, con luz de hoguera humana, habían sido desplazados por imágenes más dulces. Cuando aparecía Anacaona, la princesa que había sido llevada a España con su infortunado esposo, Caonabó, invariablemente su figuración se mestizaba con la silueta de la inolvidable Simonetta Vespucci en el rol de Venus, tal como aparecía en el cuadro que Lorenzo el Magnífico había encargado a Botticelli. Pero eran las piernas de Anacaona como dos arcos tendidos hacia un fuego central, y la cabellera color oro fatigado de Simonetta, como un atardecer de otoño sobre el Arno.

Pasaba Isabel vestida como en el sitio de Granada, pero hay un fondo de palmeras. La Beltraneja con sus percherones bayos. Más allá, como en el fondo del tiempo, Beatriz Arana esperando a los verdugos sentada en el barril de sanguijuelas.

En general todos los recordados aparecían con una común ociosidad: se desperezan, dormitan, contemplan geranios. Todo tendía a la síntesis o al símbolo (como en los sueños): los años del terror en Castilla se reducen a las sombras con mantilla negra de mujeres conchumbrosas que van a misa de siete.

Son recuerdos lacios que no desembocan ni en el drama ni en la grandeza histórica. Incluso Beatriz Bobadilla, la fogosa, apareció ya dos o tres veces en la penumbra del adoradero, sobre la cama de blanquísimo cabrito, pero es una pantera de piel negriazulada, con ojos verdes, de los que inmovilizan antes del ataque.

Se gesta una nueva forma de imaginación. La piel canela de Siboney, las flores negras en la vereda tropical. La supuesta perfidia de Anacaona.

Son horas sin inquietud las del Almirante suspendido del Árbol de la Vida.

Las Casas partió siguiendo la ruta ascendente que había agotado Ulrico Nietz días antes. Era llevado por un viento de fe: buscaba a Dios en su esencia de invisibilidad.

Encontró las puertas de mármol y otras indiscutibles huellas de El Dios. A saber: una cascada que se quebraba sobre las rocas produciendo un sonido ensordecedor generando una neblina con los siete colores primordiales de la creación; un cascarudo con pintas doradas en el lomo; una serpiente de la cruz con una nítida cruz cristiana en la cerviz; no menos de una docena de mariposones gigantes con los colores del Vaticano, un delicado talco amarillo y un blanco como de azúcar espolvoreada.

No tuvo dudas. No necesitaba más. Había sido educado para comprender a Dios por el lado de la ausencia. La presencia de su gran ausencia, para decirlo con la precisión de los grandes de la Iglesia.

Cayó en profunda oración celebratoria y agradecida. De rodillas, sobre el fango, se aguantó el tren de chaparrones nocturnos. Un verdadero baldeo, pero nunca fue abandonado por el calor interior que secaba su piel. La pila de la fe.

En el fondo de su alma había escuchado el silencio de Dios, grave y expresivo.

Notó que las señales de serpientes petrificadas se repetían en varias ruinas de piedra que aparecían entre las lianas. No cabía duda de que era el símbolo de la furia del Señor ante el instrumento de la tentación. Encontró una enorme cabeza de anaconda, igualmente petrificada.

No necesitaba más evidencia del lenguaje y los designios de Dios. Sus huellas digitales se notaban más allí, en el paraíso abandonado, que en otras partes de lo creado. Hasta el investigador más chambón tendría pruebas aplastantes de la inequívoca voluntad del Todopoderoso.

Volvió completamente seguro de su misión pastoral. ¡A por las cosas!

Pasó por el Árbol de la Vida pero sólo se detuvo para buscar su sotana, arrugada y desteñida por las lluvias. Apenas si saludó al lansquenete Swedenborg. El Almirante dormía.

Sobrevino la muerte. Todo cambió en Castilla. Lúgubremente doblaban las campanas de Salamanca, Arévalo, Segovia, Madrid. Badajos envueltos en paño negro, tañidos grises.

Varios fueron los anuncios sombríos en los últimos años. Había llegado la enfermedad de Indias, la sífilis. Los burdeles habían perdido su alegría medieval. Pústulas y chancros vergonzosos. De las ciudades hanseáticas se importaban sales de plomo (las mismas que Francisco I recomendaría a Carlos V). Se iniciaba una larga época de peligro venéreo, de maldición de los cuerpos, que durará un poco más que la Inquisición misma (hasta la penicilina).

La desgracia se ensañó con Fernando e Isabel: murió la primera hija, reina de Portugal, y también don Miguel, el nieto. Juana, la hipersensible, casada con Felipe el Hermoso, estaba en plena crisis, corría rabiosa y enceguecida de celos. Semidesnuda, bajo la tormenta, se había encaramado en lo alto del portal de hierro del castillo de Medina del Campo y se negaba a bajar.

Murió Torquemada y con él perdía el Imperio su motor de culpabilización colectiva. Había llegado a los setenta y cinco años de incansable crueldad redentora. Una mañana apareció en su lecho el cuerpo inánime, frío, envuelto en un abundante talco de esperma. Se ve que las sucesivas capas de semen seco de sus muslos, como superpuestas películas de mica, al perderse el calor de la vida se habían deshecho en un polvo inodoro. El antiguo olor a urinario francés que lo había acompañado toda su vida, desapareció. Algunos cronistas católicos, llevados a error por ausencia de hedor, se atrevieron a escribir que "murió en aroma de santidad".

Pero la tristeza definitiva, la desgracia mayor, fue el fallecimiento del príncipe Juan, el hijo predilecto, el heredero recién casado, de sólo veinte años. El delicado y maravilloso príncipe Juan, educado en las altas letras, en la guerra justa, en la elegancia.

Isabel siempre había temido la debilidad física y la delicadeza de aquel hijo que no había heredado la terribilidad angelical de los padres pero nunca pensó que moriría como murió, de amor. Incapaz de saber administrar su erotismo hacia la bella Margarita de Austria.

Tanto se había debilitado en el abuso de los dioses que en los últimos meses había perdido toda defensa ante la realidad del mundo: bastaba la visión de un jorobado o de una solterona fea para hacerle subir la fiebre; durante un banquete se desmayó cuando el tenor erró las notas de la romanza.

Cuando Isabel viajaba hacia Medina del Campo para tratar de descolgar a su hija de lo alto del portal, Fernando fue informado de la grave crisis del príncipe en Salamanca y partió sin detenerse en las postas.

Al llegar comprendió que la cercanía de la muerte había mutado los roles normales: el príncipe era el padre de su padre, el Rey. Juan le dijo:

—Padre mío, sólo he conocido la felicidad, el amor, los dones. Aceptemos humildemente la voluntad de Dios.

El Rey sollozaba en silencio, casi con honda pena de labriego. Besaba la mano delicada de su hijo exhausto, vencido. Le dijo:

—Hijo muy amado, tened presencia ya que Dios os llama. Que es mayor rey que ningún otro y tiene para ti otros reinos y señoríos más grandes que los que tenías y esperabas...

Pedro Mártir anotó esa noche: "Con su deceso se perdieron las esperanzas de toda España."

La muerte con todo su poderío golpeó a la Reina para siempre. Todo giraba en redondo. Debía replegarse hacia aquel palacio de la metafísica medieval del que había huido con Fernando durante aquellos creativos años de parábola renacentista. La pasión del Paraíso Terrenal, la confianza en el cuerpo y en la fiesta de la acción quedaban heridas en su centro.

Cuando Fernando la informó de lo peor que ella podía oír, sólo atinó a murmurar:

—¡Dios nos lo dio y Dios nos lo ha quitado! Amén.

La aventura de los adolescentes terribles quedó decapitada. La piel se aflojó sobre el rostro de Isabel: esa misma tarde empezó su enfermedad, una terrible sed, hidropesía. Dio espalda al mundo y marchó hacia los parajes del más allá. Se aventuraría en la bruma helada, tanteando, desesperada, para reencontrar, ya en el mundo de los muertos, el rostro del hijo amadísimo, el encantador príncipe Juan.

Abandonaba para siempre la secta de los buscadores del Paraíso Terrenal.

El rey Fernando pasó de la desolación al resentimiento tal si hubiese sido víctima de una estafa o una burla. Excedido por el dolor se inclinó a pensar en "la maldición de América". La figura del Almirante no andaba lejos de su horizonte de rencor.

Se dio con evasividad y furor a la distracción de las cosas de Estado.

Con el peor humor se ocupó de los expedientes de Indias y escuchó todas las maledicencias y envidias de Corte. Fue informado de las *Ordenanzas*, de la rebelión de Roldán y de las preocupaciones de la jerarquía eclesiástica.

Nunca vio en Colón más que un místico independiente, una especie peligrosísima.

Se indignó pensando que por su causa ese Nuevo Mundo quedaba divinamente interdicto, las tierras cultivables cubiertas por el manto del Señor, como el coto de un propietario que, aunque ausente, no toleraría la ocupación indebida.

Para colmo el Almirante osaba sugerir que los naturales eran ángeles. Ni siquiera esclavos que pudieran venderse. Fernando cortó por lo sano, los declaró cristianables y vasallos. Esto es: ni cosas de Dios ni cosas apropiables para la plebe española que se los había repartido.

Fernando tomó la resolución sin mucha demora: convocó al comendador Francisco de Bobadilla y le otorgó plenos poderes.

En esa misma tarde gris de Castilla, donde los tambores de la guardia resonaban enlutados y se oía bajar de la capilla la interminable letanía de las damas de compañía compartiendo el rosario con Isabel, firmó la orden de captura de Colón y su gente. Era el 21 de marzo de 1499.

Se entregó con mansedumbre. Todo hombre que haya pasado los umbrales de Lo Abierto queda inhabilitado para mortificarse por la nadería del mundo apariencial.

El coronel Roldán supo manejar con habilidad el poder pasajero del comendador Bobadilla (se sometió con el mismo sentido táctico que emplearía siglos después Hitler con el mariscal Hindenburg). Se ofreció para comandar la partida que se abrió camino hacia el Árbol de la Vida.

El Almirante los vio irrumpir sin mayor sorpresa. Rodearon la hamaca apartando las decenas de perrillos impersonales que parecían cómplices de la inactividad de aquel hombre canoso que se pasaba los días dormitando.

—Está vuesamercé detenido por orden de los reyes —dijo lacónicamente Bobadilla.

Los esbirros entraron en acción. Le pusieron un sayo de franciscano como si la desnudez arcádica de Colón fuese lo más grave y configurase delito de atentado contra el pudor público.

Ruido de cadenas y grilletes. Quinteros y el cocinero Escobar los traían en la caja de herramientas. (El padre Buil, generosamente, desde los primeros días de la Revolución había puesto a disposición del coronel Roldán el material de procedimiento inquisitorial. Desde entonces la represión en América tendría ese sabor profundo de tortura salvacionista, pastoral, exorcizante.)

El Almirante, pacientemente sentado en la hamaca, observaba cómo cerraban a martillazos las argollas en torno a sus tobillos. Le maravilló que sólo errasen una vez.

La marcha hacia la costa fue lenta y humillante. El Escribano, que había tomado debida nota de los hechos, intentó conversaciones forzadas con el Veedor real para cubrir el ruido de los grilletes sacudidos a cada paso.

También se detuvo a Bartolomé, su hermano, encargado del poder temporal, y a todo el grupo de "los Colones": queseros, sastres y tejedores que se estaban destacando en el comercio y la industria.

Sus ojos fatigados, acostumbrados ya a la filtrada luz de la espesura, fueron golpeados por el resplandor de la costa.

Había una calle principal que con el tiempo se llamará Boulevard Colón. Desembocaba en la plaza y en la catedral todavía con troncos pero ya con progresiones de piedra tallada desmontada de las pirámides y templos indígenas.

A lo largo de la calle Mayor la chusma lo insultó:

—¡Almirante de los mosquitos!

—¡Embaucador! ¡Hebreón!

Ganado por la visión de lo sin límite, ya no podía juzgarlos. No sentía ni mansedumbre ni furia. Ni siquiera desprecio.

Era indudable que en aquellos tiempos en que había permanecido recogido bajo el Árbol de la Vida el *hacer* se había consolidado prepotentemente. Los hegelianos "hombres del espíritu" se habían impuesto sin misericordia. Encontró que todos, incluso sus parientes, estaban entregados al saqueo del Paraíso.

Los ángeles, azotados, enflaquecidos, repartidos en "encomiendas". Raleados por los suicidios o desaparecidos en lo hondo de las minas. Víctimas del progreso. Definitivamente cortados del alma del mundo donde habían crecido hermanados con las papayas y los pumas.

Profunda pena sintió el Almirante.

—El hombre destruye lo que dice más querer —murmuró.

En aquel humillante recorrido comprendió que sus congéneres civilizados nada temían más que ser devueltos a la armonía primordial. Que estaban demoníacamente desviados al placer del dolor. Que preferían el infierno al cielo como casi todos los lectores de Dante.

Era claro: después del breve sobresalto de las *Ordenanzas*, estaban de nuevo cómodos en la explotación, las difíciles alegrías y los esfuerzos de la decencia para imponerse entre tanta tentación de infamia. Era como un juego o un vicio garantizado por el orden inmutable de Roldán.

Nostálgicos sin embargo, los domingos se purificaban de la maldad semanal. Squarcialuppi y el flamante juego de párrocos italianos les recordaban desde el púlpito las bondades del Paraíso. Los instaban a ser incondicionales partidarios del Bien.

El Almirante pudo observar que no sólo la catedral sino también muchos otros edificios eran ya de albañilería o de adobe. Leyó los abundantes anuncios: *Banco Santángel & Hawkins Ltd., Salón de Belleza Bologna, Palacio de la Inquisición (Semper Veritas), Agencia Cook, United Fruit Co., Hostal Castilla, Refrescos Sagardúa.*

Ese día nadie pudo imaginar, ni haber estado preparado militarmente para responder a la sorpresiva revuelta de los perros.

Fue una invasión silente. Más resistencia pasiva que acción depredatoria.

251

Eran esos centenares de perrillos del Paraíso (tal vez nostálgicos de Adán, como lo creían el Almirante y el lansquenete Swedenborg). Bestezuelas incapaces de ladrar que los primeros cronistas españoles hasta llegaron a negarles naturaleza perruna, la "esencia de la perridad" como diría Heidegger. Algunos los describieron como "especie de roedores comestibles que no ladran pero emiten chillidos agudos si se los golpea". Estos cronistas no sospechaban que sus almas, embebidas de las de sus amos muertos o desaparecidos, servían para guiarlos hacia el Todo, después del sobresalto de la vida (los toltecas los habían sacralizado e incluido en el Calendario. Todo perro podía ser *nahual*, continente de una desdichada alma humana).

Ahora los veían bajar por las dunas hacia el pueblo, como un manto móvil, sin temer a los orgullosos mastines policiales, que ladraban desaforados, ni los gritos y arcabuzazos de los guardias rebalsados por la cantidad.

Invadieron todos los lugares. No mordieron ni siquiera a los niños. No aullaban. Sólo meaban donde podían: paredes, bultos, en toda verticalidad inmóvil o poco atenta (hasta en las botas del lansquenete ciego Osberg de Ocampo que no quiso oír las voces populares).

Insignificantes, siempre ninguneados, ahora en el número eran un solo animal grande y temible. Causaba miedo esa enorme presencia pacífica y silenciosa.

La Diabla ordenó que se cerraran las puertas de su establecimiento y que las pupilas se amontonaran en los altos, en el salón *París*.

Gritos, voces, sablazos. Corridas de los chicos enloquecidos de alegría al saber que no mordían.

Dominaron la ciudad durante más de una hora.

Era la media tarde cuando resolvieron retirarse hacia la espesura. Desde entonces y para siempre los portadores de nostalgia se declararon en rebeldía por vía de la inacción. No se replegaron a lo inaccesible con el orgullo de los jaguares ni a las altas ramas como los quetzales y las orquídeas más finas. Desde entonces merodearon por los campos y poblaciones, silenciosos, desde México hasta la Patagonia. Algunas veces, acosados por hambre extremosa, atacaron rebaños y caballadas (en los virreinatos del Río de la Plata y de Nueva Granada abundan relatos de estas agresiones episódicas. Hasta llegaron a aislar algún fortín militar ya entrado el siglo xx).

Por ahí andan esos seres irrelevantes que nadie inscribiría en ningún *Kennel Club*.

La comitiva policial encabezada por el coronel Roldán alcanzó por fin la costa.

Cuando el Almirante subió a la falúa que lo llevaría hacia la carabela de su deportación a España vio apilados sobre la playa los mármoles tallados de la Puerta. Una cadena de forzados, semihundidos en el agua, cargaba los bloques. Hizo un gesto al hijo del cacique Guaironex y a Mordecai, el rebelde y piloso, que pagaba caro sus ideas de redención.

Las piedras talladas, con números en carbón según el plano de quienes habían desmontado el zócalo, se embarcaban a pedido de la Universidad Católica de Bruselas donde ya se había abierto una sección de "Arqueología Amerindia".

El Almirante miró hacia el diezmado palmar que le había murmurado alguna vez un saludo de llegada, vio los castigados forzados y los bigotazos y el correaje de Roldán y su gente. Comprendió que América quedaba en manos de milicos y corregidores como el palacio de la infancia tomado por lacayos que hubiesen sabido robarse las escopetas. Murmuró, invencible:

—*Purtroppo c'era il Paradiso...!*

París. Enero de 1983